LOS RECIÉN LLEGADOS

(54 cuentistas inéditos cuentan en Panamá: antología)

Investigación, selección, prólogo y fichas bio—bibliográficas de

Enrique Jaramillo Levi

Foro/taller Sagitario Ediciones

"Si nos paramos a pensar en las pequeñas cosas,
llegaremos a entender las grandes."

José Saramago, novelista portugués: 1922—2010
(Premio Nobel de Literatura 1998)

"Lo que me gusta de escribir es sorprenderme a mí mismo"

Tomás Segovia, poeta, ensayista y cuentista
hispano—mexicano (1927—2011)

"Hay dos maneras de difundir la luz...
Ser la lámpara que la emite, o el espejo que la refleja"

Lin Yutang, escritor y filólogo chino (1895—1976)

"¡Hay que mantener a raya la muerte de la imaginación!"

Harold Bloom (1930), crítico y teórico literario norteamericano

"Escribe siempre con el alma en llamas y el cerebro en calma,
sin desdeñar los siempre predispuestos genitales,
y tarde o temprano encontrarás tu ser profundo
y te reconocerás humano en otros y sonreirás"

Enrique Jaramillo Levi, escritor panameño (1944)

P.

863

R243 *Los recién llegados (54 cuentistas inéditos cuentan en Panamá: antología)*
       / antologista y prologuista Enrique Jaramillo Levi. –
       Panamá : Foro/taller Sagitario Ediciones, 2013.
       182 p. ; 24 cm. – Colección Convergencias

ISBN 978-9962-5551-3-1

1. LITERATURA PANAMEÑA – CUENTOS
2. CUENTOS PANAMEÑOS
3. ANTOLOGÍAS   I. Título

Colección *"Convergencias"*
Los recién llegados (54 cuentistas inéditos cuentan en Panamá: antología)
Primera edición
© Foro/taller Sagitario Ediciones, junio de 2013
© antologista y prologuista Enrique Jaramillo Levi

Diseño y diagramación
Silvia Fernández-Risco   *silvisfergon@gmail.com*

Portada
Enrique Jaramillo Barnes   *Jaramillo_e@yahoo.com*

Fotografía de contraportada
Arabelle Jaramillo Ochoa   *arabellej@gmail.com*

Edición
Enrique Jaramillo Levi   *henryjaramillolevi@gmail.com*

Impreso en:

 **Publicaciones**

índice

Prólogo

I

Si la vida es una compleja red de convergencias y divergencias de toda índole, una sucesión de acontecimientos a menudo imprevisibles por más que haya planes maestros meticulosamente trazados por voluntades esforzadas, la buena literatura concebida como arte implica una necesaria creatividad en la visión de mundo que muestra. No un simple reflejo mimético, sino una recreación interpretativa que añade al mundo una obra digna de ser leída y valorada.

Así, los escritores, por naturaleza agudos observadores del entorno y de nuestra propia interioridad, auscultamos la no pocas veces escurridiza realidad, la analizamos con una híbrida combinación de conocimiento, experiencia, investigación, intuición e imaginación, y la plasmamos en textos que esperamos sean significativos para los demás debido al dominio de nuestro oficio. Se trata, por supuesto, de una ardua y a menudo incomprendida labor; de una responsabilidad inexorable. Pero también, para quienes ponemos alma y vida en ello, una gran satisfacción. Crear –versus destruir— siempre será no sólo terapéutico sino altamente nutricio y estimulante en lo personal, pero también oblicuamente didáctico en cuanto comparte sentimientos e ideas.

De ahí que, lejos de ser una actividad de gente ociosa o frívola, una excentricidad superflua, indigna de lectores provenientes de profesiones muy diferentes y del hombre común que simplemente sobrevive en las calles, la creación literaria y las obras más logradas que produce sean una verdadera hazaña cotidiana. Y lo es debido el esfuerzo intelectual y artístico que necesariamente implican al producirse a contracorriente de toda clase de obstáculos externos e internos. Esfuerzo que una vez convertido en obra literaria merece que ésta sea divulgada, apreciada y promovida por la comunidad toda, pero también por el Estado y la empresa privada.

El papel de la literatura, y por tanto el de los escritores que la generan, ha sido siempre fundamental en el desarrollo universal de la Cultura, y lo sigue siendo. Sobre todo ahora que el influjo de las economías asfixiantes y las arbitrariedades cotidianas que el poder inventa en beneficio propio, imponen sus garras en la vida de la gente enervándola, y en el proceso de asimilación o de protesta, alienándola. Se trata, en el fondo, de una suerte de deshumanización, sobre la cual también se dejan sentir en sus obras no pocos escritores.

I

Y es que la buena literatura debe hacer pensar y sentir al mismo tiempo, tomar conciencia, expandir la imaginación, permitir al lector sensible entrar a un mundo de certezas, extrañamientos, negaciones y posibilidades dictadas por el lenguaje que su creador, con su talento, eficazmente ensambla. La función del escritor es, por tanto, auscultar las diversas facetas de la experiencia humana, sus recovecos, esos que no siempre están a la vista, tanto en lo individual como en lo colectivo, para finalmente hacer una propuesta: la de su propia visión de mundo; la de su interpretación del conjunto de problemas que elige abordar en su obra, o acaso la de una sola parcela del todo pero vista con lucidez y en profundidad.

Sin duda una de las funciones propias de las novelas, cuentos y obras teatrales, e incluso de cierto tipo de poemas, puede ser entretener. Pero hay otras, muy importantes, como lograr que el lector sienta la seriedad de lo planteado y reflexione al respecto, lo cual suele requerir cierta densidad literaria, determinado grado de sofisticación técnica en el oficio escritural. Porque resulta que escribir obras literarias memorables, no es, no puede ser, copiar simplemente la realidad; ni tampoco predicar o querer adoctrinar machaconamente sobre ella. En tal caso sería mejor tomarle una foto a esa realidad, o filmarla; o bien escribir un sesgado artículo de opinión, hacer un discurso o garabatear una pancarta. Por supuesto, la frivolidad, las moralizantes recetas de vida y el simplismo que busca que todo el mundo entienda lo obvio, tampoco son la fórmula ideal. Y es que, claro, simplemente no existe tal fórmula. Lo que existe, en cambio, es talento, creatividad; ganas de generar otras visiones, otras posibilidades menos anquilosadas.

El arte, en este caso la buena literatura, es otra cosa. La creación literaria, cuando se toma en serio, aspira a la mayor perfección y significación humana posible. De ahí que, en efecto, escribir bien sea, al convertirse en Obra, una de las Bellas Artes. Un difícil y trascendente Arte que desde la época de las cavernas ha inspirado y acompañado a los seres humanos mediante sorprendentes dibujos y relatos orales, y que —con la tecnología exacerbada que hoy nos desborda o sin ella— lo seguirá haciendo hasta el fin de los tiempos.

II

La escritura de cuentos ha ocupado siempre un sitio de privilegio en Panamá. Así, desde los ilustrados fundadores del género a finales del siglo xix: Darío Herrera (1870—1914; primer panameño en publicar un libro de cuentos:

"**Horas lejanas**", Buenos Aires, 1903), Salomón Ponce Aguilera (1868—1945), Ricardo Miró (1883—1940), Gaspar Octavio Hernández (1893—1918) y Simón Rivas (1867—1914) (distinguidos poetas los cuatro últimos), pasando por connotados escritores como Rogelio Sinán (1902—1994), José María Sánchez (1918—1973), Renato Ozores (1910—2001), Mario Augusto Rodríguez (1917—2009) y Carlos Francisco Changmarín (1922—2012); y más adelante Justo Arroyo (1936), Ernesto Endara (1932), Moravia Ochoa López (1941), Pedro Rivera (1939), Bertalicia Peralta (1949), Dimas Lidio Pitty (1941) y Enrique Jaramillo Levi (1944), y después Rosa María Britton (1936), Raúl Leis (1947—2011), Ariel Barría Alvarado (1959), Consuelo Tomás (1957), Félix Armando Quirós Tejeira (1959), Allen Patiño (1959), Claudio de Castro (1957), Carlos Oriel Wynter Melo (1971), Melanie Taylor (1972), José Luis Rodríguez Pittí (1971), Roberto Pérez—Franco (1976), Carlos Fong (1967), Yolanda J. Hackshaw M. (1958), Lupita Quirós Athanasiadis (1950), Isabel Herrera de Taylor (1944) y Luigi Lescure (1968) –para sólo mencionar a unos pocos de la larga lista de buenos cuentistas de diversas épocas—, hasta llegar a las nuevas generaciones de talentosos creadores de ficción breve que se dan a conocer en el siglo XXI, tales como Annabel Miguelena (1984), Gloria Melania Rodríguez (1969), Dennis A. Smith (1971), Lissete Lanuza Sáenz (1984), Julio Moreira Cabrera (1981), Isabel Burgos (1970), Rolando Miguel Armuelles Velarde (1970), Enithzabel Castrellón Calvo (1975), Basilio Dobras (1964), Fernando Penna (1978) y Gorka Lasa (1972) –entre los más jóvenes—, este pujante género literario ha sabido mantenerse a flote con singular dignidad y perseverancia luciendo altivamente algunos de los mejores colores de la literatura nacional vigente durante más de 120 años.

Cabe anotar que en mi compilación "**Tiempo al tiempo (Nuevos cuentistas de Panamá: 1990—2012)**", publicada en 2012 por la Universidad Tecnológica de Panamá, se recogen significativas muestras del quehacer literario de nuestros más recientes cuentistas: 80 autores (seleccionados de entre aproximadamente 120 que publican su primer libro en los últimos 22 años) (1). Pero también están por ahí, dispersos y sin un primer libro aún en donde lucir sus incipientes –pero a veces excelentes— talentos, un número importante de cuentistas panameños prácticamente inéditos. De ahí la iniciativa de dar ahora fe de ello, y de estimular a estos autores a continuar produciendo, al preparar esta arriesgada antología. Arriesgada, sí, porque algunos de los autores seleccionados podrían, a la larga, "no dar la talla"; o simplemente desistir en su empeño de llegar a ser auténticos cuentistas con el rigor, la constancia y la responsabilidad que ello implica. Evidentemente, sin embargo, la actual selección se hace a partir de la prometedora situación literaria actual, no la de un futuro creativo que desde la perspectiva de hoy necesariamente es desconocida y, por tanto, incierta.

III

Siempre me ha resultado fascinante descubrir –y a veces también ayudar a encausar—nuevos talentos literarios. Particularmente cuentistas y poetas. De ahí que desde la década de los setentas del siglo xx, tanto en México (donde residí un total de 15 años, en dos épocas distintas) como en Panamá, haya alentado en talleres, y mediante publicaciones en revistas y libros individuales y colectivos, así como a través de concursos literarios, a gente literariamente creativa. No obstante, la continuada y entusiasta preparación de antologías y compilaciones históricas en que también me he involucrado suele presuponer, y a la postre exigir, por supuesto, que las personas cuyos textos se seleccionan ya tengan una cierta trayectoria recorrida que respalde y avale su calidad artística.

Pero cómo negar que en el caso de **"Los recién llegados (54 cuentistas inéditos cuentan en Panamá: antología)"**, vuelvo a ese primer gusto por el rescate de lo inédito original, de los aportes poco conocidos (o del todo desconocidos); al placer de dar un determinado espacio y tiempo literarios, específicos –a menudo muy merecidos—, a quienes se inician en el arte de la escritura pero aún no organizan su talento lo suficiente como para dar a conocer un primer libro. Espero, con este esfuerzo antologador, llenar ese vacío de timidez e incomunicación que inevitablemente existe entre lo iniciático o fragmentario y por tanto poco difundido, y la plenitud armónica que entraña la organización de un libro propio que pueda presentarse y luego estar disponible en bibliotecas y librerías.

Paso a señalar las premisas básicas de esta antología. Para comenzar, entiendo por "inédito", para los efectos de este libro, al cuentista panameño que, habiendo publicado al menos un cuento suelto –en revistas o periódicos, o bien como parte de libros colectivos—, aún no publica su primer libro individual de cuentos. Es decir, todavía no hace su "debut en sociedad" como escritor en propiedad, ya que, para bien o para mal, en la práctica no se considera escritor a quien crea obras (en cualquier género literario), por más que éste sienta que lo es, hasta que no publique un libro propio. Así, la tradición dictamina que es el primer libro publicado –la primera **Obra**— lo que confiere carta de identidad

IV

en este difícil y a menudo poco comprendido pero gozoso oficio. Obviamente, el hecho de que esa primera obra tenga o no la calidad necesaria "ya son otros quinientos pesos".

Insisto: aunque en términos generales en mis antologías y compilaciones anteriores siempre me he atenido a dicha tradición, en ésta rompo el esquema y hago un acto de justicia –"justicia poética", dirían los griegos—al rescatar del cuasi—anonimato, en este libro, a quienes teniendo un indudable talento narrativo en el género de la ficción breve, y habiendo publicado (o estando por publicar) al menos un buen cuento suelto, aún no dan el paso mayor: todavía no publican su primer libro (por las razones que sean; y por supuesto, éstas pueden ser muchas y muy variadas).

¿Por qué lo hago? En primer lugar, porque no son pocos, y en cambio resultan muy diversos, estos creadores, razón por la que deseo que se conozca su talento, no vaya a perderse éste con el tiempo. Segundo, para motivarlos a continuar creando y, eventualmente, publicar una primera obra personal, unitaria, que los sitúe ya *dentro* de la literatura nacional. Y tercero, porque al recopilar una buena cantidad de los mejores cuentistas inéditos que escriben en nuestro país y agruparlos en un mismo espacio particular llamado "antología" –un auténtico *libro* a fin de cuentas—, los visibilizo y hago justicia a ese talento artístico innato, pero hasta ahora disperso y en buena medida desconocido.

Me gustaría destacar cómo me resulta sumamente impresionante constatar –mediante una minuciosa investigación— el gran número de nuevos cuentistas que hoy, al mismo tiempo, a menudo sin conocerse entre sí (aunque con antologías como ésta esa incomunicación está llamada en buena medida a desaparecer), están creando poco a poco los textos que habrán de conformar su obra más allá del presente año. Y me atrevo a asegurar que por lo menos un 90% de esos materiales son de particular calidad. Cuentos que merecen ser divulgados y estudiados. Cabe anotar que en el caso concreto de la presente antología, aproximadamente el 66% de los seleccionados proviene de alguna de las 10 versiones (hasta 2012) del *Diplomado en Creación Literaria* que se imparte anualmente en la Universidad Tecnológica de Panamá desde 2001.

La aparición en 2012 de la ya mencionada compilación "**Tiempo al tiempo (Nuevos cuentistas de Panamá: 1990—2012)**", sumado ahora a la puesta en escena de "**Los recién llegados (54 cuentistas inéditos cuentan en Panamá: antología)**", son pruebas fehacientes de este extraordinario auge, jamás antes visto en un país tan pequeño –en dimensiones y en población– como el nuestro. Quien tras repasar con cuidado estos materiales no acepte las bondades de este fenómeno literario nacional padece de ceguera y/o insensibilidad literaria.

Sin duda, en el mundillo de las Letras, en Panamá y en cualquier parte del mundo, hay escritores despreocupados, con poca disciplina y tenacidad, sin metas claras, incapaces de perfeccionar y promover los posibles méritos de su propia obra. Son personas que con el tiempo, lamentablemente, desaparecen más temprano que tarde del panorama literario, sin pena ni gloria. Este fenómeno sucede tanto con creadores de probado talento, como con autores incipientes, e incluso de cierto recorrido. Muchos factores influyen: desde inseguridad o simple desidia, hasta serias y a menudo imprevisibles dificultades personales, familiares o de trabajo.

Por otra parte, evidentemente no son todos los cuentistas inéditos panameños con al menos un cuento publicado en algún sitio, los que aparecen en este libro. Sin duda habrá algunos cuya existencia no he detectado y otros que, a mi juicio, por ahora simplemente no tienen los méritos necesarios (puedo equivocarme, claro); a algunos otros no los pude localizar, y unos pocos no dieron la autorización requerida. Creo, no obstante, que serían las únicas razones. En este sentido, esta investigación pretende ser lo más exhaustiva posible. Al grado de que incluyo a dos autoras venezolanas radicadas en Panamá, quienes han escrito aquí una cantidad respetable de cuentos, y ya han publicado al menos un cuento en nuestro país, e incluso preparan ya su primer libro.

¿De dónde sale toda esta gente? O más bien, ¿cómo llego a conocer su a menudo escaso pero interesante material cuentístico? Investigando de forma amplia y tenaz durante mucho tiempo, acumulando información y realizando constantes lecturas de actualización, tanto de orden informativo como de naturaleza crítica. En términos generales, o bien han publicado en la revista cultural "*Maga*" (2) —indudablemente el espacio más idóneo y permanente para la publicación de nuevos autores panameños durante los últimos 29 años: 1984—2013— ; o en algún suplemento cultural panameño, como lo es actualmente "DíaD" del diario *Panamá América* (muy pocos sitios más hay en nuestro país para publicar este tipo de texto, salvo ocasionalmente la revista estatal "Lotería"). Otros fueron incluidos en algún momento en un **libro colectivo**, junto con otros colegas, probablemente porque estuvieron todos en un mismo taller literario o forman parte de uno de los libros colectivos salidos de tres de las diez versiones del Diplomado en Creación Literaria de la UTP: 2001—2012 (dos años no se impartió); también porque conozco su material por haber tomado en algún momento talleres de cuento conmigo en los últimos años.

Los libros colectivos de los que tengo conocimiento (3), han sido iniciativa de los escritores David C. Róbinson O., Carlos Oriel Wynter Melo, Carlos E. Fong A. y Enrique Jaramillo Levi, respectivamente, quienes en determinado momento fungieron como coordinadores de talleres literarios y/o del Diplomado en Creación Literaria de la UTP y, a la postre, como gestores y editores de dichos volúmenes. Todos estos colectivos tienen, evidentemente, el mérito de haber dado a conocer una muestra representativa de la producción de ciertos autores, unos inéditos en el momento de la publicación y otros no. En la presente antología se recogen algunos cuentos tomados de esos libros colectivos, siempre y cuando sus autores no hayan publicado más adelante un primer libro propio, así como otros se rescatan de la ya mencionada revista "Maga"; sin embargo, es preciso aclarar que varios cuentos aquí seleccionados son del todo inéditos. Sin embargo, en el actual trabajo en general he preferido partir de ciertas muestras conocidas de talento narrativo y no del anonimato total de quienes, por las razones que sean –timidez, una supuesta falta de oportunidades, pereza—, han preferido hasta el momento no darse a conocer.

Por tanto, hay dos clases de inclusión en este libro de quienes ya han publicado al menos un cuento: (a) mediante una ficción breve ya publicada en una revista, periódico o libro colectivo; (b) mediante un cuento rigurosamente inédito hasta el momento, pero precedido en el historial biográfico del autor de uno o más cuentos sueltos publicados. En general, he dado la oportunidad a los autores pre—seleccionados de quienes tenía noticias, para que me hicieran llegar *varios* cuentos a fin de tener opciones para elegir o rechazar. En cierta forma, podría decirse que en última instancia se trata de un asunto negociado, aunque con los necesarios criterios de rigor literario, entre el antólogo y cada autor. Asimismo, reitero que sólo he publicado aquí a quienes lo han autorizado expresamente (4).

La fecha más remota de publicación de cuentos individuales, de la cual arranco en esta antología, es 1990. El orden de aparición de los autores es alfabético, según su apellido.

Los cuentistas que ahora doy a conocer se suman a la pléyade sorprendente de creadores en este dinámico género literario que desde hace varias décadas enriquece de forma notable la bibliografía literaria de Panamá. Creo haber compilado y seleccionado, con rigor y entusiasmo, una amplia y sorprendente gama de cuentos de calidad –en temas y estilos— escritos por un número muy significativo de nuevos autores panameños: 54 hombres y mujeres de diversos orígenes, edades, profesiones y grados de experiencia literaria.

Espero que el hecho de aparecer en esta antología sea un estímulo para inducirlos a continuar creando y, eventualmente, para decidirse a publicar un buen primer libro de cuentos "con todas las de la ley". Además, lógicamente, deseo que la lectura de estos primeros textos de ficción breve aquí reunidos sea del agrado de los lectores.

E.J.L.

Panamá, 3 de noviembre de 2012

(En el 109 aniversario de nuestra separación política de Colombia)

Notas

1. Las principales –no las únicas— antologías y compilaciones de mi autoría en torno a la producción cuentística de Panamá, son: **Antología crítica de joven narrativa panameña** (Federación Editorial Mexicana, México, D.F, México, 1973); **Hasta el sol de mañana (50 Cuentistas panameños nacidos a partir de 1949)** (Fundación Cultural Signos, Panamá, 1998); **Panamá cuenta: Cuentistas del centenario** (Grupo Editorial Norma, Panamá, 2003); **La minificción en Panamá (Breve antología del cuento breve en Panamá)** (Universidad Pedagógica Nacional, Bogotá, 2003); **Pequeñas resistencias 2. Antología del cuento centroamericano contemporáneo** (incluye a 10 cuentistas panameños; Páginas de Espuma, Madrid, 2003); **Flor y nata (Mujeres cuentistas de Panamá)** (Editora Géminis, Panamá, 2004); **Cuentos panameños** (Editorial Popular, Madrid, 2004); **Sueño compartido. Compilación histórica de cuentistas panameños: 1892—2004)**, tomos I y II (Universal Books, Panamá, 2005); **Tiempo al tiempo (Nuevos cuentistas de Panamá: 1990—2012)** (UTP, Panamá, 2012). Para mayor información, ver en Internet el sitio de la Universidad Tecnológica de Panamá denominado *"Directorio de Escritores Vivos de Panamá".*

Otras valiosas antologías en torno al cuento panameño son: Rodrigo Miró. **El cuento en Panamá** (Imprenta de la Academia, Panamá, 1950; hay varias reediciones); José Ávila Castillo. **Cuentos panameños** (Instituto colombiano de Cultura, Bogotá, Colombia, 1972); Cipriano Fuentes (venezolano). **Narradores panameños** (Doble Fondo Editores, Caracas, Venezuela, 1986); Franz García de Paredes. **Panamá: Cuentos escogidos** (Editorial Universitaria Centroamericana, San José de Costa Rica, 1998).

2. La colección completa de "**Maga, revista panameña de cultura**", publicada entre 1984 y 2013, puede revisarse en la hemeroteca de la Biblioteca Nacional "Ernesto Castillero R." y en la de la Biblioteca Interamericana "Simón Bolívar", de la Universidad de Panamá.

3. Algunos libros colectivos de cuentos panameños (integrados por material de múltiples autores, algunos de ellos inéditos hasta el momento de la publicación): Bajo la responsabilidad editorial de David C. Róbinson O., dos colectivos: **Para ser poeta se necesita…** Editorial Casa de las orquídeas, Panamá, 1999 y **Del instinto al oficio**. Editorial Casa de las orquídeas, Panamá, 2000. Teniendo a Carlos Oriel Wynter Melo como antologador, editor y prologuista, tres colectivos: **Punto de encuentro. Antología de taller**, Fuga Editor, Panamá, 2006; **Taller de escapistas. Nueve escritores, nueve mundos**, Panamá, 2007; y **Déjame contarte**. Fuga Ediciones, Panamá, 2010. Con Carlos E. Fong A. como antologador, un colectivo: **Siete alrededor del cuento**. Panamá, 2011. Y con Enrique Jaramillo Levi como antólogo y editor, tres colectivos: **Soñar despiertos (Cuentos, poesías y relatos)**. UTP, Panamá, 2006; **Letras cómplices**. UTP, Panamá, 2007; y **Sieteporocho**. 9 Signos Grupo Editorial, Panamá, 2011. Además, los autores congregados en **Contar no es un juego** (Panamá, 2007) dirigieron en su momento su propia publicación.

4. Autores de cuentos meritorios a los que no pude localizar, o quienes expresamente no quisieron figurar en esta antología: Leocadio Padilla; Javier Medina Bernal; Magdalena Camargo Lemieszek; Giselle Buendía Guevara; Magela Cabrera Arias, entre otros.

5. Considero importante consignar que hacia finales de 2013, siete de los talentosos autores inéditos incluidos en la presente antología habrán publicado su primer libro de cuentos. Ellos son: Diana Mayora ("Así de simple y otras complejidades"); Fernando O. Fernández ("Noche de tormenta y otros insomnios"); Shantal Murillo ("Afuera crecen los árboles y otros giros del destino");

Carolina Fonseca y Dimitrios Gianareas (libro conjunto: "Dos voces 30 cuentos"); Danae Brugiati Boussounis ("Cara de palo y otros cuentos"); Elizabeth Daniela Truzman (título pendiente), todos con el nuevo sello editorial *Foro/ taller Sagitario Ediciones*. Y a mediano plazo algunos otros de los aquí antologados se preparan, ejercitándose en diversos talleres, para dar el salto formal que los convertirá en escritores: Jorge Camaño, Evelia María Ho de García, Alejandra Cristina Jaramillo Delgadillo, Ingrid Vargas, Víctor Francisco Paz, Doris Sánchez de Polanco, Marco Ponce Adroher, Mady Miranda de Álvarez, Ruth Fernández Meneses, entre otros.

DEYANIRA ÁLVAREZ

Nació en David, Chiriquí, el 30 de abril de 1990. Estudia Comunicación Social en la Universidad Santa María La Antigua. Es egresada del Diplomado en Creación Literaria 2012, de la Universidad Tecnológica de Panamá.

Mariana

Mariana secó una lágrima de su cara, se había prometido que solamente iba a dejar salir solo una, y no más. Se miró al espejo un rato, no podía creer lo vieja que estaba. Cada arruga alrededor de sus ojos era una historia de una vida que alguna vez tuvo.

Lentamente se subió el zipper de su vestido, se puso su collar de perlas, y bajó las escaleras, para encontrarse con la casa llena de personas, que ni sabía quiénes eran. No saludó a nadie, caminó hasta la sala y sacó un pequeño papel doblado en dos del bolsillo de su abrigo. Suspiró y cerró la puerta para poder alejarse del ruido de la gente.

"Me acuerdo de todas las veces que te vi con tus ojos cerrados, durmiendo, descansando, olvidándote del mundo, te veías tan inocente. Nunca olvidaré las veces que nos escapamos cuando estábamos jóvenes, alejados del mundo, encerrados en un cuarto. Solos tú y yo. Siempre pude contar contigo, en las buenas y en las malas. Tú creías que no te veía pero sé que lloraste aquella vez que nos peleamos. Y ahora estas aquí frente a mí, con los ojos cerrados una vez más, olvidándote del mundo. ¿Quién me acompañará ahora en nuestra soledad?"

Mariana dobló una vez más el papel y cerró el féretro donde se encontraba el cuerpo de su esposo.

Nació en la ciudad de Panamá el 4 de diciembre de 1959. Sus primeros años en la Universidad de Panamá los realizó en la Escuela de Química y la Facultad de Odontología. Se recibió de médico en el Instituto Médico Estatal de Volgogrado, en la antigua Unión Soviética (1989). Educación diversificada en la Universidad de Panamá (1995). Postgrado en Ciencias Ambientales, Universidad Tecnológica de Panamá (1999). Maestría y Especialización en medicina integral en la Facultad de Medicina en la Universidad de Panamá (2003). Diplomado en Uso Racional De Medicamentos, Facultad De Farmacia, Universidad de Panamá (2003). Maestría en Ingeniería Ambiental, Universidad Tecnológica de Panamá (2009). Diplomado en Investigación Clínica en University of South of Florida (2011). Egresado del Diplomado en Creación Literaria 2012 de la Universidad Tecnológica de Panamá. Labora como médico de atención primaria en la Policlínica Dr. Santiago Barraza en La Chorrera.

Cerca del más allá

La vista desde aquí es hermosa y atemorizante, no sé, definirla. Como tampoco puedo decir qué me hizo encaramar a la estructura de este herrumbroso puente y mirar hacia abajo, donde sus corrientes dejan ver parches de rocas aquí y allá…! Eso ya no importa! Menos aún, ya que fueron mis amigos los que me han empujado a esto y Mariana ya no quiere hacerme caso. Después, estoy seguro, será diferente. ¡Será tarde, por supuesto! Aquí estoy, la brisa azota mi rostro y abre mi mandíbula. Aunque no sé si es el miedo el que lo hace, y empuja mi pecho hacia atrás en un intento de hacerme cambiar de opinión. Mis piernas tiemblan, tanto que debo asirme con fuerza al barandal, algo en mi vientre pesa como una roca, el aire no me llega al pecho, y mi corazón late como las alas de un colibrí. No veo la prometida película de mi vida pasar ante mis ojos… ¡Me lanzo, mejor dicho, me dejo caer! Súbitamente mi pétreo estómago ocupa el lugar de mis pulmones aplastándolos e impidiendo que respire. Una corriente abandona mis insensibles pies y explota en mi espalda, la sangre abandona mi cráneo y expande mi cuello. El viento y las vísceras en mi boca ahogan mi grito, y en el momento en que mis ojos magnifican las piedras, una fuerza como un resorte jala mis pies hacia arriba evitando que mi existencia se estrelle. De cabeza colgando por una cuerda elástica atada a mis tobillos veo acercarse las oscuras aguas varias veces antes de que me izen de regreso al lugar desde donde hice "bungee". Oigo los aplausos y gritos de mis amigos: "¡No pensamos que lo harías!", "¡ganaste la apuesta!", "¡estás pálido como papel!", "¡di algo!". No logro articular palabra, y mientras me libran del arnés, veo a Mariana, ansiosa de la mano de Jorge. ¡Ya no importa, es tarde! Sigo mudo y ya no siento la piedra en mi barriga. "¡Eres de verdad, pela'o!", "¡pero, di algo!" —insisten mis amigos.

—¡Creo, que me hice en los pantalones!

Nació en Panamá el 24 de septiembre de 1955. Es Pintora y Diseñadora Gráfica. Ha participado en diferentes exposiciones de arte. Exhibe permanentemente su trabajo en varias páginas web, en Artelista.com y en Facebook, bajo el nombre de Arginnis Mundo Arte. En 1968 obtuvo el tercer lugar en un concurso de redacción, durante los Juegos Florales de los colegios del área de Paitilla. Ha escrito, sin publicar, un número variado de ensayos y cuentos. Egresada del Diplomado en Creación Literaria de la Universidad Tecnológica de Panamá. Ha publicado un cuento en la revista "Maga".

El trueque

Mariela decidió visitar a su padre, que vivía en Las Minas de Pesé y a quien no tenía la oportunidad de ver con frecuencia, por la distancia geográfica. Su papá, el señor Victorio, le explicó que se haría un examen médico de rutina y que iría a la capital, para quedarse en la casa de ella, mientras pasaba todo el proceso de los exámenes y diagnóstico. Al día siguiente en el examen, su médico de cabecera y él quedaron de acuerdo en realizar una cirugía menor, para sacar una pequeña bolita de grasa, que se notaba creciéndole entre el cuello y el hombro, en el lado izquierdo de su cuerpo. Lo operarían en dos semanas.

Desde que toda la familia de Mariela había sido estremecida, a causa del accidente automovilístico de su hermano en Perú, la mayor parte de la atención había girado en torno a su hermano Víctor, quien milagrosamente sobrevivió a tan terrible evento, prefiriendo toda la familia, de común acuerdo, traerlo a Panamá, para sus cuidados más minuciosos.

El alcohol, el cansancio, descuidos, en fin, con el lamentable resultado de que tendría que someterse a una operación tan delicada, que sabían que podría morir en ella. Un coágulo cerebral tenía que ser removido para impedir que desarrollara un tumor y afectara aún más su visión; pero tendrían que correr ese riesgo.

Como profesional de la salud, ella sabía que su hermano necesitaba tener óptimas condiciones y reflejos para poder seguir trabajando. Sería una desgracia que con solo treinta y cinco años de edad, una familia joven fuera afectada y además se perdieran tantos conocimientos adquiridos: por una negligencia quizás quedaría lisiado de por vida.

Cuando Mariela viajó días atrás, a casa de su papá al interior del país, lo que sucedió la dejó un poco preocupada y pensativa, pues un amigo de su padre llegó de visita a verlo. Aquella mañana temprano, ella lo observaba mientras él le contaba sus experiencias en el campo con los que trabajaban en las cosechas de las tierras de su familia. Entonces, llegó el hijo de su compadre. Juanchín los saludó atentamente al acercarse al portal de la casa, donde estaba Mariela escuchando a su padre.

Luego de saludar, Juanchín le contó que hacía unos pocos días, había soñado con él, pero lo extraño, es que en ese sueño, su padre, que ha había muerto hacía unos meses, le decía que le saludara a su compadre Don Victorio. En el sueño, Juanchín le contestaba que el señor Victorio se había muerto ya. Al despertarse, Juanchín quedó muy preocupado y decidió que en cuanto tuviera una oportunidad visitaría a Don Victorio para asegurarse de que se hallaba bien de salud. Así que al verlo conversando amenamente con Mariela, Juanchín se sintió tranquilo y despidiéndose cordialmente, se marchó

Pasadas las dos semanas, Don Victorio se quedó en casa de su hija Mariela para que le hicieran su cirugía el mismo día que sería la de su hijo.

La operación de Víctor, sería una intervención quirúrgica tan delicada, que don Victorio quiso aprovechar esos días para estar más cerca de su hijo, de manera que lo ideal era verse con su propio médico, la misma semana.

Dos días antes de la operación de ambos, Mariela estaba en la cocina de su casa, preparando los alimentos para el almuerzo. De una forma que ella no pudo explicar ni comprender, sintió cómo una mano se posó sobre su hombro y sin que ella pudiera ver a nadie, sintió una voz que decía: " Vida por vida."

Ella no entendió, pero tuvo un estremecimiento. El día de las dos operaciones, el médico que atendería a su papá habló con Mariela y le dijo: "No te preocupes, porque tu papá estará bien. Esta es una operación de rutina, fácil de realizar, él es un hombre de setenta y cinco años sano y fuerte; saldrá pronto del quirófano." Ella le agradeció y esperó en la salita especial para los familiares de los pacientes.

Su hermano había entrado al quirófano hacía tres horas. Alrededor de una hora antes, el doctor que lo operaría le advirtió a Mariela que esa operación era muy complicada y que se preparara para un desenlace problemático o fatal en el peor de los casos. Ella estaba nerviosa, sabía que tenía que esperar lo peor. Trató de leer unas revistas para esperar lo más calmada que le fuera posible. Al cabo de una hora, el médico que operó a su papá le avisó que él estaba bien y que se recuperaría rápido, pues hallaba en perfectas condiciones físicas, solo que ahora estaba dormido. Ella le dio las gracias, sabiendo que su hermano continuaba en el quirófano.

Como dos horas más tarde, llegó a buscarla el médico que operó a su papá, se veía pálido y agitado. Le explicó que no entendía qué había sucedido, pero que después de haber verificado el estado del señor Victorio perfectamente y comprobar que había respondido bien a la operación, algo extraño pasó y sus signos vitales empezaron a debilitarse; lo estaban examinando para determinar lo que debían hacer, pero no comprendían lo que estaba sucediendo. El médico no sabía cómo explicar esto pues había sido una operación muy sencilla. Mariela estaba un poco nerviosa, pero animó con unas pocas palabras al doctor: ella sabía que su papá estaba en buenas manos.

Una hora más tarde, el doctor del señor Victorio llegó muy apesadumbrado para avisarle que éste había fallecido, a pesar de todo lo que hicieron para evitarlo. No solamente lo abrumaba darle la noticia a Mariela; lo que más lo consternaba era no entender cómo, ni por qué se había dado este final, luego de una operación tan sencilla.

Mariela se llevó la mano a la boca para apagar su llanto. En ese momento, el doctor que había operado a su hermano llegó a buscarla y le dijo que, contrario al desenlace esperado, había logrado sobrevivir a la operación y no solo se recuperaría pronto, sino que pudieron extirparle el coágulo y acomodar tejidos que estaban afectados, de modo que desde ese día en adelante, Víctor tendría mayores expectativas de salud para vivir.

Mariela sollozó... Solamente contestó en voz baja: "Gracias, doctor. Tengo que aceptarlo. El trueque fue hecho."

DANAE BRUGIATI BOUSSOUNIS

Nació en David, Chiriquí, el 29 de septiembre de 1944. En Grecia obtuvo Maestría en Lengua y Literatura Griega Moderna por la Universidad de Tesalónica y Maestría en Lengua y Literatura Española por la Universidad de Barcelona, España. Técnica en traducción e interpretación por el Instituto de Ciencias y Tecnología "George Brown" de Toronto, Canadá. Licenciatura en Inglés por la Universidad de Panamá. Intérprete pública autorizada de inglés, francés, italiano y griego al español y viceversa. Profesora de idiomas en Grecia, Estados Unidos; y en el Departamento de Lenguas de la Universidad de Panamá, en el INADEH y en Spanish Panama, donde trabaja actualmente. En Panamá, fue la productora de la puesta en escena del oratorio "Axion Esti" del poeta griego Odyseas Elitis y música de Mikis Theodorakis. Ha tomado talleres de cuento avanzado con Enrique Jaramillo Levi. Egresada del Diplomado en Creación Literaria 2013 de la Universidad Tecnológica de Panamá.

Camino a la colina

Unos, los menos, sentían un verdadero dolor que sus rostros demacrados dejaban ver sin reparo, al mismo tiempo que sus miembros laxos daban muestra del cansancio de las largas horas de vigilia que llegaron al extremo en el desenlace que aunque esperado no dejaba de ser menos doloroso.

Otros tenían en sus semblantes un dolor compuesto, solidario y superficial, aquel que las convenciones dictan para tales ocasiones y el cual en ciertos momentos se quebraba en sonrisas frívolas de reunión social ante amigos y conocidos.

Los más eran parientes lejanos, amigos o simples conocidos. Entre estos últimos estaba él, llevado allí por la extraña circunstancia de que siendo un escritor de cuentos, cuando visitaba por primera vez lugares desconocidos, se llevaba su cámara y tomaba fotografías de personas, animales o espacios que le atraían como detalles que podían estimular su imaginación o inspiración cuando escribía. Esta vez había llegado en tren hasta este apartado pueblo al pie de una colina, en cuyas estrechas calles había grandes charcos dejados por la fuerte lluvia de la noche anterior y aún colgaban del cielo pesados nubarrones grises presagiando nuevos chubascos en cualquier momento.

En su diario deambular durante la última semana había cruzado pocas palabras con los vecinos del lugar, y la dueña de la casa atribuía este comportamiento retraído del joven inquilino a que allí en ese pueblo no quedaban muchas personas de su edad con quien compartir intereses o actividades. Él sabía que tras las hojas entornadas de las ventanas de las casas por las que pasaba le observaban con curiosidad y que al entrar al único café del pueblo, las voces bajaban de tono y tejían una leyenda en torno a su persona y su presencia allí daba pie a muchas conjeturas pero eso le dejaba indiferente, y luego de tomar un café sin leche ni azúcar seguía su camino y se perdía entre los montes, las pequeñas eras y los matojos que rodeaban el pueblito.

Aquella tarde, la lluvia nueva le obligó a correr hasta la pensión y refugiarse a leer en la pequeña recámara donde desde muy temprano y sin cenar se quedó dormido. Le despertaron apremiantes golpes en la puerta y sorprendido, se levantó, abrió la puerta y se encontró ante el compungido rostro de la dueña que le dijo con voz llorosa que tomara su cámara fotográfica y que le habían mandado a llamar de la Casa de la Colina.

De muy mal talante después de repetir una y otra vez a la dueña que él no era fotógrafo sino escritor, igual la dama casi le obligó a ponerse el abrigo, le prestó un paraguas y le dijo que siguiera al hombre que le esperaba en el portal. Tomaron el camino empedrado que subía a la colina y en la cual señoreaba alto y oscuro un viejo caserón que debió ver mejores días.

Un sirviente abrió la puerta y recogió su sombrero y su abrigo. Callado y sombrío le llevó al salón. Las personas que allí le esperaban estaban todas vestidas de negro. Las cortinas a medio cerrar, las susurrantes voces, los cirios, el Cristo en el centro de la gran pared, todos los detalles que indicaban que la muerte les había tocado con sus gélidos dedos.

Los dolientes abrieron paso al joven escritor y allí, ante sí, vio el rostro más bello que había visto en toda su corta vida. Hermosa cabellera castaña rodeaba su céreo rostro angelical cayendo en largas guedejas sobre sus hombros. Sus manos entrecruzadas adecuadamente sobre el núbil pecho parecían a punto de abrirse y saludarle. Azahares y gardenias cubrían el resto de aquel delicado cuerpo vestido con sedosa túnica, cuyos pliegues y encajes de luminosa blancura competían con la de las flores que la perfumaban.

Le magnetizaron aquellos ojos cerrados y la sombra de las pestañas se extendieron hasta alcanzarle en extraño abrazo encarcelando su espíritu sensitivo y atormentado.

La imagen de la muchacha ya no salió de su ser; le llenaba por completo en inexplicable obsesión; su cuerpo y su alma no encontraban paz. Mientras allá en la Casa de la Colina a ella le seguían velando pues, en aquellos lugares tales menesteres toman más tiempo de lo acostumbrado en las ciudades, él iba sumiéndose por horas en el abismo de su deseo de aquel cuerpo yacente que apenas vislumbró. No dormía, no comía, no tenía sosiego. Vagaba delirante por los caminos que recién había conocido unos días antes y llegaba nuevamente hasta ella en desquiciada adoración. Su desesperación aumentaba inexplicablemente, por lo que al tercer día no pudo más. Entró febril, enloquecido, en aquella habitación en que la preparaban para llevarla a su última morada, llamándola Amor porque ni siquiera sabía su nombre. Y allí, la vio ponerse de pie; sus ojos que le habían enamorado aún cerrados estaban ahora abiertos en toda su dorada belleza, y le miraban con estupor, seria, extrañamente sorprendida. Él cayó ante ella, besó el canto de su túnica y expiró.

17

Nació en el Corregimiento de París de Parita. Provincia de Herrera, el 1 de mayo de 1955. Título de Enfermera Básica en abril 1977 por la Universidad de Panamá. Licenciada en Ciencias de Enfermería en 1995 por Universidad de Panamá. Post Básico en Salud Comunitaria, 1995 por la Universidad de Panamá. Post grado en Atención Primaria en Salud y Familia, 2002, por la Universidad de Panamá. Miembro de Junta Directiva de la Asociación Nacional de Enfermeras de Panamá en dos períodos, siendo vocal y Secretaria general (2000—2004). Enfermera jubilada. Egresada del Diplomado de Creación Literaria de la Universidad Tecnológica en 2011. Seminario Taller "Escriba y Publique su libro" en la Universidad Santa María la Antigua, 2011, de Ileana Golcher. Taller de Cuento Infantil en la Universidad Santa María La Antigua, con Ariel Barría Alvarado. Ha publicado un cuento en la revista "Maga".

Renacer

Estoy aquí en mi hogar que tanto esfuerzo me costó; sin embargo, no puedo disfrutarlo a plenitud como soñé que sería, al llegar al otoño de mi vida.

Mis tres hijos adultos ya se fueron. Cada uno hizo su vida aparte de la mía, ellos tienen derecho a hacerlo.

Desde la terraza, observo a los niños del vecindario jugando, puedo escuchar sus gritos y ver sus movimientos de un lado para otro sin cesar y recuerdo con ternura los años vividos al lado de mis hijos, cuando eran como ellos. Me gustaba mucho, al regresar del trabajo, los abrazos y besos que me prodigaban. ¡Cuánto extraño esos tiempos y esos momentos!

Al marcharse ellos, me quedé con Rubiela, mi esposa, que por muchos años compartió su vida conmigo.

Aún recuerdo ese día en que la acompañé al doctor porque se sentía débil y con un poco de dolor, según me manifestaba. Su cuerpo al igual que el mío desgastado por los años y la inclemencia de una vida dura y con privaciones, y pensé, son los achaques propios de los viejos.

Una sutil, pero constante lluvia caía en ese frío invierno. La abrigué con mi chaqueta y nos dispusimos a partir.

Le realizaron algunos exámenes en una clínica y nos enviaron al hospital. Pasamos días y noches de intensa zozobra.

Las noches pasaban eternas, así es cuando aguardamos impacientes una esperanza de vida. Todo se trastoca cuando quien enferma es una persona que ha llevado una vida dinámica y es eje del hogar.

Siendo la madrugada de aquel crudo invierno, nos llamaron. Los últimos momentos de su vida estaban ya trazados en ese amanecer, mis hijos conmigo hasta en esos momentos me daban aliento, a pesar de su dolor, pero la vieja como cariñosamente la llamaba, se me fue ¡Cuánto la añoro y extraño!

Algunos de mis amigos también han fallecido. Aquél con quien jugaba dominó todas las tardes y que me acompañaba a la iglesia también partió. Me han dejado un gran vacío, ¡Cómo pesa la soledad!

—Buenos días, papá— dijo José, mi hijo menor, al llegar a casa esa mañana.

—Buenos días— le contesté con alegría al verlo.

—He venido para llevarte a un lugar.

Lo noté misterioso. Sin embargo, me vestí despacio, me puse mis zapatos y mi gorro y me dispuse a salir con él.

—¿A dónde vamos?

—Te voy a llevar a un lugar donde tendrás muchos amigos, ya no te sentirás solo. Sabes que nosotros no podemos acompañarte como quisiéramos.

A medida que avanzábamos me sentí angustiado. Mi corazón latía acelerado, sentí temor. Las palabras de mi hijo lejos de producir alivio, me causaban mucha tristeza y pesar.

Por fin, llegamos. Fuimos de los primeros en llegar, y pude observar a algunos ancianos como yo.

Miraba el área, desconocida para mí: un amplio salón y sillas. Mis compañeros con cara triste, también aguardaban y no sabía si estaban en la misma situación en la que me encontraba.

Llegó el momento que no quería que llegara, pensé, haciéndome mil conjeturas.

Me mantuve en silencio, con la cabeza baja, una profunda tristeza embargaba mi alma, y en mis ojos una lágrima a punto de resbalar y posarse sobre mis labios que querían gritar a mi hijo: ¡Quiero irme!

Pensaba: "esto no me lo merezco, después de darle atención y afecto a mis hijos ahora me quieren abandonar."

A medida que pasaba el tiempo pude observar que iban llegando más personas, poco a poco se fue llenando el lugar. Ahora el grupo era de diferentes edades y sexo y me fui sintiendo hasta cierto punto aliviado. Todos estábamos sentados en círculo.

Comenzó la reunión, un hombre explicó los objetivos de la misma, cuando finalizó su exposición, suspiré.

Se fueron presentando cada uno de ellos, mis ojos observaban atónitos y me decía" yo no soy bueno para hablar en público y mucho menos de mis sentimientos". Mi corazón aún latía acelerado, mezcla de temor e incertidumbre. Mis manos sudaban copiosamente.

Todos coincidíamos, cada uno de nosotros había tenido una pérdida importante en nuestras vidas, unos por muerte, otros por separaciones, divorcio y otras causas.

Me fui ambientando poco a poco después de algunas sesiones. Cada una de ellas era una enseñanza y pude hablar de mi pérdida, las lágrimas resbalaban por mi rostro como nunca lo había hecho, pues pensaba que esto era sinónimo de debilidad. Se fue aliviando mi corazón que se encontraba oprimido de tanto peso contenido por dentro. "Las pérdidas significativas nos vuelven distintos, algo concluye y algo comienza", según nos manifestaba el terapeuta, hay que "aprender a vivir con lo que no se puede cambiar, apuntando a la búsqueda de nuestro crecimiento personal y éste va ligado a la capacidad de superar de manera constructiva nuestras pérdidas."

Pensaba: ¿Cómo puede llevarse a cabo esto en la práctica?

"El desapego, como posible y saludable camino, no significa olvido ni tampoco desamor, es en cambio la posibilidad de crear un espacio entre el dolor por la pérdida y el seguir llevando adelante nuestro propio proyecto de vida. La superación del duelo se basa en la capacidad de recordar sin caer en el sufrimiento, poder abrirse a nuevas relaciones y aceptar el desafío al que la vida nos enfrenta, podemos elegir el sentido de nuestro cambio," enfatizaba el terapeuta.

Había llegado afortunadamente a un grupo de autoayuda.

Hoy, me siento confortado, el dolor se ha apaciguado, la tristeza ha mermado y tengo nuevos amigos. Me estoy adaptando a mi nueva situación.

Mis hijos no han dejado de visitarme, son buenos hijos, ¿Cómo pude pensar siquiera que querían deshacerse de mí? Me siento apenado, no quisiera jamás que ellos supieran de los sentimientos que tuve, no sé si serían capaces de comprender el temor que invade nuestras almas en los momentos de soledad y de tristeza.

Puedo ver por la ventana a los niños que juegan. Al verme, corren hacia mí para que les narre un cuento como en los viejos tiempos.

Me siento vivo y en paz con mi alma.

JORGE CAMAÑO

Nace en Soná, provincia de Veraguas el 7 de septiembre de 1960. Realiza estudios de pintura, dibujo y escultura en la Universidad del Arte Ganexa, donde recibe el título de Licenciado en Artes Plásticas. Muy aferrado a las tendencias del arte, complementa la plástica con algunos géneros literarios (poemas, cuentos, novela), habiendo tomado talleres literarios con los escritores nacionales: Carlos Fong, Enrique Jaramillo Levi, Carlos Oriel Wynter Melo, Ariel Barría Alvarado y Héctor Collado. Es egresado del Diplomado en Creación Literaria 2009 de la Universidad Tecnológica de Panamá. Uno de sus cuentos ha sido publicado en la Antología de Taller **"Déjame contarte"** (Fuga Ediciones, Panamá, 2010).

El cementerio

Mientras me escurría el plumaje, posado en la horcadura de este tronco seco vislumbré la Estigia que había formado, luego de que el cielo derramara su llanto como previo aviso de la presencia de la muerte.

Pese a estar habituado a opacidades como esta, ululé repetidas veces para prevenir a los ambulantes nocturnos, pero a lo lejos divisé la indiferencia de los grillos y las ranas, que entre murmullos, disfrutaban con el danzar intermitente de los espectros que proyectaban los gigantes del bosque.

La lluvia ya le había dado paso al frío para que abrazara toda sombra de este cementerio repleto de indiferencias, mientras sentía la impresión de que la luna se escondía temerosa por los estruendos de las nubes que chocaban entre sí; y en el interludio de cada trueno, se confundía el graznido del cuervo con el grito del viento. La humedad, por todas partes, parecía reflejar las lágrimas de abandono de los que aquí descansan.

Esqueletos de concreto, repellados de hiedra y limo, dejaban ver la indolencia en las losas rubricadas y en el deterioro de los símbolos sacros.

Mi presentimiento no me traicionó. Justo cuando iba a emprender el vuelo en busca de alimento, entre el cortinaje de la neblina, los destellos de los relámpagos que aún caprichosamente rajaban el cielo me dejaron ver la silueta de un hombre que cavaba en una de las tumbas abandonadas a orillas del monte.

Me acerqué a discreción para percatarme de quién se trataba. Era el humano que vivía en este panteón, el que solía robar el último calor y la candidez a cada cuerpo de niña que le tocaba sepultar.

Pude ver en el profanador, que a pesar de su costumbre de vivir en medio de una penumbra como esta, escarbaba el montículo con el corazón al borde de labios, porque, a sabiendas de que este era un sepulcro que nadie visitó por años, intentaba callar cada golpe de la pala, como para no despertar a los demás que dormitan en el silencio de estas tierras.

Nunca supe cuál fue su verdadera intención. Tal vez, algunas de las tantas leyendas que le había oído narrar a los humanos cuando venían a despedir a sus muertos; pero lo cierto fue que, luego del esfuerzo, el hombre logró su objetivo: su herramienta chocó con el bulto de madera que servía de recinto a la que allí reposaba. Se apresuró a desenterrar el ataúd. A lo mejor, la exquisitez en el tallado, le hizo percibir el olor de algún tesoro.

Al seguir su instinto de salteador, se cubrió nariz y boca con un pañuelo, para evitar los gases pestilentes, pero parece que no contaba con que la tapa y sus laterales se desmoronarían con tanta facilidad y, mucho menos, con liberar el aroma que emanaba del cuerpo intacto de una mujer desnuda. Los comensales de la muerte, que en años solo engulleron su vestimenta, no se atrevieron a devorar tanta belleza.

No encontró el botín buscado; sin embargo, al dilatar sus pupilas sobre el rostro del cadáver, reparó con asombro en un objeto que le adornaba la frente: una corona virginal.

Noté que el bandolero no supo si huir del hecho inadmisible que veía, o saciar sus usuales pretensiones en aquella escultura mortuoria que tenía a su alcance.

No pudo controlar su necesidad carnal, la que fue más poderosa que el temor. El sentido de lujuria lo llevó de la timidez a manosear con desesperación el volumen da cada seno, para luego con ansias, restregar en ambos pezones su lengua; mientras sus dedos se deleitaban dentro de la delineada montaña vaginal.

En su mente llena de oscuridad, no tuvo otro impulso que el despojarse de su ropa y acomodar a la mujer en posición para saciar su fantasía. Sin embargo, para sorpresa suya, el cuerpo álgido de ella comenzó a sentir; y su piel a perder la rigidez, y sus piernas asumieron la encajadura precisa para responder a cada embiste de penetración.

Mientras se consumaba el acto entre la vida y la muerte, volvió a caer la lluvia, pero en esta ocasión con tal intensidad que el silbido del viento no dejaba oír los gemidos de ambos. Gemidos estos que, luego de los espasmos de placer, se tornaron en gritos de dolor y desesperación por parte de él, al ver cómo los gusanos, por millones, salían y entraban de la piel del cadáver, devorándolo ante sus ojos.

La angustia fue desgarradora, el sepulturero nunca pudo zafarse de los brazos que lo encadenaron; siendo también engullido por los que respetaron por años la castidad de aquella mujer enterrada en esta huesa del olvido.

Ahora, el eco de los enjambres de la noche, en común acuerdo, han callado sus voces; las nubes se han dispersado igual que los latigazos del cielo; dando paso a la luna para que se atreviera a revelar su presencia, a pesar de que pronto resucitará el día. El cuervo dejó de graznar y se guarece en su escondrijo; no se escucha el chirriar de los grillos; las ranas se resguardan entre los matorrales; mientras la corriente de agua y la fuerza del viento arrastran la tierra hacia la fosa, y poco a poco la van llenando, mientras el alba empieza a extender su manto.

Y como suele suceder en todas partes, a pesar de lo que diga la superstición humana, de que somos agoreras entre las aves, nosotros siempre seremos testigos de casos singulares como este, donde alguien desafía a la muerte sin saber que ella camina en sus propios pasos.

Nació en la ciudad de Panamá, el 15 de agosto de 1975. Estudió periodismo en la Universidad de Panamá (2000). Obtuvo una beca Fullbright en el año 2003 para continuar sus estudios de Maestría en Ohio University. Trabajó por cinco años en el diario La Prensa, donde ocupó los puestos de sub—editora de la Sección de Política, editora de la Sección de Mundo y Jefa de Información. Actualmente es parte del equipo de Documentación Histórica del Programa de Ampliación del Canal de Panamá. Es egresada del Diplomado en Creación Literaria 2010 de la Universidad Tecnológica de Panamá.

La agenda presidencial

Era prepotente, corrupto y seductor. Era el Presidente que sus allegados temían, sus adversarios detestaban y las mujeres adoraban. En los años que estuvo al mando del pequeño pero rico país, el político se aseguró de engordar sus cuentas bancarias y de alargar su lista de amantes, quienes caían seducidas por el irresistible atractivo que solo el poder absoluto provoca.

Señoritas de sociedad, viudas en duelo y hasta la esposa de algún ministro despistado. El único tema en el que el Presidente ejercía la democracia absoluta era en la elección de sus mujeres. Y para mantener la red de hasta cuatro amantes a la vez, el mandatario diseñaba una estrategia igual de meticulosa que la empleada para neutralizar a sus críticos.

"Mantén a tus amigos cerca y a tus enemigos más", decía, y por eso ubicaba a sus amigas en apartamentos dispersos en un perímetro no mayor de diez cuadras, así se le facilitaba espiarlas. Y aquellas comprometidas, casadas o con novios, el Presidente les ofrecía a sus hombres un trabajo en el gobierno y ante cualquiera sospecha de que la infidelidad había sido descubierta, ellos eran trasladados a pueblos perdidos donde solo se llegaba a caballo, y los más afortunados eran embarcados a alguna embajada al fin del mapa.

Tampoco llamaba a ninguna de estas mujeres por su nombre propio, todas eran "mi amor" y para evitar duplicidad de compromisos, llevaba una agenda roja —no negra, como es la tradición, porque según él solo el rojo combinaba con su estilo de vida de hombre apasionado—, en cuya contraportada estaba escrito el "Decálogo para atrapar mujeres", una descarada lista creada por él mismo con los pasos para asegurarse más de una amante.

El plan le sirvió tanto en el Gobierno como en su vida personal. Al final de los cinco años de mandato, el político entregó la presidencia rodeado de acusaciones de haber robado millones de dólares al Estado, pero sin una prueba que pudiera llevarlo ante los tribunales.

De igual forma pasó con las mujeres que lo acompañaron, aunque algunas de ellas descubrieron con el tiempo que no eran las únicas que el Presidente había amado y hubo incluso algún reclamo incómodo de "pero si yo te quería tanto", ninguna de ellas le guardó rencor ni amenazó con exponer su vida de infiel.

Así pasaron un par de años, en los que el ex presidente se dedicó a gastar sus millones en viajes obscenos alrededor del mundo y a posar junto a sus nietos para las revistas sociales, hasta que recibió una llamada de su abogado:

Ahora sí te jodiste. La policía te está buscando y te van a meter preso por la plata que te robaste.

Al otro lado del teléfono, el abogado trataba de explicarle al ex—Presidente que las autoridades habían encontrado un testigo clave de sus , y que esa mujer —su género era el único dato que el abogado había sacado de sus fuentes— había aportado documentos que detallaban cada transacción de sus fechorías, la fecha, a qué banco y por qué monto.

Pero cómo es posible, si a la única persona que le contaba de mis chanchullos aparte de ti era…

El ex—Presidente no pudo terminar la frase porque un recuerdo le invadió la memoria. Había sido una de sus amantes favoritas, no recordaba su nombre, solo que tenía un puesto de gerencia en el banco estatal, que la había conocido en uno de esos aburridos cócteles diplomáticos y que lo enloqueció porque aparte de "estar buenísima" era un genio con los números.

Entre citas, el político le confió su método para apropiarse de parte de los millones de dólares que el Estado le pagaba a empresas extranjeras para construir carreteras y hospitales. Con el tiempo, el hombre llegó a pedirle consejo para invertir su fortuna en mejores mercados y al ver la rentabilidad de las inversiones sugeridas por la bella banquera, el Presidente le entregó en bandeja de plata los papeles que desmenuzaban su crimen.

Ella fue una de las que descubrió que su Presidente no era un hombre fiel y cuando lo confrontó no hubo llantos ni gritos, solo una simple amenaza: "Me la vas a pagar".

"Tiene que ser ella", pensaba el hombre mientras colgaba el teléfono con los gritos de su abogado retumbando en el auricular.

El ex—Presidente aún recordaba la dirección del apartamento donde habían tenido sus primeros encuentros amorosos, así que se dirigió hacia su destino con la esperanza de que la mujer que estaba a punto de mandarlo a la cárcel no se hubiera mudado.

Llegó al edificio y convenció sin dificultad al portero de que lo dejara entrar; aún no había estallado la noticia de que era buscado por la policía y por mucho que se especulara sobre él, el hombre había sido Presidente y su presencia seguía inspirando sino respeto, por lo menos intimidación.

Subió los cuatro pisos en elevador y cuando llegó al apartamento buscado tocó el timbre. Sin esperar una invitación, el hombre irrumpió en la habitación apenas se abrió la puerta. Allí estaba ella, parada en medio de la sala, tan bella como la recordaba, tan seductora con su cabello rojo y ojos verdes, y con ese aire de inteligencia que terminó por atraparlo.

Esta vez, sin embargo, el ex—Presidente no vino a seducirla sino a reclamarle:

¿Cómo pudiste hacerme esto? Tú me dijiste que me amabas y así me lo demuestras, vendiéndome a la policía. ¿Cómo pudiste traicionarme?", gritaba el hombre que había perdido toda compostura.

La mujer se había sentado en el sofá y estoicamente había escuchado los reclamos de su antiguo amante. Ella se mantuvo en silencio varios segundos que al ex—Presidente le sonaron a eternidad antes de responder pausadamente:

"¿Recuerdas esto?", decía la pelirroja mientras alzaba con su mano la agenda roja presidencial. "Atrás tiene una interesante lista para atrapar mujeres, creo que el punto que más me gusta es el número tres: 'Nunca llames a las mujeres por su nombre, corres el riesgo de equivocarte y exponerte a una situación embarazosa. Mejor inventa nombres cariñosos que nunca fallan como mi corazón o mi muñeca", leía la mujer que para ese entonces ya había comenzado a llorar. "Ahora recuerdo que tú nunca me llamaste por mi nombre. Tú ni siquiera sabes cómo me llamo, ¿verdad?".

El ex—Presidente se sintió indefenso ante la pregunta que por más que se esforzaba, no podía responder, y mientras escuchaba las sirenas de la policía que se acercaba, tal vez alertada por el portero o por algún vecino preocupado, solo llegó a responder:

"Ay, mi amor"

JOSÉ ÁNGEL CORNEJO

Nació en Pocrí de Aguadulce, provincia de Coclé, el 18 de noviembre de 1961. Licenciado en Diseño Gráfico por la Universidad de Panamá. Se ha desempeñado como Director Gráfico en distintas agencias publicitarias como, Boyd Barcenas (Lintas), S.A, Cerebro (Young & Rubican), Fergo (Saatchi & Saatchi), y Alfonso Acosta Advertising. Actualmente aplica toda su experiencia, talento y capacidad creadora en beneficio de sus propios clientes. Egresado del Diplomado en Creación Literaria 2006, de la Universidad Tecnológica de Panamá, del que surgió la iniciativa de publicar un libro colectivo: **Letras Cómplices** (UTP, 2007). Es socio y miembro fundador de 9 Signos Grupo Editorial

Castillo de naipes

Debí suponerlo antes de empezar a escribir. Lo que me exige se me hace difícil por la misma razón. La imposición tensiona mis neuronas, las que terminan por cristalizarse. Años de dedicación a la letra fácil, frívola y preconcebida, han embotado mi otrora habilidad y fluidez. Debo admitirlo ¡No tengo ya la disciplina! Más aún, nada que contar. Pero debo enfrentar el reto y llenar aunque sólo sea de palabras sin espíritu, la bendita amalgama de celulosa cuadrada que anhela esperando por dejar de ser pura como su mismísimo color, el que en realidad sólo existe en sentido figurado.

¡Tengo que escribir! Así sea con la imposición a cuestas, la que en verdad no tolero. Por fortuna, la intuición — esquiva compañera de muchos años —, se asoma sugerente insinuándoseme a ratos por la críptica narrativa de un antiguo epígrafe que deliberadamente advierto. Bien podría tratarse de una aguda sensibilidad aún no extraviada, de algún instinto en ciernes o de una débil impresión que me hace entrever perfiles, que dibuja aunque sólo sea a ráfagas, posibilidades incógnitas de una trama a medio terminar. Aparece entonces por gestión propia –acaso por la mía–, Armodio Álvarez en escena, quien se describe así mismo como triunfador ¡Punto! No cediendo a la transigencia de reseñar lo que creo no lo define a fondo, ensayo el epíteto de triunfalista que le encaja mejor, el cual le endoso con sobria empatía. De mi misma edad y porte, algo canoso y precozmente envejecido por el sedentarismo crónico de la rutina diaria, la que más a menudo de lo normal es la verdadera responsable de su desencajo, a más –claro está– de la enfermedad que padece.

Como por definición unánime de aquellos cuyas mentes estandarizadas aceptan la frívola definición de éxito que vierten algunos autores al "escribir cualquier pendejada", Armodio Álvarez se ha motivado a sí mismo desde su juventud para ser un mercenario más de la vida; uno de aquellos que apuestan más a la comodidad que a la auto—realización. Por ello ha decidido jubilarse pronto, algo antes de los cincuenta, para así poder disfrutar, previo a que se agudice la artritis o aparezca alguna condición prostática, de su espléndida casa en El Valle de Antón que es su sueño inmediato. No por la veleidosa presunción de poseer una imponente casa de campo, sino por la legítima inspiración que encuentra en sus paredes, en el patio, en sus entornos, en el paisaje. Eso sí, quiso asegurase antes de que su cuenta bancaria estuviera bien nutrida, lo que parece haber logrado con marcada presteza.

Hastiado, como lo está, no necesariamente de la rutina diaria de levantarse con sueño todas las mañanas debido a las exigencias de una empresa que ha sabido llevar con mucho esmero, sino por la misma naturaleza de la labor que ha desempeñado por más de veinte años desde que prostituyó su talento, la que ahora repudia con vehemencia; ha decidido en hora buena y por el resto de los días, meses o años que le queden de lucidez mental, aún de vida, dedicar tiempo a lo que en verdad es su pasión: — *Mujer amada desde su juventud pero unido a otra por conveniencia* —, La Creación Literaria. Sabe que el vínculo que los unía fue roto hace bastante tiempo y que ya no puede esperar mucho de ella, más que un somero y para nada trascendental contacto, el cual procura con ansias.

Aquella noche — antes de su intento de reconciliación con la pluma —, durmió bien poco; se la pasó evaluando su vida desde el principio, la que al parecer de todo el mundo había sido exitosa. Pensó en su familia, su divorcio de hacía un año, el distanciamiento emocional con sus hijos, su enfermedad…

Se levantó de mañana bien temprano y, al asomarse al balcón de su solitario pero bien lujoso apartamento, advirtió que el día había amanecido como su alma; el gris de la bahía se había fundido en una misma tonalidad con el del cielo y por una cuestión de elemental prudencia, su viaje a El Valle de Antón debería ser necesariamente lento como planeó que fuera. Desayuna parsimoniosamente como queriendo disfrutar — sorbo a sorbo — de ese día que se le antoja especial, sin la prisa a la que por años ha estado acostumbrado. Hay sólo una cosa que lo apremia: Su encuentro con la "pluma". Pero no es una urgencia que le incomoda, al contrario, siente que por primera vez después de tanto tiempo, quizá desde su adolescencia, hay algo simple, descomplicado, que por el solo gusto de hacer le induce — sin empujarlo — a la prisa, y no son los enmarañados trámites de su oficina con los cuales debe cumplir más por un asunto de imagen y atención al cliente que por un sentido de responsabilidad sincera, detrás de cuya razón siempre está el dinero. Ahora, sin embargo, su sentir de urgencia se traduce en satisfacción, si acaso no en placer. Cualquiera diría que va a encontrarse con un amor olvidado, una antigua novia de su adolescencia o algo parecido. Como quiera, el parangón le viene como anillo al dedo.

El breve e intenso jalonazo de dolor que hiere los nervios de su cerebro le hace encorvarse en su silla mientras intenta llevarse a la boca un taza té, la que deja bien pronto en la mesa del desayunador. De inmediato lleva una mano a la cabeza, justo arriba de la frente, y con los ojos cerrados espera a que se le pase el vértigo. Acto seguido abre una de las puertecitas de la alacena donde están los medicamentos que le fueron prescritos con mucho encargo y toma de un pequeño frasco de vidrio una diminuta tableta que luego traga con recelo. Se sienta nuevamente a terminar su desayuno — ha resuelto que nada, ni siquiera su mal, le arruinen el día —, pero es nuevamente interrumpido, esta vez por el temblor en la mesa producido por el dispositivo vibratorio de su celular el cual no contesta, aunque advierte el número de su oficina en la pequeña pantalla. Lo que sea que esté pasando allá "le vale". Con un rictus de desdén en sus labios, una risa apenas insinuada e irónica, reflexiona en que al menos para eso sirve el dinero, para romper las cadenas del horario laboral que aprisionan a casi todos los mortales. Desafortunadamente — sigue cavilando —, no para dar ese sentido de realización que urge a todo ser humano, de saber o al menos presentir que cumple con su asignación que es más su propósito en la vida, vale decir, su entrañable vocación. Descubrimiento que ha hecho tardíamente.

Ya de camino por la interamericana le invade un sentir de bienestar, una inusitada despreocupación de todo; quizá por haber trascendido el límite en que los humanos nos sentimos vivos: El dolor. En su caso, el dolor del alma. Hace una llamada a sus dos hijos, quienes parecen no presagiar nada inusual. Luego intenta una llamada a la que apenas hace un año fuera su única esposa y compañera desde su juventud, pero finalmente desiste. ¿Para qué incomodarla? — reflexiona.

Después de pasar la autopista de La Chorrera, cuando el tráfico parece más despejado — una evaluación subjetiva sin duda debido a la sensación que produce el haberse alejado lo suficientemente de la ciudad como para sentir que ya se está en el interior del país — ; en ese momento, digamos, de menos tensión, cuando el sol le devolvía el verde a las montañas que hasta hacía unos minutos habían perdido, se dispone a escuchar un cd previamente seleccionado. Era una de esas tantas conferencias motivacionales en serie. Sentía al escucharla un profundo repudio que rayaba casi en el asco, por la retahíla de verdades a medias que allí oía, y peor aún, porque provenía de sus propios labios. Él mismo era el orador de fondo; el "diamante" invitado a uno de esos llamados "opening". Una especie de apertura para nuevos adeptos; un show bien montado con el fin de reclutar a neófitos incautos en el capcioso mundo del multinivel, frágil castillo de naipes, donde los pocos son enriquecidos por los muchos.

Su conferencia tenía el propósito de enrolar a más gente, tal como le había ocurrido hacía ya varios años cuando, por alistarse en estas actividades, dejó su primer amor vocacional, La Escritura. Justo es decir, sin embargo, que tuvo la oportunidad de iniciarse en el difícil mundo de las letras, ocupación para la que prometía mucho, sobre todo después de haber ganado sendos concursos locales e internacionales de literatura, que le valieron muchas invitaciones a círculos de noveles escritores, a talleres y seminarios, incluso a títulos *ad honoren* en una que otra facultad; todo lo que aspiraría un principiante para explotar su ingenio; en fin, un rosario de puertas abiertas por las cuales nunca jamás accedió. Aunque la realidad fue que desde entonces, después de romper contrato con la Compañía que lo había potenciado como orador — y contrario a lo que podría pensarse en el conspicuo ámbito de las verdaderas letras —, se convirtió en un prolífico y destacado escritor de libros motivacionales, de esos que llaman de autoayuda. Fusionó escritura y oratoria para crear un imperio comercial hasta granjearse la reputación de "Gurú de la auto ayuda".

— *Usted puede hacer mucho dinero con tal que dedique un pequeño tiempo a este negocio...* — decía la voz — que era la suya —, desde la casetera...

— ¡Mentiras! — su pensamiento obligó a su boca a exclamar mientras se escuchaba a sí mismo — . Si al menos todo lo que he hecho a sacrificio de mi vocación y mi felicidad hubiera beneficiado a mi familia con más que bienes, que es lo único que les he dado, bien valdría este sentimiento mortal de añoranza e insatisfacción. Pero nunca tuve tiempo para ellos.

— *¿Avaricia? ¡No!... Al contrario: Cuando no tienes dinero entonces tu mente está muy ocupada pensando en como obtenerlo y te vuelves un esclavo de él. Pero una vez que lo consigues, el dinero deja de ser un problema y puedes dedicar tiempo a hacer las cosas que siempre has querido hacer. El lema es: Ganar, ganar...*

— He acumulado mucho dinero — prosiguió en su coloquio interno, mientras movía negativamente su cabeza —, perdiendo para ello lo que creo era mi vocación real en la vida: Ser un escritor; pero uno de verdad. Esto definitivamente no es ganancia sino perdida, acaso, pobreza. No es buen negocio ganar cosas a cambio de otras que tienen más valor.

— Es verdad que he edificado una estructura comercial muy sólida, pero mi vida; digo, mi vida real, la autentica y no la aparente, la que nadie mira — que es la que cuenta —, es un frágil castillo de naipes; y lo que es peor, ya se está derrumbando. Al final, yo perdí.

— *Lo que les digo es la verdad. La oportunidad de cambiar sus vidas se les está presentado en este mismo momento, y que yo sepa ustedes sólo tienen dos opciones: O retirarse y dejar que otro tome su lugar; o aceptar el reto que les brindo ahorita mismo; que no es otro que el de hacerse ricos. ¡Sí! Me escucharon bien: ¡Hacerse ricos!*

— Cuando se supone que uno está para ayudar a las personas — motivándolas para el éxito — y no lo logras, se adquiere un gran aprecio por la verdad. Y la verdad es que yo he vivido una mentira todo este tiempo.

— *¿Creen acaso que lo que les propongo no va a dar los resultados que esperan? Eso es porque así los han programado desde su niñez: no para el éxito, sino para el fracaso... Pero hoy pude cambiar su suerte.*

— No es que no hayan cosas de las que se dicen en este oficio que no funcionen; de hecho, a mi me funcionaron. Pero enseñar sobre cómo alcanzar el éxito integral cuando de lo que se trata es de cómo alcanzar dinero, o al menos, éxito financiero, que es lo que debería decirse además de advertir que el costo puede ser la misma felicidad, me parece una deshonesta desmesura.

El viaje transcurrió muy tranquilo, excepto por los remordimientos que le exprimían el alma. Meditaba en todo: En la conferencia que escuchaba; en sus supuestas "verdades" para alcanzar "éxito"; en como la gente acude a estas cosas creyendo encontrar en ellas la llave de la felicidad...

Justo al momento en que el "clic" del reproductor de cd daba por terminada la conferencia, poco antes de que el sol alcanzase su cenit, divisó a lo lejos el cobertizo azul de su imponente casa. Algunos minutos después de haber descansado se sienta en su escritorio y emprende la tan anhelada tarea. Pero no logra hilar palabras ni frases, la trama que creía urdir se enmaraña hasta hacerse nula. Debió suponerlo antes; el exigirse a sí mismo es lo que lo paraliza. Sin embargo, se apremia una vez más casi como exprimiéndole el jugo a sus neuronas. La pagina en blanco lo desafía, está reacia pero cede al fin. Es entonces cuando a falta de un argumento rebuscado cae en la cuenta de que contar su historia es lo que por ahora mejor puede hacer; y lo logra con moderada fluidez hasta aquí, aunque no está contento con lo que escribe...

¡El jalonaso esta vez fue intenso¡; el dolor, el vértigo... siento que me desvanezco... vuelvo en mi... no sé por cuánto tiempo mi mente ha estado como esta pagina al principio. El dolor se vuelve punzante. Sirve para recordarme el sobre con el diagnóstico médico que guardo traspapelado entre mis apuntes y papeles. Lo busco: Allí está. Lo abro... A pesar de los tecnicismos médicos, alcanzo a leer: *Tumor...* El dolor me interrumpe nuevamente y me doblega; esta vez es más fuerte y prolongado que los anteriores. Espero un momento; se atenúa. Creo que puedo seguir; tomo mi pluma para reseñar la conclusión de esta historia y escribo: *Los que lean este escrito deben saber que esta historia queda así, sin terminar, porque he cometido suicidio...*

¡Una vez más el dolor! Ya no soportaré por más tiempo. Abro la gaveta del escritorio, siento en mi mano el frío del metal y del caucho que he de llevar a mi cabeza. Eso hago, la coloco justo donde está ubicado el tumor, arriba de mi frente; respiro profundo como por un último suspiro; me quedo así por un rato y... ¡Sas! Siento el alivio que me da la bolsa de caucho con agua tibia y la placa de metal para asirla. Justo la compresa que necesitaba par mitigar el dolor. Continúo leyendo el diagnóstico: *Tumor benigno; negativo por células cancerosas. Perfectamente operable.*

Aunque ya lo había escuchado antes de boca de mi médico, pensé por un momento — a causa del vértigo que tuve —, que sólo lo había imaginado. Pero esto no es lo que me preocupa; me preocupa saber que siga vivo en mi interior el escritor que un día traicioné. Y por lo literariamente pobre que logro contar está historia, pareciera que ya se ha ido...

Ahora sí, concluyo: *Los que lean este escrito deben saber que esta historia queda así, sin terminar, porque he cometido suicidio. ¡Sí, suicidio! Pero no literalmente. Es más bien el suicidio de un Literato — ustedes juzguen —, el que una vez hubo en mí... hace mucho tiempo."*

Pedro Crenes Castro, nació en la ciudad de Panamá el 26 de marzo de 1972. Ha realizado estudios parciales de Filología Hispánica y Psicología en Madrid. Participó en el taller *Entrelíneas* impartido por el escritor peruano Jorge Eduardo Benavides. Es colaborador habitual de la revista panameña de literatura *Maga* y del suplemento cultural *Día D* del periódico *El Panamá América* en los que ha publicado cuentos y artículos. Desde 1990 vive en Madrid donde publica críticas y reseñas literarias en las revistas digitales *Papel en blanco* y *El Placer de la Lectura*, además de colaborar con el diario digital *El Libre pensador*. Forma parte del equipo docente de los *Talleres Literarios en Panamá*. Su novela inédita *"Los juegos de la memoria"* resultó segunda finalista del Premio de Novela Marca en el año 2004. Redacta un blog *Senderos retorcidos*, donde habla de literatura, cine y jazz.

El boxeador catequista

Comencé a emborracharme justo al día siguiente de mi última confesión con el padre Domingo. Luego de perder el ojo derecho y la única posibilidad que tenía de ser catequista, sólo me quedaba el ron a palo seco para purificar mis faltas y quitarme de encima esta sensación de pendejo que aun me persigue.

— Paisano —me dirigí al chino Manzanero que me sonrió con dientes amarillo nicotina— dame medio litro de Seco Herrerano.

— "Pelo tú buen homble" —sorprendido por mi petición, ocultando la sonrisa— "tú no bebe lon..."

Salí de aquella tienda con mi primer medio litro de Seco dejando atrás al chino insultado por metiche y las mujeres que allí estaban persignándose ante mi aspecto arrugado de pirata del Caribe.

Por aguaitador me pasó lo que me pasó y lo que me pasó es tan absurdo que es mejor reírse que llorar.

Tiburón, el que descubrió el huequito para aguaitar a Marianela, sigue sin poder evitar la risa cuando me ve. Si supiera el padre Domingo... Pero antes de contarles como dejé la bebida debo referirles como empezó todo.

La señora Aleja, que sigue viviendo en el barrio, es una mujer de armas tomar. Gorda y boquisucia y muy beata, sigue siendo el ángel guardián de su sobrina nieta, y el ángel exterminador para los que la merodean. Marianela, la espiada en cuestión, es una trigueñita preciosa que contaba quince años entonces, pero muy bien distribuidos por su arrebatadora anatomía.

—Valentín que te pierdes —me advertía a mí mismo—, Valentín el sexto, el sexo, cuidado Valentín que es pecado capital.

Yo la miraba desde el balcón, lo reconozco. La veía llegar de la escuela paseando su belleza provocadora e inocente. Me fijaba en aquella faldita color caqui (más corta de lo permitido) y sobre todo en la transparente camisa blanca que me dejaba ver (o imaginar, es lo mismo) el apetitoso botón de su pezón derecho. El izquierdo lo escondía la insignia de la escuela. (¡Perdona Dios mío los recuerdos lujuriosos!). Yo les juro que me metía en la casa y me persignaba y rezaba un padrenuestro y un avemaría y me acordaba del sexto.

—Que por algo Dios lo puso entre los diez, Valentín, el sexto es el número de la imperfección humana, ¡ay, Valentín, que es pecado mortal!— me decía.

Pero lo que más me inquietaba, compañeros, lo que de verdad me estaba volviendo loco, era el descubrimiento que una tarde compartió conmigo, lúbrico y lascivo, Tiburón el boxeador.

—Valentín, allí atrás de los baños de la casa de madera hay un huequito para aguaitar a Marianela, que te he visto que la miras mucho.

— ¡Por favor Tiburón que soy catequista! —le respondí molesto, blandiendo el librito naranja del Catecismo para catequistas.

— ¡Valentín —fruncía el ceño—, que somos hombres, por Dios!

Alberto Moreno, alias Tiburón, el boxeador colonense, madrugaba todos los días. Antes de irse a entrenar, a eso de las seis de la mañana, se instalaba ante la ventana del secreto. Aguaitaba un rato y se iba antes de que Marianela terminara su baño. Ella canturreaba, me decía, mientras se enjabonaba despacito, haciendo movimientos circulares con las dos manos sobre su pecho.

—Con el ruido del agua del baño no oye que me voy —sonreía malicioso el boxeador—. Todo está calculado, Valentín.

Si la muchacha se retrasaba y se le hacía tarde para ir a su entrenamiento no esperaba: se consolaba pensando que mañana sería otro día. Sabía que de lunes a viernes, a eso de las seis y diez de la mañana, Marianela exhibía su belleza en aquel baño comunal de la casa de madera donde vivía. Ignoro, amigos míos, lo que Tiburón hacía mientras miraba en soledad toda esa maravilla.

—La luz del baño ilumina lo suficiente para verla bien —continúa picarón y sonriente mientras yo ardía de ganas por dentro y rezaba "yo confieso, ante Dios todo poderoso..."

Pasé muchos días dándole vueltas al asunto del huequito, de Marianela y de la lujuria. La sola idea de asomarme al mirador de su intimidad y la posibilidad cierta de dejar de imaginar y abrazar con la mirada la realidad de su cuerpo, me tenían tenso y malhumorado. El deseo me estaba matando y la entrepierna no respondía a mis llamados al orden y la castidad. Es lo que tiene ser soltero y vivir solo.

No les alargo el cuento. Fue el 5 de julio del año pasado cuando me decidí. Esperé en la calle a Tiburón, eran más o menos las seis de la mañana, y nos dirigimos hacia la ventana del paraíso. Temblaba entre entusiasmado y nervioso. Nadie advirtió cómo nos metimos detrás de la vieja casa de madera y tomamos posiciones detrás del baño.

—Cógelo suave —me animaba Tiburón—. Ya has dado el primer paso. En cuanto la veas, se te quita todo. Cuando prenda la luz..."

Unos pasos que se acercaban nos hicieron guardar silencio. El corazón se me iba a salir del pecho. Venía la belleza trigueña e inocente de Marianela a mostrarse entera ante mis ojos.

"Valentín el sexto, Valentín la lujuria, ¡ay Padre, perdóname, porque sé lo que hago!", pensaba arrasado de deseos impuros.

Se hizo luz y puse con avidez el ojo derecho en el agujero, intentando llenar de realidad de una vez por todas mis pecaminosas intuiciones. Súbitamente di varios pasos hacia atrás llevándome las manos a la cara. Pensé que algo se me había metido en el ojo pero al intentar abrirlos sentí un dolor agudo, una fría punzada que me previno de lo peor. Con el ojo izquierdo logré verme las manos ensangrentadas y un fuerte dolor fue conquistando mi cabeza poco a poco. Recuerdo eso y la voz chillona y desafiante de la señora Aleja gritando "¡eso te pasa por aguaitar a mi sobrina Tiburón *chuchaetumadre*, te dije que te andaras con ojo!". ¡¡Qué paradoja, Señor!!

Me atendieron en el Hospital Santo Tomás al que fuimos en taxi, un taxi viejo, sin aire acondicionado y que encima nos cobró tres dólares por la urgencia.

— ¿Qué le pasó al señor? —le preguntó una de las enfermeras a Tiburón que me acompañó consternado en medio del dolor y la vergüenza.

— ¡Una pendejada! —contesté molesto, tapándome con cuidado el ojo con las manos, la camisa bañada en sangre.

Días después de perder el ojo fui a la parroquia a confesarme. El padre Domingo era mi confesor y maestro espiritual desde que era monaguillo y al cual, sin tapujos, le conté todo.

— ¿Lograste ver algo, hijo? —preguntó curioso el cura.

—No, padre, ¡no pude ver nada! Fue la tía la que entró con el chuzo —le contesto en tono contrariado tocándome la venda pirata del ojo.

—Bien, mejor para ti, así no tendrás posibilidad de traer a la memoria imágenes lujuriosas y pecar de pensamiento. ¿Entiendes que no podrás volver a dar la catequesis en esta parroquia?

— Entiendo —le respondí resignado bajando la cabeza.

— ¿Te sientes arrepentido ahora, hijo?

— ¡Pues no, padre. Siento que soy pendejo! —contesté molesto, levantando bruscamente la cabeza y casi gritando al padre Domingo.

— ¿Y eso?

—Perder un ojo y mi puesto de catequista en la misma mañana por una muchacha de quince años ¿no le parece una idiotez?

—Me lo parece hijo, me lo parece.

— ¡Y encima sin ver nada! —exclamé sin el menor atisbo de vergüenza.

—Pues sí que es una tontería hijo —respondió el padre Domingo medio reído, absolviéndome en nombre del Padre y del Hijo y del Espíritu Santo e imponiéndome una penitencia de cien padrenuestros ante el Santísimo Sacramento.

Por eso digo, queridos compañeros de luchas contra el alcohol, que me acompaña una profunda sensación de pendejo que sólo podía ahogar en la bebida. Es más, esa mañana fatídica Tiburón me cedía, sospechosamente caballeroso, la opción de mirar primero.

—Aguaita tú primero catequista, que yo ya la he visto muchas veces.

Y recordé en ese momento, mientras instalaba mi ojo en el mirador de la gloria, el pasaje del Evangelio que el padre leyó en misa el domingo anterior al fatídico día y que dice algo así como "si tu ojo te es ocasión de caer, sácatelo y échalo de ti". Y fíjense por dónde, ¡ay!, me lo sacaron.

La semana siguiente, mientras dormía la juma en las escaleras de la Iglesia vi a Tiburón conversando con el padre Domingo. Palmaditas en la espalda, bendición para despedirlo como hacía conmigo. Al llegar a mi altura vi que llevaba bajo el brazo el librito naranja del catequista y me lanzó la misma risita maliciosa de cuando me enseñó el huequito. Para más *inri* sale ahora con Marianela con el beneplácito de la señora Aleja, que dicen no se podía creer que fuera yo el aguaitador lascivo.

¿Ahora entienden por qué bebía? Con lo pendejo que me sigo sintiendo al recordar todo esto, lo que no sé es por qué dejé de hacerlo.

Nació en la ciudad de Santiago de Veraguas, el 28 de mayo de 1967. Es profesor de publicidad y mercadeo de la Universidad Latina de Panamá. Egresado del Diplomado de Creación Literaria de la Universidad Tecnológica de Panamá en 2006. Trabajó por cinco años en el Barco Librería Logos II realizando obras sociales, misionera y voluntariado para la comunidad internacional. En el barco tuvo la oportunidad de conocer más de 20 países de Norte, Sur y Centro América, al igual que España, Francia y Gibraltar, compartiendo con otros jóvenes de su cultura panameña, de su pasión por los libros y de su fe cristiana.

La conversación

La lluvia empezó a amainar. El día entristeció, las calles quedaron encharcadas por todos lados. Por fin pude salir de casa. Debo ir al cementerio de Santiago a visitar a mi tía Sara, mañana no podré ir, tengo que regresar a la capital. Mientras caminaba temeroso hacia la entrada principal, coloqué mis manos en los bolsillos del pantalón. De lejos veo a los enterradores, no sé de qué se ríen. Yo creo que es de mí. Sentí un escalofrío que recorrería todo mi cuerpo, parece que ellos están esperando mi muerte cual aves de rapiña. Sus miradas ansiosas, frías y desesperanzadoras me aterran. Pude pasar en medio de ellos, continué caminando. Susurraban, como quien no quiere que le escuchen la conversación. Los dejé allá atrás, seguí mi camino hacia la tumba. Esta es la visita acostumbrada cada vez que viajo al interior. De pronto me tropecé con la calavera de una mujer. Junto a ella se veía su larga cabellera negra. Su tumba estaba abierta. Parece que la sacaban para colocar otro féretro. Intenté gritar, pero no pude. Enmudecí al ver aquello. Llegué a la tumba de mi tía.

—Tía, no te olvides de mí. Necesito de ti, cómo te extraño. Sé que ya no puedes responderme como antes, pero aún te imagino conversando largas horas conmigo…

—Sobrino recuerda, no quiero que lleven mis restos para la capital.

— Sí, tía, lo sé, es aquí donde naciste y te quieres quedar en este lugar. Pero, ¿qué puedo hacer yo, sí la familia ya decidió lo que va hacer? No me escuchan. Sabes, creí haberte visto en mis sueños. Desde la ventana de mi cuarto, me repetías una y otra vez lo mismo. La próxima vez, déjame dormir tranquilo. De todos modos te llevarán para la capital.

—Sobrino, inténtalo de nuevo, conversa con ellos. No dejes que me lleven...

—Tía, no te prometo nada, pero trataré. Voy a hablar más bajito, se acercan los enterradores... No quiero que me escuchen. Sabes, me haces mucha falta. Recuerdo tu manera tan alegre de ser. No olvido cuán difícil era conversar contigo, todo había que gritártelo. Nadie comprendía esa maña tuya de coleccionar joyas. Aún mamá las guarda en tu cuarto. Tu habitación permanece cerrada, no sé para qué, pero aún está como las dejaste hace siete años.

—Bien hace tu mamá. No quiero que nadie entre a mi dormitorio. ¿Y tú, mijo, estas comiendo? ¿Sigues tan flaco como siempre? No te olvides que debes alimentarte. También recuerda lo que te dije, no te cases, las mujeres solo quieren al hombre por su dinero.

—Sí, tía, no me lo recuerdes, pero no pienso igual que tú, algún día me casaré. ....Cómo me hubiese gustado que hubieras estado en mi boda... Tía, ya me tengo que ir. Tu tumba ya está limpia, le quité la hierba, y ese montón de basura que la gente te echó encima. No respetan ni a los muertos. Solo se acuerdan de ellos en noviembre. Bueno ya volveré el mes entrante. Espero aún verte aquí.

Una vez más debo pasar por medio de los enterradores, ¿por qué será que no se mueven de ese lugar? No tienen nada que hacer. Allí están con sus miradas maliciosas. Y yo aquí solo, nadie quiso venir al cementerio después de la lluvia. No hay otra salida, las demás están cerradas. ¡Qué vaina!, no tengo otra opción. Ya me estoy acercando a ellos, comenzaron a sonreír una vez más. Intento apresurarme y no mirar hacia atrás, porque siento que me jalan. Mis pies me pesan, no puedo caminar. Finalmente, conseguí salir y dejar mis miedos atrás, allá donde deben estar.

***

—¿Te diste cuenta, como ha muerto gente esta semana? —dijo Jacinto el enterrador.

—Sí que hemos trabajado duro, sin parar —respondió Matías mientras cavaba otra fosa.

—¿Recuerdas al muchacho delgado que vino anteayer a visitar a su tía?

—Claro que lo recuerdo, aquel que cada vez que nos veía temblaba de miedo. Siempre nos salía huyendo. Como si le hubiésemos hecho algo.

—Sí ese mismo, parece que la tía se lo llevó... Lo enterramos mañana. —musitó Jacinto sorprendido.

Nació el 11 de agosto de 1972 en la provincia de Colón. Realizó sus estudios secundarios, en el Instituto Rufo A. Garay, de esa misma provincia, donde obtuvo el título de Bachiller en Ciencias. Posteriormente cursó estudios en la Universidad de Panamá, logrando la Licenciatura en Psicología y en años posteriores la Maestría en Psicología Industrial y Organizacional, de la Universidad Latina de Panamá. Interesada siempre en la lectura y con curiosidad ingresa al Diplomado de Creación Literaria de la Universidad Tecnológica de Panamá, del que se gradúa en 2006. Cuentos suyos se publicaron en los libros colectivos **Letras cómplices** (UTP, 2007) y **Más que contarte** (UTP, 2013). Actualmente ejerce como psicóloga y pertenece al Círculo de Escritores Colonenses y a la Asociación de Egresados del Diplomado en Creación Literaria de la UTP.

La cascada de Monteza

Pedro, aburrido de hacer lo mismo todos los sábados, decidió concientemente desobedecer las órdenes de sus padres y experimentar por el sendero Monteza que era prohibido para los chicos. Según los adultos estaba lleno de musgo, maleza y bichos raros; pero el sonido de la cascada alentaba a todos a vencer las adversidades produciéndoles gran placer.

A los que contaban las bondades de la cascada les resplandecía el rostro, alimentando cada vez más la curiosidad de los chicos y les regresaba la emoción a los más viejos.

Casi a diario venían personas a visitarla, pero lo más curioso era que los días sábado se veía poco movimiento y en ocasiones casi nada.

Pedro, luego de haber estudiado cuidadosamente su hazaña, llamó a su amigo Juanchi, quien provenía de las tierras altas en Chiriquí.

—Juanchi ¿que te parece si este sábado vamos a la cascada de Monteza?

—¿Estás seguro, Pedro?

—Sí lo estoy, me siento aburrido cuando hago lo mismo. Imagínate el sábado levantarme temprano, ver un poco de cómicas, donde mi mamá me quiere incluir a Pocahontas, como si fuera yo una niña, hacer mi propio desayuno, "bollo recalentado con un poco de té", limpiar mi cuarto y después esperar la sopa al mediodía, nada más y nada menos que sopa con leche, que según mi madre es para que tenga suficiente calcio.

—¡Mentira! No te creo, Pedro. Yo pensaba que esas cosas eran para los bebés y Pocahontas para las niñitas.

—Acuérdate, Juanchi, que para mí mamá soy el bebé de la casa, a pesar de que pronto cumpliré 11 años.

—¿Estás dispuesto a aventurarte conmigo?

—Sí, pero….

—¿Pero qué?

—Pedro, te cuento que en una ocasión escuché cuando mi abuela le reclamaba a mi abuelo por haber ido un sábado, ella gritaba con gran fuerza, pero este daba la impresión de no poder escucharla. Actuaba como Pedro Picapiedras cuando se le ocurre una idea y desea contárselo a Pablo y Vilma le reclama. Apenas ella terminó de hablar, él se fue a casa de su hermano. Ella siguió refunfuñando, pero aparentaba estar asustada.

—¿Qué tiene que ver eso con nosotros, Juanchi?

—Ocurrió un sábado y desde entonces no recuerdo que mi abuelo visitara más la cascada ese día de la semana en particular.

—Vuelvo y te pregunto ¿vienes o te convertiste en un *fowl*?

—Nosotros los chiricanos no nos convertimos en gallinas. Claro que voy contigo.

Llegó el día esperado con ansias por los chicos, Pedro hizo lo de costumbre, luego le dijo a su mamá que iba a jugar fútbol con sus amigos y salió con la pelota en mano.

—¡No corras! —le gritó su madre. —Recuerda que acabas de comer.

—Sí, mamá, estaré bien.

Los chicos se encontraron y se aseguraron de que nadie los había visto entrar por el sendero.

La emoción los mataba, sus ojos brillaban y sus pasos atravesaban esas malezas como Tarzán en su bosque.

El camino se tornaba cada vez más húmedo y los altos árboles bloqueaban los rayos del sol, pero los chicos iban dispuestos a descubrir las bondades de la cascada.

De repente el paisaje fue cambiando, ya no se observaban árboles con flores, más bien entraron en una especie de manglar, donde las raíces no estaban en el suelo sino que colgaban de las ramas de los árboles; también había una gran variedad de cangrejos, de todos los tamaños. Los chicos se detuvieron para observarlos. Esos crustáceos daban la impresión de estar invitados a un baile, salían de sus agujeros casi como en pareja.

—¡Wao! —exclamó Juanchi, —esto verdaderamente le gana a un partido de fútbol.

—¿Viste que valió la pena?

Los chicos continuaron su recorrido, aprovechando la poca visibilidad que les quedaba. De pronto empezaron a sentir una brisa fuerte y a lo lejos escucharon una corriente de agua.

—Ya estamos cerca! —replicó Pedro. —Te apuesto que llego primero que tú, Juanchi.

—¡Claro que no!

Empezaron a correr.

Juanchi resultó ganador y ambos chicos se maravillaron con lo que sus vistas captaron. La cascada era inmensa y muy bonita; pero antes de entregarse a las bondades de sus aguas, Pedro dejó caer la pelota de fútbol que lo acompañó durante toda la travesía, Juanchi comenzó a caminar como los crustáceos que habían observado.

La cascada se dividió en dos, como las cortinas que se acomodan en las casas para dejar entrar la brisa y la claridad.

—Juanchi, ves lo mismo que yo veo.

—Creo que sí, Pedro.

Los chicos estaban hipnotizados: a través de esas supuestas cortinas pudieron ver a cuatro damas, cada una perteneciente a una generación distinta, pero que funcionaban en total coherencia con el ambiente.

Trataron de no hacer ruido, para no interrumpir la ceremonia, fue como la naturaleza comunicándose entre sí "el viento, el agua, la tierra y el cielo".

Después de un rato se cerró la cortina, los chicos salieron de sus escondites y sin pronunciar palabra alguna regresaron por el mismo sendero.

Al encontrarse nuevamente en la entrada, volvieron su mirada hacia el sendero y con voz pausada Pedro exclamó: —¡Ya entiendo lo de Pocahontas!

—Y yo por mi parte la actuación de Pedro Picapiedras de mi abuelo. Nos vemos en el próximo partido de fútbol.

Nació en la Ciudad de Panamá, el 12 de mayo de 1981. Es Licenciada en Derecho y Ciencias Policitas por la Universidad de Latina de Panamá, y posee un postgrado en Alta Gerencia otorgado por la Universidad de Panamá. Actualmente es administradora y socia de la Firma de abogados Jaramillo & Asociados, Abogados Consultores y Asesores. En el año 2002, se une a un movimiento juvenil pro fomento de la cultura y el arte, creándose legalmente la *Fundación Grafito*. En 2003, centenario de la República de Panamá, colabora y participa activamente en la consecución del proyecto *"Mural de los 100 Años,* que realizó dicha fundación en colaboración con el Instituto Nacional de Cultura (INAC). Ese mismo año, en el concurso de poesía celebrado anualmente por la emisora Radio Mil, obtiene una Mención Honorífica por su poema "Bandera panameña", y palabras de aprecio y felicitación de uno de los jueces, el escritor Álvaro Menéndez Franco. A mediados de 2004, culmina el Diplomado de Creación Literaria, de la Universidad Tecnológica de Panamá. Como cuentista forma parte del libro colectivo **Soñar despiertos** (UTP, 2006).

En boca de Hacha

Despertó en Boca de Hacha, un puerto en la Provincia de Chiriquí, muy cercano a la frontera con Costa Rica. No sabía dónde estaba, no sabía quién era, sangre por todo su cuerpo. No era la primera vez que esto le ocurría, él se sentía en paz, mejor que después del más prolongado clímax de amor, pues sin mayor reparo se fue a divertir a las riberas del mar.

Amanecía en el puerto. Los pescadores ya partían para aprovechar el levantamiento de la veda del camarón. Uno de los pescadores alcanzó a ver desde su bote a aquel hombre cubierto de sangre.

—Cholo— musitó —, mira a ese hombre en el muelle.

—¿Dónde?

—¡Allá!, mira, está todo cubierto de sangre, se está lanzando al mar.

—¡No jodas, Ñaton! Deja de estar inventando y desenreda las redes que hoy sí nos va a ir bien.

—Me sumergiré en el mar. La espuma limpiará mi mal y es que me arde por dentro la piel —musitó para sí Saúl.

Desde pequeño fue siempre muy retraído, casi no interactuaba con los niños, por lo que su madre pensó que era de esos de otro planeta, de esos que llaman autistas. Yo le orienté un poco sobre el tema, le expliqué que eso era algo que se daba mucho, que su hijo no era sobrenatural, aunque a veces se aruñara y se golpeara contra el diván — comentó, Ícara, la matrona leída del pueblo.

La señora, Gertrudis, madre de cinco hijos perfectos, bueno, casi perfectos, no sabía qué hacer para lograr que su pequeño nene, el más lindo de sus hijos, Saúl, fuera un ser normal. En su mente, ya desde su nacimiento había concebido la vida que deseaba para él, mezclarlo con los niños y niñas más pudientes del pueblo y que sobresaliera entre ellos. Fue duro para ella encontrarse frente a la realidad de que su niño Saúl, no sería jamás lo que ella anhelaba para él.

Agraciado, de cabellos negros y lacios que caían sobre sus ojos grises de lobo, dándole un aire de misterio y sofisticación, su tez canela muy bien definida, sus hombros anchos y fornidos conjugaban con su altura y su porte de cazador.

Terminaron la faena, la pesca fue buena, trajeron el pequeño bote repleto de mariscos entre camarones y pulpos. La tarde ya casi desciende.

—Jo!, hoy sí aseguramos por lo menos dos días de trabajo, mañana al rayar el alba nos embarcamos —exclamó Cholo.

—¡Tendremos mejor suerte que hoy! ¡Ya verás!, y pues si no, éste día ha sido tan bueno que nos dará frutos hasta el viernes.

Cholo y Ñatón cargaron con gran esfuerzo la red llena hasta el puerto, lo colocaron en la hielera gigante que se encontraba fuera del restaurante *La Mer*. Su propietario, Pierre, un excéntrico francés que había promovido en el viejo continente el turismo ecológico por la región, al construir una serie de cabañas en las cercanías del Puerto *Boca de Hacha*.

Hombre delgado, de mediana estatura, blanco—rojizo por la inclemencia del sol, de cabellos cobrizos, de sonrisa nerviosa y mirada lasciva, delicado por sus maneras, un poco inusuales por estos lares, le encantaba abrazar y besar a cuanto macho apareciera. Las visitas de los pescadores al restaurante *La Mer* eran el placer de sus días, el observar sus rostros bronceados y cómo el sur humectaba sus cuerpos, animaba la solitaria vida de *Pieroloca*, como solían llamarlo.

Su madre lo sabía, cuando tenía apenas ocho años ella lo había visto destajando a Bacán, su pequeño perro. Vio cómo sus pequeños ojos grises se avivaron, cómo su cuchillo de cocina fue instrumento para el primer crimen de su hijo.

Al salir del agua Saúl, sintió cómo su estómago rugía por la necesidad imperiosa de alimento. Divisó un restaurante a lo lejos. Dirigiéndose al *La Mer* con mesurados pasos, Ñaton le reconoció.

—Mira cholo, ese es el hombre aquel del puerto.

Saúl sonrió y con su mirar penetrante acobardó a Ñatón, quien no se atrevió a decir nada más. Subiendo por las escaleras de madera con sus barandales de sogas trenzadas, en la puerta de entrada, "La Mer" escrito en conchas sobre el vidrio, arriba dos salvavidas rojos entrelazados. Pierre le recibe.

—Bienvenido, ¿qué le podemos ofrecer? —con un español difícil y cortado.

—Busco CARNE. ¿Qué me puede ofrecer?

—Carnes Blancas, pulpo, camarón fresco, del día, hoy temprano nos llegó.

—Muy light para mí, ¿tiene carnes rojas?

—Mi chef, Jonás, no está en estos momentos, él es el que se encarga de las compras, tendría que ver en nuestro congelador, pero siéntese por favor mientas espera.

—Es impecable la decoración de su restaurante, está tan lleno de detalles exóticos, me gustaría que me permitiera acompañarle, sonrió y con sus grandes ojos grises lo sedujo.

—¡Merci!

Llegaron hasta la cocina impecable por los brillos de metal inoxidable, caminaron hacia la mesa de picar, en ella se reflejaron los deseos sádicos de alimento y placer. Saúl le tomo del brazo, lo acercó a su cuerpo, Pierre agitado acarició su rostro con la lengua, olió sus negros cabellos, le mordió sus exuberantes labios. Saúl disfrutaba, se deleitaba mientras él recorría con sus manos gastadas y nerviosas su piel, susurrándole al oído lo fácil que fue esta cacería para él.

Lentamente fue rebanándolo con el hacha hasta dejar irreconocible su cuerpo. Sintió su frescura y la suavidad de su textura hasta el borde del éxtasis. No esperaba tan buen sabor de un viejo decrépito francés, tuvo tiempo hasta de guisar su miembro, el último órgano reconocible que quedó, después de la bestialidad con que lo deformó.

—¡Uhmmm! —Suspiró mientras se limpiaba las manos repletas de sangre. —¡Este Pierre sí que se alimentaba bien! Es verdad lo que dicen *"Somos lo que comemos"*.

OLGA DE OBALDÍA

Nació en la ciudad de Panamá el 3 de junio de 1963. Graduada de Derecho y Ciencias Políticas de la Universidad Santa María La Antigua, tomó cursos de Derecho Internacional en la Universidad de Northwestern en Chicago, Illinois. También está certificada en Fundraising Management por la Universidad de Indiana. Es egresada del Diplomado en Creación Literaria de la Universidad Tecnológica de Panamá, en 2010. Profesionalmente ha ejercido como abogada, ha escrito en periódicos y revistas locales y durante los últimos ocho años se ha dedicado a trabajar como gerente de proyectos para organizaciones sin fines de lucro.

El regalo

Cuando Manuel entró en la vida de Fernanda, ésta sintió que al final pertenecía a la raza humana. La sospecha permanente de que ella debía venir de otro planeta, o de que había nacido en la familia equivocada, o de que todas las demás personas sabían algo que ella no sabía, al fin, al fin comenzó a desparecer. Después de tanta soledad, de los años oscuros de su temprana adolescencia, Manuel era alegría, inteligencia y diversión. Como si un arcángel hubiese bajado del cielo para ella. Se conocieron una tarde de verano en el Parque Urracá mientras Fernanda paseaba a su perro y Manuel se comía un raspado. Sus primeros encuentros fueron ejercicios intelectuales de conversación en una banca del parque. Pronto descubrieron que ambos habían vivido vidas de pocas experiencias en la vida real y muchas experiencias en la vida mental a través de películas y libros y canciones. Aventuras y emociones prestadas, esos eran sus referentes. No había tema que no deshuesaran, quitándose uno al otro la palabra de la boca. Cines, música, poesía, novelas, pinturas…, temas de noches enteras de conversación en la terracita trasera del chalet de la familia de Fernanda en Bella Vista. Les daban las cuatro de la mañana, tomando coca—colas heladas y comiendo pop corn, mientras Manuel tocaba en la guitarra canciones de la Nueva Trova Cubana y de Serrat y Fernanda se atrevía a cantar delante de alguien por primera vez. Las distracciones de dos chicos de 19 años, que no tenían el dinero para nada más.

Habían crecido a tres calles de distancia uno del otro sin haberse conocido. Habían vivido vidas paralelas, espíritus solitarios en estrictas escuelas secundarias católicas de un solo sexo, pocos amigos, familias enfermas por rencores internos y abuso de alcohol, estudiantes universitarios sin ilusión por sus carreras, ella turismo, él comunicación, ambos se habían refugiado en sus propias mentes y ahora, por primera vez, no estaban solos. Fernanda procuró no hablarle de sus años oscuros, cuando vivió tan sola dentro de su mente, guardó su secreto y se dedicó a conocerle. Se habían encontrado el uno al otro.

Sin una razón justa, a juicio de Fernanda, su familia objetaba la amistad. "Ese muchacho no tiene un real en que caerse muerto, ni siquiera tiene carro" —le decía su mamá—. "Si salen tú tienes que llevarlo y traerlo…, ¿también tienes que pagar? Mira que tener un chulo a los diecinueve años…" Aquí la mente de Fernanda hacía corto circuito y no podía escuchar más. Sus oídos dejaban de registrar. "Dinero, dinero" —pensaba Fernanda— "Como si fuera un mérito propio nacer en una familia con dinero. Como si el dinero pudiera crear vida, pudiera crear amor". Cada centavo que Manuel tenía debía invertirlo en libros y materiales de la carrera. Cada centavo que Fernanda recibía de sus padres y de su trabajo de medio tiempo lo invertía en salir con Manuel, un helado aquí y un tiquete de cine allá.

Cuando dejaron de ser amigos y se convirtieron en amantes, fue el momento más tierno de la vida de Fernanda. Se regalaron uno a otro su virginidad. Cada beso, cada caricia, el exquisito éxtasis de tenerlo dentro de sí, era como un elixir curativo que iba sanando cada una de sus heridas anteriores, como si pudiese borrar las cicatrices acumuladas en su corta vida. Como si la conexión con este otro ser humano pudiera redimirla y salvarla de sí misma.

Cuando el lobo negro le mordía el corazón, Fernanda sabía que podía estar con Manuel sin que éste se asustara, sin que la juzgara, sin que sintiera lástima por ella. No le había contado sobre sus años oscuros, pero sí sobre su lobo negro. Y Manuel entendió porque él mismo tenía pájaro azul que lo abstraía y se lo llevaba lejos, muy lejos y ella estaba dispuesta a estar con él sin juzgarlo, ni compadecerlo cuando el pájaro aparecía. Pero Manuel tenía además, otros recursos que ella no tenía, un reciente grupo de amigos que había hecho en el mundillo de los aspirantes a músicos, escritores y pintores que pululaban en las aperturas de las galerías, en las sesiones gratuitas de jazz y en las muestras colectivas de artes plásticas, aquí y allá. Se habían atrevido un día a vencer el miedo de no conocer a nadie y habían comenzado a ir juntos Fernanda y Manuel a los eventos de arte que anunciaban en los periódicos y revistas. Cualquier evento gratuito era su destino.

Poco a poco, Manuel comenzó a ir solo, a tener otros amigos, a tener noches ocupadas… Fernanda sentía que se quedaba atrás, que su mundo se achicaba. En la casita de Bella Vista no había comunicación con los padres, se había aislado de sus pocos amigos…, y es que ella no quería otra cosa que estar con Manuel. Sólo con él se sentía a gusto. Una fuerza gravitacional la halaba hacia él. Nada era más fuerte que eso. Nada.

Buscar lugares para compartir el amor se convirtió en la obsesión de Fernanda. El auto, su casa, el patio, la casa de él. Qué difícil era encontrar santuarios para amar. Sin mucho dinero, sin espacios propios, tenían que inventar y pelear por momentos de intimidad y soledad. Una madrugada en la habitación de Manuel, donde habían entrado subrepticiamente después de la media noche, Fernanda se topó en la mesita de noche con una caja cuadrada de cuero que tenía grabada la palabras TAG Heuer. La abrió y contenía un reloj deportivo de acero inoxidable. Una pequeña tarjeta doblada adentro tenía escrito a mano: *"Se verá mejor en ti que en la vitrina. B.".*

—Manuel... ¿qué es esto?— le preguntó Fernanda con aprensión.

—Un regalo de mi amigo Bobby. ¿Te acuerdas de él, el fulo?— contestó Manuel despreocupadamente.

—¡Este es un reloj de mil y pico de dólares! Tú no le puedes aceptar un regalo así a nadie porque no puedes reciprocarlo, Manuel...

—Ya le dije que no lo podía aceptar, pero el reloj está grabado por detrás con mis iniciales y la boutique no se lo acepta de vuelta.

—¿Y entonces?

—Entonces nada.

—Digo, Manuel, yo sé que Bobby es hijo de Max L* y que son millonarios, pero esto está fuera de lugar... Yo no sabía que fueran tan amigos.

—Fernanda, Bobby es un tipazo y él es así, para él la plata no significa nada. La semana pasada que fuimos al cine pasamos por delante de esta tienda y yo me quedé viendo el reloj, eso fue todo. Yo ni siquiera me di cuenta de que él me estuviera poniendo tanta atención, pero él es así de generoso. ¿Te acuerdas del Gato Mejía, el guitarrista?

—Sí, el que tuvo el accidente horrible de carro...

—Sí, Bobby le pagó el hospital y la rehabilitación sin que nadie se lo pidiera.

—Okay, Bobby será un santo Manuel, pero dar regalos tan desproporcionados no es normal y aceptarlos no es correcto.

—Ya yo le dije que no se lo aceptaba.

—¡Pero lo tienes en el cajón!

—¡Pero no lo tengo puesto! ¿Por qué a esa cabecita loca no le haces clic y la apagas? Si el lobo negro se nos aparece por aquí no vamos a tener tiempo de exorcizarlo son casi las cinco de la mañana y tienes que llegar a tu casa antes de que tu papá se levante.

Los días transcurrieron y el mundo de Fernanda pareció recobrar nuevamente su armonía. Mañanas interminablemente aburridas en la universidad, tardes ocupadas en el trabajo de dibujante y noches adorables de cine, arte, música y amor con Manuel. Poemas construidos de a dos, una línea él, una línea ella. Canciones donde ella hacía el verso y él componía la música y las cantaban a dos voces, una y otra vez, hasta que les salía perfecta. Apretando REC y PLAY en una antigua grabadora manual, que recogía también el rumor del viento en los mangos del patio, los ladridos del perro de Fernanda y su risa de puro embeleso.

Pero cuando Fernanda sentía que tenía el mundo en orden a su alrededor y a Manuel a su total alcance, éste último se movía un paso más allá, imperceptiblemente, como la marea cuando va bajando, y cada ola está un poquito más lejos que la anterior, dejando la huella mojada en la arena. Así sentía Fernanda su alma, como arena mojada por Manuel, ella trataba y trataba de llegar hasta él, y cuando creía que lo había logrado, él se había movido de lugar. Una noche no llegaba, una tarde no la llamaba. Ella descubrió que no podía comer y no podía dormir las noches que Manuel estaba ausente. Su mamá también se dio cuenta y redobló sus ataques contra él. Fernanda no la escuchaba, ya no tenía la capacidad. No le confesó nunca que eran amantes. De hecho no se lo había dicho a nadie.

Fernanda se planteó una nueva estrategia: "Sin reclamos, sin llantos, sin ser pesada, lo voy a confrontar, le voy a preguntar qué pasa".

— No pasa nada, brujita, nada. Tú sabes lo que somos, tú para mí y yo para ti. No tenemos que conformarnos al patrón de nadie, ¿sabes?—le dijo Manuel. Y esas palabras le sonaron tan sabias a Fernanda. Era verdad. Sólo ellos sabían lo que eran el uno para el otro. Compusieron una nueva canción esa noche a partir de un verso de a dos. Más tarde compartieron sus cuerpos en amor y ella sintió que no le importaría si en ese instante se congelaba su eternidad.

Una tarde Manuel le dijo: "Hoy te tengo un regalo". Se dirigieron en el auto de ella a Punta Paitilla, y estacionaron en uno de esos rascacielos exclusivos. "¿A casa de quién vamos? ¿Es una cena? ¿Estoy bien vestida?"—preguntó Fernanda con ansiedad, a lo que Manuel sólo contestó: "Ya verás, ya verás, mujercita impaciente".

El elevador paró en el piso 24. Manuel sacó una llave de su bolsillo y abrió la puerta de un apartamento de revista de decoración. Las luces estaban encendidas y Manuel hizo pasar a Fernanda tapándole los ojos y guiándola hasta que estuvieron frente una mesa que miraba a unos ventanales que daban al mar. Sobre la mesa había velas, orquídeas y vino. "Por hoy este será nuestro santuario. El dueño es un amigo que está de viaje y me pidió que le cuidara el apartamento. Voy a cocinar para ti. Hoy nada de coca cola y burundangas". Manuel se dirigió a una masivo mueble y apretó unos botones, enseguida se escuchó en el más puro sonido estéreo a Serrat, Sabina, Aute, Silvio y Pablo. La música favorita de ambos. Fernanda decidió ignorar deliberadamente el nudo de ansiedad que nacía en su ombligo. Y por ello la noche fue perfecta, hasta la luna hizo debut. A Manuel no se le escapó detalle. Era un regalo inaudito, maravilloso. El regalo de un momento en el tiempo y el espacio para estar juntos, solos, íntimos. En el receso de la saciedad, Fernanda tuvo un momento de claridad absoluta y le preguntó, contra su más puro instinto de conservación:

—¿De quién es esta casa, Manuel?

—De una amigo que está de viaje y me pidió que se la cuidara.

—¿Quién?

—Un amigo, no tiene importancia…

Un frío le petrificó el corazón a Fernanda.

—¿Quién es, Manuel? ¿Quién es?

Fernanda comenzó a revisar los muebles, cajones, buscando una prueba, una señal… Recortada contra la luz de la puerta de la cocina, podía ver cómo la cara de Manuel, adquiría una máscara de indiferencia.

—Manuel, ¿este apartamento es de Bobby?

—Sí.

El silencio irrumpió entre ellos y como un tornado se llevó toda la magia, la alegría y la ternura de esa noche única. En silencio se vistieron, bajaron por el elevador, subieron al auto y ella lo llevó hasta su casa. Antes de bajarse del auto, el pájaro azul de Manuel besó en los labios con el más puro afecto al lobo negro de Fernanda. Mil palabras no hubiesen alcanzado para decirse todo lo que no se dijeron.

Al día siguiente Fernanda se enfermó. El lobo negro estaba de vuelta y le estaba destrozando mordida a mordida el corazón. Su padre abrió otra botella de Stolichnaya y le subió el volumen a la televisión que transmitía algún deporte. Su madre sintió que estaba de nuevo en la horrible montaña rusa de la temprana adolescencia de Fernanda cuando se enfermó por primera vez. Volvió a la rutina de contar pastillas antipsicóticas y antidepresivas, a vigilar que se las tomara. A su vigilia añadió no permitir que su hija contestara el teléfono. Unas llamadas anónimas habían comenzado el mismo día que Fernanda se enfermó. Una voz masculina amenazaba a la madre de Fernanda, diciéndole cosas sobre Manuel y amenazando la vida de Fernanda si ésta regresaba con él. La madre de Fernanda no se podía dar el lujo de enfermarse también, pero se sentía sus propios nervios al borde de un abismo. Manuel no volvió a llamar ni a venir. Fernanda tampoco preguntaba por él. Eso era lo peor para la madre. Ver a Fernanda en ese estado de desesperanza y no poder hacer nada por ella. Hasta deseó que Manuel regresara. Que llenara las noches de su hija nuevamente de alegría. Cualquier cosa para no verla así.

Pasaron tres meses y el tratamiento psiquiátrico comenzó a funcionar. Fernanda no había regresado a la universidad o al trabajo, pero ya comía y a veces quería ir al cine. Una tarde su mamá la encontró pálida, inmóvil en la terraza, tenía el periódico en el regazo abierto en las páginas de sociales. Manuel estaba retratado junto a Bobby en la apertura de una galería de arte. Los dos brillaban, guapos, con cortes de cabello a la moda, finísimos sacos sport de idéntico corte. Bobby miraba a Manuel. Manuel miraba a la cámara, una copa de vino en su mano izquierda y sonreía su sonrisa de arcángel.

—¿Qué pasa, hija? ¿Qué tienes?

—¡Mamá, lleva puesto el reloj!

Nació en Panamá el 12 de octubre de 1980. Es abogada en ejercicio. Obtuvo el título académico de licenciatura en la Facultad de Derecho y Ciencias Políticas de la Universidad de Panamá, institución educativa de la cual se graduó con honores. Fungió como miembro activo y Vicepresidenta de la Asociación Marítima Universitaria Mare Nostrum. Es miembro del Colegio Nacional de Abogados. Dentro del ámbito literario, ha participado en el círculo de lectura "Letras de Fuego" moderado por la escritora Rose Marie Tapia. Realizó cursos con los escritores Ariel Barría Alvarado y Carlos Fong. Es egresada del Diplomado en Creación Literaria 2012, de la Universidad Tecnológica de Panamá.

Mis últimos días

Siempre pensé que mientras más me necesitaban, menos aprecio sentían por mí.

No importaron las circunstancias, lo cierto es que yo seguí siendo incondicional. Donde quiera que estuviera me entregaba por completo. Daba sin esperar recibir. ¿Acaso no es eso lo que denominan amor ilimitado? Tengo la seguridad de que lo mismo sienten los que en algún momento fueron mis homólogos.

Al principio me sentí con mayor libertad, era otro; aunque la posición que ocupo en la actualidad es la más envidiada, entre los que nos convertimos en seres inertes por esta área.

En el pasado me encantaba cómo mis extremidades superiores bailaban al ritmo del viento, jugueteaba con los visitantes, simulaba acariciarles, pude ver cómo les deleitaba mi movimiento. En algunas ocasiones les susurré consejos, y en otras les solicité que recapacitaran. Abogué por mis pares sin siquiera llegar a pensar que yo pudiera sufrir aquel suplicio. Creo que la forma de comunicarme no era compatible, pues nunca entendieron las repercusiones de sus actos.

Ahora, ausculto las conversaciones y actuaciones de quienes se acercan a mí, pues me encuentro justo en frente del mirador natural de la laguna, ubicado en el lugar mejor conocido como, según escuché, el *Yellowstone* de Panamá —La Yeguada—, Reserva Forestal de la provincia de Veraguas. No se me permite hacer ningún gesto, y no porque me lo prohibieran, sino por las amputaciones de las que fui objeto.

Sólo el volver a revivir ese instante irremediable de mi existir…Aquel que no lo ha vivido no puede describirlo. Mira que el estar o por los menos sentir que estás en el lugar perfecto y de pronto ves acercarse sin vacilación a quien acaba con tu vida es una experiencia pavorosa. Yo pensé que era imposible que ocurriera en este sitio, pero ocurrió.

Aquel día, le di la bienvenida como a cualquier otro visitante a aquel intruso, enemigo gratuito, quien con paso acelerado, mirada decidida y un objeto, cuya resonancia invadía el silencio apacible del lugar, penetró mi columna troncal mientras la resina empapaba la corteza agrietada de mi longevidad. Pude sentir cómo se desvanecían los peciolos, vástagos, nudos, entrenudos y ramilletes de mi composición. Observé cómo mi copa derrumbada me miraba con nostalgia, mientras algunos de mis conos se desprendían cual marchites.

Mis cómplices en el tiempo Abeto, Picea y Pino se quedaron absortos ante lo acontecido. Presentí su desaprobación y miedo hasta verme desaparecer.

Días después retorné, y como quiera que a todo hay que verle el lado positivo, no les voy a negar que el paisaje es encantador y el estar en una nueva ubicación, conocida como el VIP del lugar, me trae ciertos beneficios. Veo cómo las escenas remarcan el fondo natural; además de que me entero de las noticias de último momento. Las que más me impactan son las crónicas verdes.

En días recientes escuché que hubo manifestaciones y cierre de calles, por parte de los indígenas Ngäbe Buglés, en defensa de los recursos naturales. Lo irónico de la situación fue que sirvieron de barrera los árboles que los mismos defensores de la naturaleza derribaron sin compasión.

Debo aclarar que la situación no fue óbice para que los árboles se sintieran satisfechos de apoyar una justa causa. El trasfondo del asunto se debió a que no reforestaron el área. ¡Sólo espero que las pérdidas naturales no hayan sido en vano!

En fin, siempre de diligentes. También escuché que sirven a la humanidad, al medio ambiente, a la intelectualidad, medicina, ebanistería, entre otras. Tal vez yo ingresé en esa categoría, pero de ornamental integrado a rústico empotrado.

Lo negativo de mi historia es que, sin raíces que me regeneren, soy un banco de cedro viejo, carcomido por el tiempo. Desde que dispusieron que permaneciera aquí, parte de mi tronco se mantiene adherido al suelo observando que ya no queda nada de nuestra integralidad.

Lo positivo es que también adorno el lugar y sirvo de escenario, al igual que el resto del paisaje, para que los visitantes se fotografíen. Lo mejor de todo es que no le soy indiferente a ninguno de los que visitan la laguna de la Yeguada, pues ahora son ellos los que me acarician con sus cuerpos. ¡Uy! Lo mejor de todo son las esculturales bellezas femeninas que se apostan en mis piernas para descansar.

No voy a ocultar que me asustan, al igual que al resto de los que habitamos aquí, las invasiones transgresoras. Y aunque somos indefensos, en ocasiones nos defendemos de forma sutil. Un ejemplo de ello es cuando los campistas hacen fogatas nocturnas.

¡Dios, de sólo pensar que una chispita pueda alcanzarnos y devaste nuestro hábitat! ¡Qué horror! Por eso tratamos de apagarlas; pero cuando no lo logramos entonces nos divierte pensar que nuestras sombras y el sonido del viento al contacto con nuestras ramas les asustan. Dispensen, en ocasiones se me olvida que ya no soy parte de ese equipo, pero hasta anoche me consolaba pensar que aún pertenecía al área.

Ya los veo venir, se acercan irrumpiendo nuevamente el espacio que ocupo. Lo sabía…Anoche los escuché mientras hablaban. Uno de aquellos hombres empezó la conversación al decir:

——Observa el banco frente al mirador. ¿No crees que es tiempo de reemplazarlo?

——Sí, ya el agua, el tiempo y el uso lo han ido deteriorando.

——Entonces estamos de acuerdo en que mañana pase a mejor uso.

——Para lo único que sirve ahora es para leña.

——Sí, tienes razón. Para eso entonces se utilizará.

¡Amo este lugar! ¿Por qué no dejan que envejezca hasta fusionarme con el suelo? ¿Y a qué otro de mis amigos sacrificarán? ¿Acaso desconocen que nos hacen daño, que se hacen daño a ustedes mismos? Parece que no me escuchan, por más que grito al corte del hacha menos entienden; sin embargo, desaparezco de este mundo con la dicha de haber sido útil hasta mis últimos días y de no haber presenciado la extinción de la Tierra.

Panameña nacida en México, D.F. el 2 de junio de 1950. Reside en los Estados Unidos. Egresada de la Universidad de Panamá, tiene Maestría en Lenguas Romances y Literatura por la Universidad de Kansas City, Missouri. Estudios en Pedagogía y Literatura/Gramática del inglés. Autora de **Aún tengo algo que decir**, (novela; 1998); y de los cuentos "El Conquistador" y "San Antonio", publicados en la Antología titulada **Con sólo tu nombre y un poco de silencio** (2012). Ha publicado cuentos en la revista "Maga".

¿Valdrá la pena regresar?

Doña Juana Inés Cardozo de Rincón era una mujer muy rica de nacimiento. Decían que llevaba sangre azul queriendo decir que era de abolengo y pertenecía a la realeza española. Ella tenía un gran dilema: Debía decidir si quería o no que la congelaran después de morir para que en el futuro, cuando hubiera una cura para su mal, pudieran despertarla del sueño eterno.

Conversaba el asunto con todos sus allegados esperando recibir opiniones que la ayudaran a tomar una decisión atinada. Un día, se preguntó: "¿Valdrá la pena regresar?" Decidió también tomar en cuenta la opinión de la servidumbre, porque había que analizar todas las posibilidades. Las diferentes fuentes de pensamiento eran importantes.

Lo consultó primero con la cocinera y ésta le contestó que para ella esto no tenía chiste. ¿Para qué quería regresar en el futuro si iba a estar sin sus seres queridos y se iba a sentir muy sola?

Doña Juana Inés se quedó meditando, y le pareció que la cocinera tenía razón. Se imaginaba, en el futuro, rodeada de caras extrañas y personas totalmente desconocidas. Era como estar en un baile de disfraces donde las máscaras cubren los verdaderos rostros y todo se convierte en mascarada, donde no hay fundamento ni razón, acaso solo la diversión del momento.

En eso, pasó por su lado la mucama y aprovechó para hacerle la misma pregunta. Ésta le respondió que si el volver en el futuro le iba a dar más felicidad de la que había experimentado, lo hiciera. Doña Juana Inés se quedó pensando y analizó su vida. Llegó a la conclusión de que la misma había sido plena y había gozado de mucha felicidad. No había nada que le hubiese faltado.

Tarareando una canción de la época, se fue a caminar por el jardín, admirando la naturaleza y con la intención de tropezarse con el jardinero que andaría, de seguro, en alguno de los rincones, mimando sus flores y susurrándoles cosas lindas al oído. Siempre había demostrado ser un amante del medio ambiente, y sabido era de todos, que había amado sólo a una mujer. Llevaba en la mansión toda su vida, había nacido y crecido en ella. Nunca sintió la inquietud de ir a experimentar otras cosas.

Juana Inés lo encontró y lo invitó a sentarse en una banca apartada. "Ignacio, ven a platicar un rato conmigo", le dijo. Se sentaron, y ella aprovechó para hacerle la misma pregunta, esperando obtener la respuesta más sabia.

Ignacio se le acercó al oído y suave expresó: "Patrona bonita, la flor cuando se marchita, se marchita".

Juana Inés arrugó el rostro, arqueó las cejas y dejó escuchar un largo suspiro.

Nació en Chitré, Herrera, el 4 de mayo de 1987. A los 4 años de edad su mudó con su familia a State College (Centre County), Pennsylvania, Estados Unidos, donde cursó sus estudios primarios en Fairmount Avenue Elementary School. En 2005, culminó estudios secundarios en Panamá. En séptimo grado ganó el primer lugar en los Juegos Florales en el Concurso de Ortografía y en noveno el primer lugar en los Juegos Florales en el Concurso de Redacción por su obra. Licenciatura en Administración de Empresas Hoteleras por la Universidad Interamericana de Panamá en 2010. Como parte de su carrera universitaria, realizó una práctica profesional en el hotel Carton House en Dublín, República de Irlanda. Egresado del Diplomado en Creación Literaria 2011 de la Universidad Tecnológica de Panamá. Es traductor/intérprete inglés—español—inglés. En 2011 realizó un entrenamiento para enseñar inglés como lengua extranjera en Canterbury TEFL, instituto británico con sede en Madrid, España, en donde ha enseñado inglés al igual que en Panamá.

Dim sum

En el Centro Comercial El Plateado había un restaurante chino muy gustado por comensales de todas partes por su famoso desayuno. El restaurante ofrecía las tradicionales especialidades de almuerzo y cena, pero el favorito de las masas era el desayuno.

Verónica era una panameña de ascendencia china de quinta generación y era tan aficionada a la cocina que había decidido tomarlo como carrera. Quería ser chef y su especialidad sería la cocina asiática y fusión.

Como parte de la carrera que había tomado de Licenciatura en Artes Culinarias, Verónica tendría que hacer dos prácticas profesionales y ya había decidido que la segunda la haría en Hong Kong, pero la primera no estaba segura adonde la haría. Había estado oyendo sobre el furor que causaban los desayunos chinos de un restaurante en El Plateado y se interesó en averiguar si podría hacer su primera práctica allí.

Fue una mañana a conocer el local y a sus dueños y estaba dispuesta a probar el famoso desayuno. Tal y como se decía, las exquisiteces sabían a gloria. Había todo tipo de bocadillos: amarillos y blancos, con formas de almohadillas, redondos y cuadrados, cilíndricos y piramidales, algunos unos dulces y otros salados. Tenían muchos nombres: Siu May, Ha Kao, Ham Pao, y era como degustar el Cielo. Verónica pasó a la caja a pagar la cuenta y a hablar con los dueños para ver si podía hacer su práctica allí. El señor Ling parecía estar complacido con la proposición y con su español de principiante le dijo a Verónica que podía comenzar al día siguiente. Inmediatamente notó que salió de la cocina una señora de mayor edad, muy arrugada con cara de preocupada que le venía diciendo algo al señor Ling en tono grosero, seguramente en cantonés. El señor Ling le contestó a la anciana con el mismo tono. Aunque Verónica no hablaba ni entendía ningún lenguaje chino, el señor Ling le dijo:

—No haga caso, no pleocupe, puede empezal mañana.

Ya habían pasado tres de los cuatro meses de la práctica y Verónica se sentía muy confiada en la cocina de alto tráfico de aquel restaurante. Sabía preparar cualquiera de los platos tradicionales chinos, no sólo cantoneses sino del norte y centro del milenario país. La habían entrenado muy bien, sin embargo faltaba algo que Verónica todavía nunca había ni siquiera comenzado a aprender: Los famosos desayunos que habían hecho al restaurante tan popular. Una tarde después de la tanda del almuerzo, Verónica se acercó al señor Ling para preguntarle cuándo le iban a enseñar a preparar los exquisitos desayunos. Estaba ansiosa de aprender.

—¿Ah, los desayunos? Eso, tú, no pleocupa, eso lo hago yo.

—Pero yo quiero aprender… Ya veo… ¿Se trata de una receta secreta, verdad?

—Sí, es secleto.

—Bueno —contestó Verónica con resignación.

En su mente pensó: Eso lo tendré que descubrir de alguna manera.

En eso, Verónica nota a la anciana muy escurridiza y nerviosa abriendo una puerta que nunca había visto y que parecía ser una nevera. La puerta sólo abría con llave. Le pareció que todo esto era muy raro, pero permaneció en silencio.

Horas más tarde, ya de noche, no había mucha clientela y la carga de trabajo en la cocina era bastante ligera. El señor Ling le dijo a Verónica que iba a pasar un rato en uno de los casinos de la localidad. A la extraña anciana no se le veía por ningún lado. Por un momento, Verónica sintió la tentación de husmear por la misteriosa nevera y saciar su curiosidad. Tenía un poco de temor de ser sorprendida *in fraganti*, pero decidió hacerlo de todos modos. Buscó en la oficina varios manojos de llaves y los llevó a la puerta de la nevera. Mirando a su alrededor, comenzó a probar llave por llave. Finalmente, una dio el giro que hizo girar la cerradura. Con un estruendo, logró despegar la pesada puerta del resto del compartimiento para luego revelar un impactante panorama de espanto y consternación. Era un cuarto frío lleno de trozos de personas colgados del techo y de las paredes. Había cabezas, torsos, piernas y hasta un cadáver fresco con una hachita de cocina clavada en la cara. A Verónica se le quería caer la quijada. En la pared a su izquierda, arriba de los cadáveres, ve un letrero que dice: "Dim Sum".

—Eso es desayuno en chino, exclamó en un susurro.

Una negación histérica se apoderó de ella y luego el terror mientras respiraba agitadamente. Pensó: ¿Qué hago? Esto va a ser un escándalo si lo divulgo.

Lentamente comenzó a caminar hacia atrás con la cara transformada por el llanto y el horror; se sentía asqueada de ver lo que le rodeaba y cuando hace un repentino giro hacia atrás para huir ve a la horrible anciana a punto de lanzarle un hachita de cocina hacia la cara. Lanza un grito que parece oírse en toda la ciudad.

Al día siguiente por la mañana, el restaurante estaba completamente lleno. En una mesa con cuatro personas, el señor Ling, con una sonrisa que develaba sus amarillos dientes, destapaba una canasta de vapor llena de las almohadillas que querían gritar un secreto espeluznante.

—¡Venimos por el Dim Sum, que oímos que son la especialidad de la casa! —exclamaban a coro los comensales de una mesa.

—Estos están flescos… ¡Buen plovecho!

Nació en Chilibre, Panamá, el 26 de abril de 1968. Cursó sus estudios en la Escuela Presidente Roosevelt, el Instituto Pedagógico y el Colegio Saint Mary's. Licenciado en Tecnología Industrial por la Universidad Tecnológica de Panamá. Se dedica a la administración de empresas. Ha tomado seminarios y talleres literarios con los escritores Ileana Gólcher, Carlos Fong, Carlos Oriel Wynter Melo, Enrique Jaramillo Levi y Salvador Medina Barahona. Egresado del Diplomado Internacional de Creación Literaria 2011 de la Universidad Latina de Panamá. Tiene un cuento publicado en la revista "Maga" y participó en el libro colectivo de cuentos **Sieteporocho** (9 Signos Grupo Editorial, 2011).

La fábrica portátil

El anuncio en el periódico se veía prometedor: *Imponente industria requiere los servicios de un ingeniero mecánico para asesoría en equipos para industrias alimenticias.* Envié mi hoja de vida y me llamaron para una entrevista. Me eligieron entre los cinco que fuimos y empecé a trabajar la siguiente semana. Me asignaron para una línea de producción de un matadero portátil, el cual incluía procesamiento, aprovechamiento de subproductos, empacado y tratamiento de residuos. Todo muy compacto y lineal. El equipo estaba siendo revisado por los técnicos, mientras se deshacían de los embalajes. Curiosamente, eliminaban toda impresión que dejara ver que el equipo era MADE IN CHINA.

Para efectos de mercadeo, el dueño de la empresa decidió armar la primera planta y exhibirla en la Feria del Bistec. Trabajé con el equipo humano a todo vapor y dejamos la planta completamente armada y pintada, con tuberías de colores, según los códigos de las convenciones, lista para su exposición en la feria. Todas las partes estaban en línea, impecablemente ensambladas, casi listas para comenzar a funcionar. Todo parecía estar en su punto, excepto por un pequeño detalle: los manuales de la máquina sólo habían llegado en su idioma original, el Chino. Conseguí al hijo de un paisanito amigo mío y junto a él me pasé varias noches seguidas tratando de traducir los manuales de uso. Mi jefe decía que no había tiempo ni plata para pagar a un traductor profesional, que para eso me había contratado a mí como ingeniero. Bueno, esa era su opinión.

Caminé y caminé por toda la línea, analizándola y comparándola con los manuales de otras máquinas similares. Casi no dormía pensando en cómo armar los dichosos manuales y cuando lograba conciliar el sueño, soñaba con el bendito proceso del matadero.

El animal es ingresado al sistema a través del canal de recepción, de inmediato el primer juego de cuchillas y mangueras de aire y agua, degüellan y despellejan al animal, enseguida una gran cuchilla giratoria corta la cabeza y abre la canal para que caigan las vísceras, luego otro juego de cuchillas la descarna con precisión quirúrgica, enviando los partes aprovechables clasificadas a las bandejas de acopio de cortes. Hígado, riñones y pulmones son separados, el estómago y los intestinos son lavados, cortados y puestos en sus respectivas bandejas. Las pieles salen en una tina listas para llevarlas a la curtiembre. Los huesos, grasas y demás despojos van directo a la caldera de aprovechamiento de desechos. Las bandejas con los cortes y otras partes aprovechables son puestas en tinas, que luego son llenadas con hielo, para conservar la carne fresca y jugosa; después son trasladadas a la empacadora. La sangre y los restos pequeños son lavados, recogidos y vertidos en un caldero. Un trabajador retira las partículas del tamiz divisor de sólidos y las vierte también al caldero. El contenido de la caldera se cocina a fuego lento, luego se muele y se deshidrata en un secador para transformarlo en una harina que servirá de base para la elaboración de alimento para mascotas. Los excrementos y las aguas residuales son procesados en una moderna planta de tratamiento. El proceso está completamente automatizado, y su fabricante garantiza la recuperación del noventa por ciento de las aguas utilizadas en el proceso. Los lodos residuales se vacían en la tina de compostaje para convertirlos en fertilizante orgánico.

El día de la inauguración de la feria, el alcalde Prócolo Laguna en persona cortó la cinta inaugural y visitó todos los puestos de exhibición. Cuando llegó donde teníamos la planta, mi jefe lo abordó comentándole las bondades de nuestro moderno sistema y lo conveniente que sería implementarlos en sus empresas, para aumentar sus ganancias. Yo expuse con lujo de detalles el proceso y el funcionamiento de la mini planta, pero mi jefe quería impresionarlo. Sin que nadie lo esperara, propuso hacer el sacrificio de una vaca para demostrar su producto. Por la naturaleza del espectáculo, los organizadores de la feria se negaron rotundamente a permitir la matanza. Pero el Alcalde estaba muy entusiasmado y ansioso de ver la prueba. Persuadió a los organizadores para que hicieran una excepción, a lo cual no les quedó más remedio que acceder y terminar la inauguración más temprano. Todos los invitados, expositores y público asistente se retiraron. Estuve en rotundo desacuerdo porque todavía no habíamos hecho las pruebas con animales. No me parecía serio ni responsable hacer la primera prueba operativa completa en ese momento. Hablé con mi jefe aparte del grupo para persuadirlo, le manifesté que me parecía una terrible idea y me negué a preparar la máquina para el sacrificio, entonces se molestó mucho y me despidió. Mientras, mi jefe preparaba el equipo para la demostración privada, yo recogí mis cosas para retirarme a casa. Los ayudantes echaron a andar el sistema y un mozo se aproximaba a la planta halando suavemente por un bozal a una vaca enorme que mi jefe había traído a la feria en un remolque. Me sentí aterrado, no quería ni imaginarme lo que podría suceder.

El mozo colocó el animal en la canal de recepción, mientras mi jefe y el Alcalde Laguna se emplazaron en una pasarela situada sobre la máquina para mirar el sacrificio en primera fila. El enorme rumiante era halado por el aparato, pero se trabó, tal vez por sus dimensiones o por falta de ajustes. La máquina atascada comenzó a temblar con violencia, haciendo mucho ruido y estremeciendo todas las instalaciones del centro de convenciones.

El alboroto hizo que me devolviera corriendo. El motor del aparato rugía a toda potencia mientras luchaba para destrabarse él solo. Después de un minuto de lucha y tras una violenta sacudida, por fin lo logró. En ese momento la convulsión del armatoste había lanzado a mi jefe y al señor Alcalde directo al canal de ingreso. Ninguno de los ayudantes presentes sabía cómo detener la máquina, afortunadamente logré llegar para apretar el botón de apagado total del sistema.

Corrí hacia el canal de ingreso y apenas estuve a tiempo para sujetar al Alcalde Laguna casi en el último momento, justo antes de que fuera succionado por la cortadora, pero era tarde para salvar a mi jefe. La inercia de la máquina acabó con él y por poquito también con el alto funcionario municipal.

Cuando el Alcalde salió del aparato, su ropa estaba toda pringada con la sangre de la vaca y de mi jefe. Don Prócolo se volteó hacia el aparato, observó por un momento las fauces de la máquina y luego miró a la concurrencia sin decir una palabra. Con un leve gesto indicó a los presentes lo dejaran a solas con sus asistentes. El Alcalde se limpió, se cambió la ropa y se tomó un trago de seco, para pasar un poco el susto. Cuando salió del recinto, Laguna me dio un fuerte apretón de manos y me dijo al oído:

— Hijo, acabas de evitar que la ciudad tuviera que darle un funeral de honor a una bolsa de comida para gatos.

No alcancé a contestarle nada, pero me sentí aliviado. Enseguida el jefe de la comuna hizo unas llamadas y se retiró del lugar. Un equipo de limpieza venía en camino, para borrar las huellas de aquel bochornoso accidente. No me dejaron ir, necesitaban que los asistiera. Les expliqué que terminar de procesar lo ingresado sería más sencillo, rápido y seguro que desarmar y extraer los pedazos. Hicieron una llamada, y estuvieron de acuerdo en hacerlo. Tuve que quedarme un par de horas más.

Al terminar el proceso, finalmente pude irme a casa. El sistema fue retirado del lugar en la madrugada y nunca supe cuál fue su destino. La máquina en cuestión pudo perfectamente haberse constituido en el arma homicida de un fallido intento de magnicidio. En lo que a mí respecta, el principal culpable de lo que allí ocurrió salió de la feria empacado en varias cajas de latas y sacos de comida para perros que fueron llevados al zoológico de la ciudad.

Nació en Penonomé, Coclé, el 4 de enero de 1960. Cursó estudios de Tecnología en Radiología e Imágenes Médicas (Caja de Seguro Social y Universidad de Panamá), Licenciatura en Derecho y Ciencias Políticas (Universidad de Panamá), Postgrado en Docencia Superior (Universidad de Panamá) y Diplomado en Creación Literaria (Universidad Tecnológica de Panamá). Además ha participado en un taller de cuentos dictado por el escritor Carlos Oriel Wynter Melo, el taller de Creación Literaria "Diana Morán" de la Universidad de Panamá conducido por el escritor Héctor Collado, en un taller de novela dirigido por el escritor Ariel Barría Alvarado y en un taller de cuento avanzado del escritor Enrique Jaramillo Levi. "Maga", revista panameña de cultura, editada por la Universidad Tecnológica de Panamá, en su edición N°64 (julio—diciembre 2009) publica su primer cuento titulado "Misterio resuelto". Forma parte de los libros colectivos **Déjame contarte** (Fuga Ediciones, 2010) y **9 Nuevos cuentistas panameños** (Foro/taller Sagitario Ediciones, 2013).

La iguanaperro

A Gil, el verdadero creador de la Iguanaperro

El comentario a la hora del canto del himno inquietó a los estudiantes, entre curiosidad y miedo todos querían enterarse de los pormenores. Los maestros intentaban calmar a los presentes con justificaciones comunes sobre la fuerza del viento y la tormenta, pero lo cierto era que el estado en que se encontraban las cosas, no daba lugar a dudas sobre la reaparición de la *iguanaperro*.

Para Gil, estudiante de último año, aquellas historias le parecían fantásticas y su formación científica le impedía creer en este tipo de cuentos, por lo que se dispuso utilizando los principios del método científico hacer una investigación y resolver el misterio del espectro de la *Iguanaperro*. Gil a todo le encontraba una justificación racional, era inteligente y sagaz. Tenía la manía de reacomodarse los pequeños espejuelos constantemente, lo que le otorgaba un aire de científico investigador. Consultó con la maestra más antigua de la escuela, la *teacher Jilmara,* quien le relató la versión más conocida sobre la aparición del espantajo, confirmada estas por los conserjes de la escuela. En su relato la *teacher* elevaba las cejas, prendía los ojos y miraba en varias direcciones, acompañaba estas gesticulaciones con variaciones en tono y modulación de la voz, tratando de trasmitir miedo a su interlocutor. De esta manera, supo Gil, que el espectro aparecía entre los meses de octubre y noviembre, con luna rellena que iluminaba el patio y jardín de la escuela. Coincidía esta aparición con la celebración de la feria folclórica, en la cual desde la noche anterior a la festividad se elaboraban murales

61

y quiosco alusivo a la celebración y en algunas ocasiones el día del evento amanecían esparcidas por el suelo, destruidas, revueltas y desordenadas, el azote del viento que soplaba con violencias en esos meses, casi siempre era el culpable para algunos, para otros era la presencia de la *iguanaperro* que quería así demostrar su presencia.

La escuela estaba ubicada en la cúspide de una amplia colina bordeada de vetustos arboles con ramajes profundos, que mantenía el habitat perfecto para que distintas especies, cohabitaban en el bosque. El canto sonoro de las aves, el cric cric de los insectos, el escamoteo apresurado de algún reptil, el movimiento siniestro de algunas plantas originado probablemente por alguna especie tímida que se mecía entre su follaje y la mezcla heterogénea de olores a humedad, a flores silvestre a resinas de los árboles, formaba la acuarela boscosa donde se desenvolvían los estudiantes.

El monótono transcurrir educativo, un día fue interrumpido por la aparición misteriosa de un escuálido can. A través del escaso pelambre que exhibía su esquelética figura, podían vérsele las puntas afiladas de la pelvis y detallársele las costillas. Su caminar era lento y cabizbajo, de vez en cuando elevaba la cabeza y exponía una mirada redentora, era la imagen viva de un vagabundo desamparado. La curiosidad por aquella visita, produjo un gran alboroto en los estudiantes que entre miedo y compasión todos querían aportar alguna opinión sobre la aparición de esta estampa de perro sufrido.

Buscaron un trasto viejo, le dieron a beber agua fresca y lo dejaron descansar a las sombras de los arbustos. A la hora del recreo muchos compartieron sus viandas con él, era lastimero verlo comer con dificultad los restos de comida. Vencido el miedo, todos los presentes querían amparar al infortunado animal y le dedicaron tiempo. Mimos, atenciones y cuidados recibió el desdichado, hasta que pudo recobrarse completamente.

Los estudiantes lo llamaron Guardián, después de un largo debate en cuanto al nombre que debía llevar. Algunos querían llamarle San Jorge por su condición y en nombre de la escuela, otros más osados propusieron el sobrenombre del director para aprovechar la oportunidad de mofarse a sus espaldas, las adolescentes coquetas querían llamarle como al profesor de ciencias con el objetivo de trasladarle al animal los mimos reprimidos por pudor. Pero la mayoría acordó llamarle Guardián, en un esfuerzo noble, por trasmitirle características *superpoderosas* a su escuálida figura.

Guardián se dejo querer y se acostumbró pronto a la rutina de mascota amada. Todos los días incluso los fines de semana, temprano en la mañana salía de las sombras de los ficus y se sentaba sobre sus patas traseras en la escalera principal del plantel, a recibir los saludos entusiastas que la muchachada que llegaba a laborar, le iba confiriendo. Se aprendió la rutina del timbre que anunciaba el cambio de hora y lo distinguió del timbre del recreo que lo motivaba a salirse de su letargo y menear entusiasmadamente la cola.

A medio año cuando se decreto un receso por vacaciones, los cuidadores de Guardián, comprometieron a los celadores de la escuela, velar por el bienestar de la mascota en su ausencia. Eran quince días de separación en las que Guardián sintió la nostalgia por la desaparición de sus bienhechores. Para liquidar el tiempo el perro solía caminar por los límites de la escuela husmeando y escarbando entre la flora, tratando quizás de encontrar un rastro perdido o un tesoro oculto, pero cuando caía la tarde ya agotado entonaba un ladrido quejumbroso que expresaba el lamento reprimido por el tedio y la melancolía. Sintió nuevamente el abandono, huella cincelada en su alma perruna y su docilidad dio paso a un huraño y desconfiado animal que originó, que los comprometidos con su cuidado empezaran a ignorarlo.

Una noche de esas oscuras y sin luna, el can sintió la presencia de un intruso en los alrededores de su dominio, Guardián adeudado con su obligación de custodio del recinto, se puso alerta para desafiarlo, realizó su trabajo, afrontó su destino, lo inició con un ladrido feroz para intimidar al intruso, lo acorraló, lo persiguió hasta enfrentarlo. No calculó la peligrosidad de su enemigo o quizás sí, tenía una actitud casi suicida, quería mostrar arrojo y bizarría para justificar su presencia en el predio. El encuentro fue feroz, su adversario un felino montés que merodeaba el bosque lindante a la edificación. Eran razas históricamente enemigas, que se enfrentaban una vez más, Guardián acometía, el felino se preservaba lanzándole zarpazos y mostrando los colmillos para intimidarlo, pero la contienda fue inevitable y sangrienta. Guardián ladraba con rabia y con movimientos agresivos desafiaba a su rival exponiendo una sonrisa de filosa dentada, éste decidió dar la pelea, y con movimiento ágil abrió las fauces y sus poderosos caninos prendieron a Guardián por la garganta, en un instinto salvaje de preservación, éste esquivó con movimiento rápido la acometida en un intento por no perecer, pero la habilidad depredadora de su opositor era superior y logro rasgarle la piel, desde el cogote hasta el cuello. La sangre de la herida y el furor embargaron a Guardián que con nuevos bríos se fusionó con la bestia en un agarre brutal, ambos rodaron entre el matorral e intentaron finiquitar el pugilato a punto de dentelladas. El lince saboreo la sangre férvida de su víctima y con un dejo de desprecio la abandonó. Guardián vio perderse entre el matorral a su enemigo, quedo tan maltrecho que no podía ni siquiera lamerse las heridas, se le habían desprendido las orejas, que junto con jirones de piel colgaban como harapos sobre su cogote. Caminó entre el follaje empapado de rocío y frotó sus heridas con los extractos de la vegetación.

Aún maltrecho por las heridas que apenas habían sanado escuchó la risa y alboroto de los estudiantes en su retorno a clases, quiso salir a su encuentro pero su estado no se lo permitió. Los que recordaban a Guardián fueron a su encuentro, lo llamaban y lo buscaban por los alrededores pero no lo encontraron, algunos dijeron que así como vino, se fue. Nuevos acontecimientos llamaron la atención de los estudiantes y cerraron el capítulo de Guardián. Cuando Guardián pudo valerse por si mismo, salió de su escondite y fue al encuentro de un pequeño grupos de niños de jardín, quería recobrar su cariño y sus mimos pero el encuentro fue nefasto. Ya estaba cayendo la tarde y eran escasos los presentes en el plantel, el grito aterrador alarmó a todos, hasta el mismo Guardián se asustó y se perdió en la vegetación. Los niños corrían despavoridos con el terror reflejados en el rostro. A su encuentro fueron los educadores que aún estaban en la escuela y después de tomar un poco de agua relataron sobre el monstruo que salió de entre las plantas y los aterrorizó. Era como un perro gigante con cabeza de iguana. Los maestros justificaron el hecho aduciendo que la caída de la tarde y el agotamiento de los párvulos, les hicieron ver visiones.

Guardián conocía el rechazo, desprecio y asco que inspiró en el pasado, más no el terror que era capaz de provocar actualmente y prefirió mantenerse oculto en el boscaje. En la soledad del anochecer salía a buscar que comer, husmeaba en la basura y merodeaba por la orilla de la piscina y cuando la luna iluminaba la noche veía su reflejo en el espejo del agua, imagen distorsionada por las graves lesiones que había sufrido y que le impedían reconocerse a si mismo e iniciaba así el rito mas escalofriante que experimentaban los moradores vecinos al plantel. Ladridos distorsionados, el tropel desenfrenado del perro persiguiendo a sí mismo como mortal enemigo. Derribaba cuanto estuviera a su paso.

Una noche, después de realizar un proyecto en la escuela, Gil se dispuso a investigar lo que él llamaba el fraude de la iguanaperro. Se mantuvo agazapado cerca del jardín que bordeaba la piscina, el cansancio hizo presa de él, y se quedó profundamente dormido. Los acontecimientos posteriores marcarían su vida y el concepto científico que él tenía, para justificar todos los hechos. Se vio enfrentado cara a cara con su espectro, pudo verle las facciones: ojos rojos y saltones, una feroz dentada y el colgajo de piel que caía en forma de papada, montada sobre cuatro patas. El terror lo sobresaltó, abrió y cerró los ojos repetidamente, la oscuridad de la noche iluminada ocasionalmente por los rayos de una luna que juguetonamente se escondía entre las nubes, provocando un efecto siniestro sobre la vegetación, hizo que Gil se incorporara y emprendiera una huida despavorida del lugar. Aun hoy en día, él no sabe si ese hecho lo vivió o lo soñó, lo que sí es evidente es que desde ese día se ha convertido en el más fiel creyente de la leyenda de la *iguanaperro*.

Nació en Caracas, Venezuela, el 12 de marzo de 1963. Obtiene el título de Abogado en la Universidad Católica Andrés Bello. En el área literaria, toma talleres de escritura y de lectura en Venezuela. Llega a Panamá en junio de 2011. Egresada del Diplomado Internacional de Creación Literaria de la Universidad Latina de Panamá. Toma varios talleres de cuento avanzado con el escritor Enrique Jaramillo Levi. Es autora de los cuentos de minificción de su blog Fotocuento (www.fotocuento.com) bajo el seudónimo Dot. Tiene un cuento publicado en el libro colectivo "Voz Hispana. Cuentos de Hispanoamérica", así como en la revista "Panorama" de Copa Airlines, y en la revista "Maga". Egresada del Diplomado en Creación Literaria 2013, de la Universidad Tecnológica de Panamá. Socia fundadora de Foro/taller Sagitario Ediciones, junto con Enrique Jaramillo Levi.

Pura geometría

Cada día, esta mujer se sienta de 9:00 a 9:30 a coger el sol de la mañana. Carga una silla hasta un punto del jardín en el que no la ve nadie y ella ve todo detrás de unos lentes de sol que la protegen. También la protege la crema que se ha untado en las piernas, en los brazos, en la cara, para evitar picaduras de insectos a pesar de que tiene buen cuidado de que cada quince días exactos vaya el señor jardinero a fumigar, podar, limpiar el terreno en el que solo debe quedar lo justo: un césped bien corto, parejo; los setos cuadrados de Ixoras que dibujan el lindero rectangular; tres palmeras estilizadas a las que se les deja un penacho verde en la punta para que no les cuelguen las hojas secas —no se le vaya ocurrir a alguna caerse y producir esa mala impresión de abandono—; un Ficus que no se deja crecer más de tres metros y que se poda redondo, como una bola de hojas verdes y brillantes en la que el viento no entra. Pura geometría. Y ahí se queda, recostada, con una bata ligera y una revista en las manos que usa a veces como abanico (en épocas de mucho calor) o como entretenimiento repasando una y otra vez las fotos de siempre. Es muy cierto que esta mujer, sentada en ese ángulo, con esos lentes de sol y untada de crema repelente, está bien protegida de todo. De todo salvo del recuerdo.

Ella vivía feliz en la casa número 49 de esa urbanización de ciento cincuenta casas blancas, iguales, bien distribuidas en sus paños de grama; feliz con un marido decente, de esos que comen un plato de frutas y una tostada con un poco de mantequilla y mermelada mientras ojea el periódico; mira el reloj, se despide con un beso, y sale cada mañana bien vestido a trabajar en una oficina entre muchos otros hombres y mujeres bien vestidos que se sientan tras escritorios limpios a revisar los papeles que hay en una bandeja de entrada, procesarlos, y ponerlos en una bandeja de salida. Sí, vive con ese marido decente en una urbanización decente donde viven familias decentes; con señoras como ella que sacan la basura en bolsas negras los martes y los viernes antes de las 8:00 am y la colocan dentro de los recipientes de plástico verde a la izquierda del buzón de correo como lo solicita la compañía que se encarga del aseo de la ciudad; señoras que se saludan cordiales cuando se cruzan, como corresponde a todo buen vecino, y que se invitan algún domingo para conversar mientras sus maridos toman una cerveza fría frente al televisor en el que siguen el juego de la temporada. Ella vivía feliz hasta que se muda a la casa número 47 un hombre sin mujer, con cinco gatos grises, y con unos pocos muebles que bajaron de un camión de estacas un día domingo —violando la normativa que prohíbe cualquier tipo de trabajos en días de fiesta para respetar el descanso de la gente—. Al principio, sigue feliz, en parte porque olvida la desagradable sensación que le produjo ver llegar ese camión en mal estado a estacionarse a tan pocos metros de su casa a descargar unos muebles viejos; en parte porque el mal tiempo le impide salir a tomar sol y se mantiene aislada en su casa a una temperatura fija de setenta y seis grados farenheit sin mayores sobresaltos. Sin embargo, a las pocas semanas, nota la forma extraña en que la vegetación del terreno de al lado ha empezado a crecer: la alfombra de grama desaparece bajo yerbas de todos los tamaños; los setos pierden sus líneas y sacan ramas sin ton ni son; de las palmeras chorrean hojas secas que se mecen torpemente amenazando con caer. Nota que una yedra de hojas inmensas sube con rapidez inusitada por los tubos de desagüe de los techos, por las puertas y ventanas de la casa vecina, cubriéndola, arropándola. Nota que, en solo cuestión de días, donde no había sombra, se alargan las ramas de un árbol cuyas raíces ondulantes emergen de la tierra como un pulpo que despierta de un largo sueño. Y todo eso ocurre bajo la mirada indiferente del vecino, un hombre huraño que se sienta cada tarde en el porche que da a su terreno y permanece hasta bien entrada la noche fumando largos cigarrillos y murmurando para sí mientras sus gatos deambulan por el patio, se cuelgan de las ramas, se pierden entre la yerba alta como pequeñas panteras. Un hombre huraño que nunca devuelve el saludo ni se molesta en sacar la basura en bolsas negras ni en introducirla en el recipiente los días martes y viernes antes de las 8:00 am.; la acumula en su casa que, poco a poco, empieza a despedir ese olor desagradable y denso; ni hablar de que se moleste en revisar la correspondencia que ya se desborda a los lados del buzón formando una montaña de la que resbalan sobres que van cubriendo su acera. Quizás por eso este hombre nunca se entera de las notificaciones diarias que le llegan en sobres sellados conminándolo a cumplir las estrictas reglas de mantenimiento de los jardines, del aseo, del saludo y la conducta que imponen las buenas costumbres. Mucho menos llega siquiera a intuir la zozobra, la quieta desesperación que la va invadiendo. Atormentada por la voracidad con que crece el desorden a escasos metros suyos, pasa sus días elevando quejas a las autoridades del lugar, firmando peticiones de desalojo, podando y cortando para mantener a raya las malas yerbas que amenazan con enredar sus flores, fumigando con toda clase de productos para evitar el paso de las hormigas, las arañas, los gusanos que se han abierto camino por la jungla vecina; espantando los gatos grises, esas pequeñas fieras acechantes que le llenan los sueños de miradas verdes, fijas, y que la siguen en la oscuridad en la que inmensas raíces reptan hasta ella, bordean su cuello, aprietan hasta hacerla gritar, despertar, quedarse insomne semanas, meses, vigilando que aquella selva hambrienta no se los trague mientras duermen. Ella sola en esa lucha, porque su marido impasible, no ve peligro alguno absorto como está en su plato de frutas, en su tostada de mantequilla y mermelada, en ojear el periódico, en llegar a tiempo a la oficina para mantener el meticuloso trabajo de vaciar y llenar de papeles las bandejas sobre su escritorio.

Vencida por el insomnio; por el cansancio de hacer denuncias y quejas diarias a unas autoridades que no hacen mucho más que escribir y enviar notificaciones en sobres sellados que ella tiene que barrer para poder entrar y salir de su propia casa; agotada de esa pelea para mantener a raya la jungla que se les viene encima, una mañana, alquila un camión acondicionado para mudanzas, mete al marido, unas maletas y las pocas cosas que le son indispensables, y sale de la casa número 49; aquella casa tan parecida a esa de la foto que mira ahora en su revista cuando suena la alarma de su reloj de pulsera que le hace saber que son las 9:30 en punto, que ya está bueno de sol. Entonces esta mujer se para, carga la silla y entra, no sin antes pasear su mirada vigilante por su pequeñísimo feudo y asentir satisfecha porque comprueba que todo está en perfecto orden en esa urbanización de ochenta casas blancas en la que, por reglamento, no se deja entrar camiones en mal estado, ni se puede vivir sin mujer, ni se puede tener gatos grises, ni se puede dejar crecer la grama más de dos pulgadas.

CORNELIO FRANCO CAMARGO

Nació en la ciudad de Panamá, el 3 de octubre de 1983. Licenciado en Ingeniería Industrial y Maestro en Formulación, Evaluación y Gestión de Proyectos, por la Universidad Tecnológica de Panamá. Ha participado en varios talleres de cuento impartidos por el escritor Carlos Oriel Wynter Melo y publicado cuentos en la revista "Maga".

Encuentro

¡Hasta que al fin te dejas ver la cara!

Mira cuánto has cambiado. No serás *Schwarzenegger* pero, bueno, tampoco eres Jack Black.

De tus interminables birrias de fut, beis y básquet, sólo quedan los recuerdos de las hazañas que ya no eres capaz de repetir y como trofeos, diversas lesiones.

Ahora sacas tiempo para ir a un gimnasio solo cuando no te cierra el pantalón o cuando está próximo el verano. Luego de eso sigues pagando la mensualidad con la excusa que desde mañana volverás a empezar.

Lo que más me llama la atención es tu cara. Las noches de rumba transformadas ahora en insomnio te han creado un antifaz, no precisamente de súper héroe, que devoró la viveza que desprendían tus ojos. Ni hablar de tus pómulos, otrora propios de un perfil griego, hoy correspondientes a las reservas de lípidos, adornados con algunas marcas tribales, regalo póstumo del acné.

Ahora que digo pómulos, límpiate el derecho que te quedó un residuo... Ese derecho no, tu otro derecho...

Proseguimos.

Parece que tu nivel de sapiencia ha aumentado, lo digo porque ahora tienes como cuatro dedos de una frente que antes, casi no se te podía ver. De igual manera, esos destellos grises empiezan a darte una apariencia más respetable.

¿Qué me puedes contar de tu vida? ¿Qué me puedes contar que yo no sepa?

68

¿A dónde quedó ese grupo de amigos tan unido? Ese que estaba siempre listo para cualquier arranque. Ese que prácticamente poseía una mente común, a la hora de dar referencias sobre el paradero de sus miembros. Aún recuerdo cuando te escapaste con un levante. Y Rosa, Sandra o Fanny, en verdad no recuerdo cuál era la de turno, llamó a tus amigos preocupada porque no sabía de ti. Bien tonto fuiste al no haber escrito la historia que entre telefonazos y chat crearon, hubiese sido una muy buena telenovela. Últimamente, en la tele pasan argumentos mucho más simplistas.

Cada uno tomó su rumbo, algunos continuaron estudiando, otros se fueron del país, unos cuantos desaparecidos y tú sin saber de ninguno de ellos. Y no, las felicitaciones de cumpleaños y año nuevo por Facebook, no cuentan.

¿Y Mary, esa amiga tuya de la infancia, que durante años sólo fue eso, tu amiga, la que tenía que aguantar tus pesadas bromas y humillaciones porque simplemente había nacido mujer? ¡Qué bien te crió papá! Sí, ésa misma que luego empezaste a respetar y a tratar mejor, cuando se acercó en tu ayuda luego de que uno más machito te rompió la nariz.

Más cuidado en esa parte, de por sí la tienes algo fea.

De ahí se convirtió en tu compinche, y cuando despertaron tus instintos hormonales, fue ella quien te dio ciertos *tips* y te alcahueteó en varias ocasiones.

Al tiempo la llegaste a querer y mucho, es que la Mary tenía un corazón tan grande que creció y creció y se marcó de tan bella forma sobre sus suéteres. Pero sólo amigos, lo normal una caricia por ahí, otra por allá, abrazarse de cuándo en cuándo, hacerse amigo del novio o novia actual, morderse la lengua para no denotar los celos, etc., etc., etc.

Nunca entendí por qué terminaron, si resolvieron todas esas niñadas y aceptaron lo que sentían. Fueron días felices, lo sabes y yo lo sé. Pero tu ego no pudo comprender el significado del verbo perdonar, y al primer inconveniente o duda, te ofendiste cual doncella desairada y te propusiste pintar de gris todo el horizonte rosa que tanto les costó.

Por casualidad, tuviste que viajar a otra ciudad. Así empezó tu odisea, irle huyendo a la vida.

Mujeres no te faltaron, eras el macho que siempre ideaste en tus conversaciones de adolescente; nada más te faltó el sombrero grande y dejarte los bigotes. Al rato te aburrías y salías en busca de otra, tratando de llenar algo de lo que ni siquiera estabas consciente, pero que dolía y hacía falta.

Del trabajo qué decir, tienes un currículum impresionante, no tanto por la cantidad de empleos, sino por el tiempo de vida de cada uno de ellos; al menor indicio de problemas, salías a buscar otro lado que no fuera una porquería y donde valorasen tus capacidades.

Cuando volviste a tu cuidad años depués, te encontraste a la Mary, esa ingrata, esa embustera, esa…, haciendo su vida y bellamente embarazada. Ignoro cómo sigues aquí, tomaste el arma y la pusiste sobre la sien derecha (uhm… esta derecha), pero te faltaron…, digámosle agallas para jalar del gatillo. Ese episodio se recuerda como *La Gran Depresión*.

Luego de eso, empezaste a tragarte tu ego; ofrecías tu corazón a cualquiera que te diera aparte de una noche, una mirada tierna. El macho se desterró, quedando un dócil y patético borrego.

No sé qué me da más asco: ¿verte pagar una pensión alimenticia fruto de una relación improvisada, que se fue por el caño, en la que pasas tiempo con ese vástago tuyo sólo para callar las voces que hablamos mal de ti, o verte abrazar a tu ahijada, la niña más hermosa, la luz de tus ojos, la hija de Mary, repitiéndome mil veces que tú eres su padre?

Sabes, me hastié de verte, no me interesa ser parte de esto. Haz con nosotros lo que te venga en gana. Me largo.

***

Desde ese día, con los ojos cerrados, mi reflejo sólo se limita a repetir mis movimientos, las pocas veces que me afeito la barba.

Nacido en la ciudad de Panamá el 3 de enero de 1967, cursó estudios primarios y secundarios en el Colegio San Agustín, para posteriormente obtener el título de Doctor en Medicina en la Universidad de Panamá en 1991. Laboró durante cinco años como médico de cuarto de urgencias, para luego dedicarse a negocios en la industria de la pesca, actividad en la que se desempeña actualmente. Egresado del Diplomado Internacional de Creación Literaria de la Universidad Latina de Panamá en 2011, ha participado en talleres de cuento avanzado con el escritor Enrique Jaramillo Levi. Ha publicado un cuento en la revista "Maga". Egresado del Diplomado en Creación Literaria 2013, de la Universidad Tecnológica de Panamá.

Una foto de familia

Si no hubiera sido porque conocí al doctor Eleuterio Contreras, de seguro habría pensado cuando escuché los detalles de aquel incidente, que aquello no había sido más que un invento para entretenernos esa noche, y si por acaso, alguna fracción de la historia que nos contaron hubiera sido verídica, había sido deliberadamente tergiversada para hacer de un intrascendente episodio del diario vivir, una anécdota memorable. Por lo antes dicho, doy por descontado que, quienes escucharon el cuento en aquella reunión habrán concluido precisamente eso. Yo no, porque a diferencia de ellos, sí tuve el privilegio de conocer al personaje del que derivó el suceso. Alguien que llegó a inspirar un genuino sentimiento de admiración que terminó pareciéndose al cariño, sobre todo, años después de no saber nada de él, cuando el transcurrir del tiempo se encargó de asignar a aquellos que pasaron por mi vida, las justas dimensiones de su valía y el espacio que habrían de ocupar en mi memoria. Alguien cuyo nombre y apellido lamentablemente me habré de reservar, porque cuando no se está escribiendo sobre personajes de ficción hay que tener mucho cuidado. Nunca se sabe adónde puede ir a parar el archivo de un ordenador.

Aquellos que tuvimos la fortuna de conocer al Doctor Eleuterio Contreras —nombre ficticio que habré de asignarle—, sabemos que esta historia, que de haber tenido por protagonista a un hombre corriente no hubiera sido verosímil, no sólo ocurrió probablemente de modo muy similar al que nos fue relatado, sino que es su desenlace más que lógico y predecible, conociendo la manera en que andaba por la vida quien en lo sucesivo llamaremos simplemente Eleuterio, en reconocimiento a su forma campechana de ser. Pese a la sencillez que aparentaba, era un individuo excepcional. Hacía parte del minúsculo grupo de personas que viven cada instante con una pasión que la mayoría de nosotros alcanza apenas unas pocas veces durante la vida y, a los sesenta y tantos años que tenía en aquel entonces, aún no había perdido la capacidad de asombrarse ante los pequeños milagros de la vida cotidiana, privilegio normalmente exclusivo de los niños.

Nos encontrábamos en orillas opuestas de la vida cuando lo conocí. Yo era un temeroso médico interno de segundo año y él un cirujano en el ocaso de su actividad profesional. Nada en su apariencia llamaba la atención. De estatura mediana y contextura gruesa sin llegar a ser obeso. Su cabello conservaba bastante del color oscuro de la juventud y el modo en que lo tendía de los costados hacia el medio dejaba en evidencia que todavía intentaba ocultar su calvicie. Utilizaba siempre las mismas gafas de monturas gruesas y rectangulares apoyadas en su prominente nariz, bajo la cual llevaba un bigote cuidadosamente recortado tipo Chaplin. Era común verlo recorrer las salas del hospital con un libro bajo el brazo, dando rápidos pasos cortos, como si tuviera prisa por llegar a algún sitio. Pese a ello, no tenía problemas en detenerse a dar una extendida explicación en medio del pasillo —y quizá por eso muchos evitaban iniciar una conversación con él— si era cuestionado sobre algún tema médico. A pesar de que su posición de médico especialista no requería el uso de uniforme, él insistía en vestir del mismo modo todos los días: pantalón oscuro y camisilla blanca con zapatos negros impecablemente lustrados. Así lucía Eleuterio a los ojos de quien lo viera, como un hombre común. Sin embargo, en cuanto tomaba la palabra exteriorizaba su modo singular de ser.

Esa manera peculiar de comportarse tenía otras facetas, más extravagantes, de las que derivó el rótulo de enfermo mental que le colocaron algunos colegas. Sin embargo, el efusivo saludo a quien apenas conocía, el abrazo repentino al estudiante que daba con el diagnóstico preciso, así como los improperios lanzados a los que consideraba hipócritas sin importar quién escuchara, y los días enteros que pasaba encerrado en su despacho, formaban parte, según él, de su modo de enfrentar la vida. Decía que se mostraba tal como se sentía, sin esconder los vaivenes del estado de ánimo propios de la naturaleza humana. Lamentablemente, esa conducta lo llevó, con el transcurrir de los años, de ser un imprescindible cirujano, a convertirse en una plaza de especialista perdida para el hospital regional. Cuando la jefatura médica consideró que su impredecible proceder ponía en peligro la salud de los enfermos que atendía, le fue despojada la responsabilidad de atender pacientes y, a cambio, se le asignaron funciones en las que no pudiera incurrir en negligencia médica. Así, terminó en el puesto de coordinador de docencia médica. Entre una oficina improvisada para él junto a la morgue y largas disertaciones en la sala de conferencias, pasó sus últimos meses como funcionario, hasta el día en que una desavenencia con el director médico colmó la paciencia de las autoridades ministeriales. Cuando eso ocurrió ya había concluido mi programa de internado, por lo que no estuve en el hospital la mañana que recibió la carta del ministro de salud notificándole su despido, en la que se aducía como motivo la extralimitación de funciones, aunque la verdadera razón era que lo consideraban un loco.

Cuentan que al día siguiente, muy temprano en la mañana, se dirigió al despacho de la más alta autoridad del ministerio. No acudió solo. Se hizo acompañar, por razones que después conoceremos, por su mujer y su nieto de cinco años. Fueron los primeros en subir las escaleras que conducían al primer piso del ministerio en cuanto el personal de seguridad autorizó el paso de visitantes, y derecho al despacho del ministro llegaron.

La extremada amabilidad con que saludó a la recepcionista no sugería en modo alguno el coraje que traía dentro y las intenciones que lo habían llevado allí aquella mañana. La negativa a ser atendido sin cita previamente concertada pareció no perturbar su ánimo y, como si no hubiera comprendido, contestó que esperaría, porque el asunto que quería tratar no requería más de un minuto del tiempo del ministro. Así que los tres tomaron asiento en un sofá dando muestras de que venían preparados para una larga espera: Eleuterio se dispuso a leer un voluminoso texto que extrajo de su maletín, la mujer le dio un libro de colorear y lápices al niño, y sacó para ella un suéter a medio terminar, agujas y una mota de lana.

Una hora después llegó el ministro. Dio los buenos días sin mirar a los ocupantes del sofá y se introdujo en su oficina antes de que Eleuterio pudiera abordarlo. La recepcionista le repitió que sin cita no podría ser atendido, a lo que respondió: «Ya le he dicho que no quiero una cita, sólo quiero hablar con él un momento.»

Así transcurrió la mañana. Un desfile de personas entraron y salieron del despacho, ante la mirada paciente y resignada de Eleuterio, y en cada receso entre citas le fue negado el acceso. El hecho de que el desdén con que fue tratado no era una sorpresa, no hizo que fuera menos humillante. Se le indigestaba aceptar que ni siquiera un minuto de atención le era otorgado a quien había dedicado cuarenta años de su vida al cuidado de la gente que no podía pagar, a esos que por pobres tenían que resignarse a acudir a atestados hospitales estatales, y que fueron los únicos pacientes que atendió durante su vida, porque sus principios socialistas irrenunciables le impedían practicar la medicina privada.

Causó asombro a la recepcionista que al regresar de su hora de almuerzo los persistentes visitantes, que ella para entonces imaginaba ausentes, no sólo permanecían allí, sino que los envoltorios de comida que observó en el tiesto eran evidencia de que hasta habían almorzado. «No creo que el ministro lo atienda, además, no sé si va a regresar», les dijo con manifiesto disgusto. A lo que Eleuterio, sin perder la compostura, contestó: «Sí, va a regresar porque dejó su maletín dentro, y me va a atender, porque no me voy a marchar hasta que escuche lo que le vengo a pedir.»

A media tarde regresó el ministro. Intentó ocultar el malestar que sintió al verlos todavía allí y, antes de que pudieran decirle algo, prometió de mala gana darles cinco minutos a la hora de salida, si tenía tiempo. Evidentemente en ese punto tenía presente la carta firmada días antes y había estado evitando la incómoda y previsible exigencia de restitución. Pero, seguramente no tenía ni idea del plan que había preparado Eleuterio, porque apenas lo conocía. Si hubiese tenido referencias más amplias, habría sabido que cualquier cosa se podía esperar de él, menos que viniera mansamente a solicitar la reconsideración de su despido. Eleuterio jamás se habría inclinado ante los burócratas del ministerio, esos seres que se habían ganado su desprecio, porque se dedicaban sistemáticamente a no hacer nada, mientras él se partía el espinazo en un quirófano ocupándose de los oficios que Dios había dejado pendientes.

Las verdaderas razones de su insistencia pronto habrían de ser develadas. Cerca de las cinco de la tarde, sonó el teléfono de la recepción y finalmente les indicaron pasar. Una vez en el despacho, Eleuterio se identificó, presentó amablemente a su mujer y a su nieto al ministro y se dispuso a extraer algo de la bolsa que había traído. Justo en ese instante vinieron a la mente del ministro los verdaderos motivos de su destitución y, por un momento se sintió amenazado, pero recuperó la calma al ver lo que Eleuterio sostenía en sus manos: una inofensiva cámara fotográfica.

Por una foto. Por una foto del ministro junto a él, su mujer y su nieto, habían estado aguardando desde temprano. Una insólita, pero sencilla petición, que podía haber sido resuelta horas antes era todo lo que requería Eleuterio. Despejada la duda, el ministro respiró aliviado e hizo pasar a la recepcionista para que sirviera de fotógrafa. Los cuatro posaron sonrientes y, después de agradecer la atención, procedieron a retirarse, pero antes de que pudieran hacerlo, el ministro quiso conocer los motivos de la inusual petición.

—¿A qué debo el honor de hacerme una foto con su familia? —preguntó el ministro.

—Es que quiero colocar esa foto en nuestra casa —respondió aún calmado Eleuterio.

No conforme con la respuesta, el ministro quiso conocer más detalles de las curiosas razones detrás de que justo él fuera el elegido para aparecer en una foto familiar.

Esa era la pregunta que había estado esperando. Eleuterio inspiró y exhaló profundamente como para dejar salir todo el coraje que había estado conteniendo, antes de anunciar por qué necesitaba obtener aquella foto de familia.

—¿Sabe para qué quiero una foto suya en mi casa? —le dijo elevando el tono de su voz, hasta finalmente resolver la interrogante, gritándole el agravio reservado.

—¡Para que mi familia nunca olvide la cara del hijo de puta que me botó!

Nació en Penonomé, Coclé, el 27 de diciembre de 1977. Poeta y cuentista. Obtuvo una Licenciatura en Derecho y Ciencias Políticas y es Magíster en Derecho Procesal por la Facultad de Derecho de la Universidad de Panamá. Se desempeña como abogado litigante e **independiente** en distintos litigios en la rama del derecho de familia, penal, laboral y administrativo. Por su trabajo literario ha obtenidos los siguientes lauros: Premio de Poesía Esther María Osses, 2008 (Instituto Panameño de Estudios Laborales); Premio de Cuento Ignacio "Nacho" Valdés, 2008 (IPEL); Primer Premio Municipal de Poesía "León A. Soto" 2009; Premio de Poesía "Esther María Osses", 2011 (IPEL); Premio de Cuento Ignacio "Nacho" Valdés, 2011 (IPEL). Poemas y cuentos de su autoría han sido publicados en la Revista cultural "MAGA". Es egresado del Diplomado de Creación Literaria 2009, de la Universidad Tecnológica de Panamá. Ha publicado el poemario **"Meditaciones desde el vergel"**, (INAC 2008).

El rescatista

—¡Ese bicho no puede estar más tiempo aquí! —me reprochó el viejo con la pipa en los labios— El dueño del edificio me recordó ayer que no se permiten animales, y hasta la presencia de un loro en este lugar está contra el estatuto.

Me entristeció saber que era necesario, por la paz de los dos, el tener que deshacerme de la única mascota de mis años mozos: un gato blanco con rayas amarillas y de ojos grises.

Lo encontré una tarde lluviosa en mitad de la alcantarilla cuando jugaba entre los charcos con un barco de cartón. El animal trataba de mantener la cabeza y parte del cuerpo a flote al rasgar con insistencia la pared circular. En uno de esos intentos fue arrastrado por la corriente, y luego detenido por una rama seca que se atravesaba en el cauce. Lo rescaté y lo metí en una cajeta en un rincón seguro detrás de la casa. Calenté un poco de leche y lo alimenté a escondidas del viejo. Tenía unos cuantos días de haber nacido, y el deseo por tener algo de compañía me llevó a hacer cambios en mi comportamiento, lo cual al pasar el tiempo, resultó extraño para el viejo. Me levantaba temprano a comprar el desayuno y hacer las tareas, botaba la basura y hacía los mandados a tiempo y sin protestar, y todo para alimentar y conversar con el gato el resto del día.

Una tarde por estar de descuidado, el viejo me sorprendió abrigando al animal con un pedazo de trapo.

—¡Así que esto es lo que tenías en secreto! —me dijo poniendo sus manos en la cintura— Es mejor que te deshagas de ese bicho. Sabes bien que no me gustan los gatos. Y para rematar, la mierda de esos animales es algo terrible.

—No seas así, pá —le dije con carita de sufrido—Yo me encargo de cuidarlo, alimentarlo y estaré pendiente de que no entre a la casa. Te lo prometo, pá.

—¡Pero mira al pobre animal! —dijo él— Ni está destetado y se la pasa llorando. ¡No vamos a poder dormir en paz!

Aquella tarde sorprendí al viejo con una taza de café caliente cuando leía el periódico en el diván. Sonrió, al ver mi perseverancia y la estrategia que utilizaba para convencerlo.

—Puedes quedarte con el micho —dijo—, pero no me hago responsable de nada. Ah, ni se te ocurra meterlo a la casa, menos a tu cuarto, de lo contrario, tendrás que renunciar a él.

—Gracias, pá —le dije y de la alegría le di un abrazo.

Convencer al viejo fue un milagro, por eso me esmeré y estuve atento para que el felino se mantuviera en el límite de las exigencias. Le intranquilizaba el olor del plato favorito del viejo: macarrones con carne molida. Ante la imposibilidad de entrar, el animal se ubicaba frente a la ventanilla de la cocina en las ramas gruesas de un ciruelo para velar con insistencia su porción.

Mi tía Feliciana se había ido para Los Estados Unidos a solicitud de su única hija y nos facilitó su apartamento, como una ayuda solidaria y sin pago de alquiler, para que yo me esmerara en los estudios y alcanzara los sueños propuestos. Por eso las cosas cambiaron cuando nos mudamos a la ciudad por asuntos de la matrícula escolar. "Recuerda que debes estudiar y prepararte para el futuro por la crisis que viene. No quiero que sufras lo que tuve que pasar por no aprovechar la escuela", me decía el viejo en forma reiterada.

El viejo miró por la ventana y dio una bocanada de humo.

—No queda de otra —dijo el viejo pensativo—. Aunque nos resulte triste, debemos abandonarlo lo más distante posible. No quiero que por nuestra imprudencia se deje mal a tu tía Feliciana. Debemos de ser agradecidos y cumplir con las exigencias de la administración. Es probable que en unos pocos días el felino se adapte a la compañía de otros gatos de la calle y comerá ratones y desperdicios de los basureros, ya lo verás. Mientras tanto me daré una vuelta por el supermercado de enfrente para comprar unas frutas, macarrones y un poco de carne, queso y salsa italiana.

Asentí con el deseo de librarme de una ola de sentimientos encontrados. Los argumentos del viejo me parecieron contundentes, y era importante valorar que los inquilinos se abstenían de tener mascotas con el fin de respetar las reglas acordadas por la mayoría.

En una bolsa de henequén metí el animal y amarré el extremo con una soguita de hilo. Tomé un bus con la idea de abandonarlo a unos cinco o siete kilómetros. Empecé a contar. En la parada número veinte me bajé y entré por una acera pavimentada que comunicaba con una extensa barriada para clase media. La entrada principal tenía una garita de seguridad y los guardias privados pedían identificación a los conductores y peatones, muchos de ellos trabajadores de la construcción. Desestimé dejarlo en el matorral o frente a las edificaciones porque reducía las posibilidades de sobrevivencia del felino. Resolví caminar a la izquierda orillando la muralla. Al final me encontré con una intersección. Avancé derecho, y luego me topé con un camino angosto. En un rótulo de letras blancas con fondo verde leí: El Gueto. Al entrar vi una calle de tosca y extensas barriadas de casas de cartón y felpa, otras estaban forradas de zinc oxidado y portales con pisos de tierra. En la orilla de la calle contemplé unos niños jugando con una pelota vieja y desinflada. Les servía de portería un par de piedras redondas. Corrieron hacia mí y me preguntaron de dónde era y qué llevaba en la mano.

—Un gato —les dije.

—Queremos verlo, fren —me dijo uno de ellos.

Solté el nudo y le acariciaron la cabeza cuando el animal enroscaba el rabo entre las piernas. Me dio celos al saber que otros niños se iban a quedar con mi mascota si lo dejaba justo en ese lugar. Lo metí de nuevo en el morral y me devolví hacia la calle principal. Me fue imposible encontrar el letrero y el caminito de salida. Me llené de ansiedad por haberme extraviado, traté de calmarme y luego decidí caminar por la orilla del muro hacia la derecha buscando el ruido de los camiones y el eco que dejaba el freno de aire. Hallé un caminito de tierra y lo seguí. Contemplé un escenario más lúgubre: un vertedero de basura con pepenadores y niños expurgando desperdicios. Sentí que el fantasma de la miseria se había instalado en aquel lugar para quedarse. Aproveché la oportunidad para preguntarle a alguien por la salida. Uno de ellos con un ademán me señaló, con algo de indiferencia, que siguiera a lo lejos. Con la poca orientación reasumí la marcha. Después de una hora me encontré solitario en medio de un terreno extenso con matorrales y arbustos. La sed y el cansancio empezaron a azotarme. Me eché entre las raíces de un enorme árbol de nance para descansar. Estaba perdido y sin esperanza de sobrevivir. Saqué al gato de la bolsa y lloré sobre él tratando de buscar consuelo.

Cuando recobré las fuerzas el gato se soltó de mis manos y se perdió entre la hierba. Me incorporé y lo seguí. Cruzamos una cerca de alambre púa, y luego descendimos por la altiplanicie rocosa que conectaba a un potrero. Como a cuatrocientos metros ubiqué la calle asfaltada. Corrí detrás del felino con el pecho a desbordar de la alegría. En el trayecto pensé que flotaba sobre la llanura rozando mis pies en las espigas de la indiana. En la orilla de la calle tome al gato y lo besé. En una parada improvisada un bus de la ruta se detuvo y nos llevó de nuevo al hogar.

En el edificio metí el animal debajo del suéter. Tomé el ascensor y marqué el tercer piso. Nadie sospechó. El viejo leía el periódico en la mecedora. Al mirarme sudado, con los brazos y los pies arañados me dijo sorprendido:

—¿Qué te sucedió?

Le conté los detalles agregándole más de lo ocurrido. Le dije que había entrado por curiosidad en un gueto, después de orillar los muros de una barriada, y que al penetrar el zaguán había sido sorprendido por unos malandros; supuestos secuestradores, que al verme me corretearon con pistolas entre los zaguanes, con la suerte que los disparos habían dado en los tinacos y en el piso. Le señalé que al escapar no pude encontrar la salida que me llevaba a salvo a la calle principal, y que tuve que guiarme con el muro en orientación al ruido de los camiones. Que al entrar en otro caminito me topé con unos pepenadores y unos niños con unos perros hambrientos. Al verme empezaron a ladrar. Cuando corrí cayó la bolsa al suelo y el gato salió y se erizó en mi defensa como un puerco espín; enfrentó una dura batalla para dejar a los caninos lejos de mí. Pasados unos minutos me encontré sólo y casi desmayado apoyado en un árbol y, de repente, el gato apareció frotando su cuerpo en mis pies. Retomé con optimismo para recuperar el camino, y el gato se desplazó como un león africano por la extensa llanura llevándome de vuelta a la carretera.

—¡Vaya! ¡Todo eso hizo ese animal! —me dijo el viejo admirado.

—Sí, pá, todo eso —mentí— ¿Imagínese que no hubiera contado con su ayuda? Quizás, a esta hora estuviera muerto en manos de los secuestradores al no pagar la recompensa. Y usted, moriría en lamentos por la idea esa de abandonar a nuestra mascota. ¿No cree que es mejor esconderla y tenerla como un guardián? —le indagué convencido.

—Bueno, viendo bien las cosas, creo que el animal nos puede sacar de un apuro al perderse uno en las calles de esta ciudad —respondió— Además, debo ser agradecido por haberte salvado la vida de los secuestradores y de las mordidas de esos perros ¡Cuídenos Dios y el gato de un mal momento!

El viejo se hizo la señal de la cruz, y regresó con dos platos repletos de macarrones con carne molida y salsa italiana. Uno para mí y el otro para el felino. Compartimos el manjar y el mismo tenedor.

Hace unos días el administrador del condominio ha preguntado con insistencia al viejo, si es verdad que nos deshicimos del animal. Mi pá ha respondido con firmeza que yo lo abandoné hace un tiempo, a más de diez kilómetros del edificio.

El jardinero nos dijo, en una ocasión, que ha sentido un olor a excremento en los maceteros del balcón. El viejo le advirtió que, tal vez, es obra de los palominos y ruiseñores que dejan el guano en el desván.

Espero que este secreto dure muchos meses más. Pero, pase lo que pase, estamos decididos a afrontar las sanciones y las multas si nos llegan a coger. De ser así les contaré a todos la hazaña del felino salvándome la vida en el Gueto, y les diré que no se trata de una mascota cualquiera sino de una fiera de pelea, un rescatista, un ejemplar único en su especie, con la rareza de ser un híbrido; es decir, un gato—sabueso.

Nació en Almirante, Bocas del Toro, el 19 de agosto de 1972. Es abogada y ha trabajado desde inicios de los años 90 alrededor de los temas democracia y derechos humanos. Cuenta con una especialidad en Género y Desarrollo, y se ha desempeñado en los temas de migración, refugio y protección internacional en Naciones Unidas y organizaciones no gubernamentales (ONG). Actualmente trabaja en la capacitación y fortalecimiento administrativo de las ONG. Ha publicado los poemarios: **Espejos** (INAC, 2003) y **Donde habita el escarabajo** (UTP, 2002). Ha participado en recitales de poesía desde 1993. Su trabajo poético ha sido publicado en revistas locales e internacionales y recogido en las antologías: **10 poetas panameñas**, dirigido por la Dra. Mayda Watson, Universidad de Florida, EUA; **Antología Centroamericana**, dirigida por Magda Zavala (2012); **Antología Poetas Chile—Panamá** (2012); **Trilogía poética de la mujeres en Hispanoamérica: Pícaras, místicas y rebeldes** (UNAM, México, 2004), por Leticia Luna, Maricruz Patiño y Aurora Saavedra y **Construyamos un puente. 31 poetas panameños nacidos entre 1957 y 1983**, compilación de Enrique Jaramillo Levi y Salvador Medina Barahona, (UTP 2003).

Aguinaldo

Para Bernarda B.
porque sin su ayuda
un mal destino
habría tenido este cuento

El hombre, que apenas puede con sus huesos, va cargado de lata y papel. Lleva a cuestas una gran bolsa y cojea penosamente, corroído por un reuma viejo que le impide afirmar con fuerza el paso. En mitad de la vía avanza tanteando una línea imaginaria que divide una acera de la otra. La ciudad es un festín porque es día libre y los carros de basura están de asueto. Los tiraderos, repletos y desbordantes, despiden un intenso hedor a fruta podrida que serpentea en la calle hasta alcanzar los balcones más altos. La ciudad, hecha pesebre público de muladar y tufo, esperará así al Mesías y su mensaje de paz.

En su bamboleo de un tinaco a otro, el hombre abusa de cada basural al meterles mano y removerlos haciendo un ruido que recuerda el crepitar del fuego. Arroja lo inservible y toma lo útil para su propósito. Prosigue su camino con la bolsa al hombro, cosa que le da un aire de Papá Noel latino y marginal que, en lugar de renos, se acompaña con perros callejeros que abren los regalos de una adelantada Nochebuena.

En su romería por el sumidero citadino, el hombre tararea un villancico mientras efectúa con parsimonia su búsqueda. Frente a cada posada cloacal repite mecánicamente las mismas acciones: destapa un bote de basura, escarba un poco, hurga y selecciona hasta que salen de esa boca un montón de latas oxidadas y cartón que después venderá al mejor precio. Puede asimismo ocurrir algo mejor: un electrodoméstico inservible, partes de un artefacto mayor, una muñeca rota o una bicicleta en desuso. También, como ahora, de vez en cuando él se encuentra una pierna velluda y carcomida, unos brazos amarrados o un cuerpo colocado con descuido que tiñe de rojo lo que toca. *Noche de paz, noche de amor, todo duerme en derredor*, desentona el Santa Claus de vertederos en esta Navidad de tiros en la nuca, mientras bendice los restos cubriéndolos con la última bolsa plástica que le queda.

SABÚL HERNÁNDEZ SÁNCHEZ

Nació el 2 de julio de 1969 en Soná, Veraguas. Es Licenciado en Derecho y Ciencias Políticas, con estudios de Maestría en Derecho Procesal, también es profesor universitario de Derecho Penal y Procesal Penal; y abogado litigante especializado en la jurisdicción penal. Desde siempre ha sido un gran aficionado a la literatura y en especial a los autores del boom latinoamericano. Ha publicado cuentos en libros colectivos, en revistas y ha participado en talleres literarios. Es egresado del Diplomado en Creación Literaria 2004, de la Universidad Tecnológica de Panamá.

Una inesperada compañía

Era gracioso ver aquella fémina escultural caminar incómoda entre el mobiliario de nuestra pequeña y humilde "oficina", sin duda de unas dimensiones reducidas para su larga talla de modelo. Pero eso en nada afectaba su elegancia y belleza, pese a que el contraste con su entorno realzaba aún más su condición de diosa caída en desgracia. Hoy recordamos con nostalgia cómo el desánimo, la tristeza y la apabullante rutina que siempre caracterizaron nuestras labores cotidianas, con su llegada repentinamente fueron dando paso a esa extraña forma de gozo que uno por uno terminó por contagiar a todo el grupo. No podía ser de otra manera.

Desde que se convirtió en nuestra supervisora, la vida en aquél sótano nunca más fue la misma. Ella atendía cada requerimiento nuestro con una tierna atención, como nunca antes nadie lo hizo, casi sin esfuerzo hacía que nos sintiéramos especiales y esto aumentaba la atracción casi gravitacional que producía en torno suyo. No se puede negar que, antes de su llegada, el nuestro era un grupo olvidado, jamás concitábamos atención alguna y más bien parecíamos estar ocultos de todo y de todos, sólo nos teníamos el uno al otro para sentir un poco de apoyo en las duras jornadas de trabajo que nos tocaba realizar.

Entre sus atributos, la belleza y la estatura eran los que más llamaban la atención, y quizás fuesen las razones primordiales por las cuales, desde siempre, la vimos como una blanca princesa sensual que luego de perderse un día en la selva de cemento, por casualidad cayó en este humilde despacho, que nada tenía que ver con el mágico lugar del que alguna vez seguramente salió o fue expulsada. A pesar de todo eso, sentíamos que este lugar de trabajo representaba para ella un refugio y nosotros un inesperado apoyo en medio de sus penurias. Si bien era inevitable el vernos empequeñecidos ante su presencia, ella con su trato dulce nos llenaba de confianza y hacía surgir otros sentimientos, nunca antes experimentados. Incluso, después de un tiempo y en señal quizás de cariño, no comenzó a llamar con apodos tales como *Dormilón, Gruñón* y otros.

Llegó el momento en que salíamos cada mañana a realizar nuestras arduas tareas, cantando a coro en clara muestra de la felicidad que ella hizo nacer en el grupo. Al regresar luego de un extenuante día de trabajo, no faltaba quien le trajera algún presente, más que todo por el simple placer de causarle un mínimo de agrado. Con el tiempo, se hizo costumbre en todos traerle de la calle un obsequio y su sonrisa al recibirlo era suficiente para darnos un gran placer. Se notaba a leguas que su magnetismo hacia el grupo ya abarcaba otros ámbitos y aunque tímidamente al principio, después comentábamos a sus espaldas y sin pudor, cuan grande era el espacio que ella ocupaba en nuestros pensamientos y, claro, en nuestras fantasías.

Aún hoy, el contacto que tuvimos con ella sigue siendo en muchos aspectos lo más cerca y profundo que la mayoría trató a una mujer. Tan es así, que los sueños e ilusiones que ella inspiró, cada uno comenzó a exhibirlos como una especie de trofeo dentro del grupo, al punto que desde hace ya algún tiempo pareciera que cada día tratamos de exigir más a nuestra imaginación, en el afán de competir y demostrar a los demás cuántas y cuán intensas fueron las relaciones que esa compañera, con su deslumbrante presencia, hizo nacer en la mente y los corazones de todos.

El grupo todavía recuerda cómo, diariamente, se nos exhibía esa tersa piel nívea cubierta de finos terciopelos. Era una realidad que, aún siendo tangible, por improbable terminaba pareciéndonos ficticia. El negro luminoso de su larga cabellera destacaba por el contraste ideal que hacía con su piel de blancura resplandeciente. Sus ojos eran de un color indefinible, que en nada afectaba lo dulce de su mirada. Sus piernas interminables parecían esculpidas por un genio renacentista y al caminar acentuaban el garbo que todo su cuerpo traslucía. Qué decir de su vestimenta, quizás uno de los rastros más reveladores del mundo al que una vez perteneció, y es que eran prendas de una elegancia indiscutible, que en todo momento resaltaban su figura y en las cuales prevalecía, por sobre otras telas, el terciopelo.

Un día, posiblemente abrumada de tanta nostalgia y congoja, nos comentó por primera y única vez que, tal como sospechábamos, antes de llegar a este lugar olvidado había sido ejecutiva de una gran empresa. Contó que su jefe en esa compañía había sido como un padre para ella, que no tenía familia ni amigos cercanos y que siempre recordaba la forma en que él la llamaba, "mi princesa". De pronto, la tristeza tomó posesión de su rostro y, sollozando, habló de esa otra mujer que llegó a la compañía y con la cual nunca pudo llevarse bien. Dijo no entender por qué tanta envidia hacia ella y que estaba segura que todos sus problemas se debían a esa rival inesperada. Nos explicó que estando en un viaje de negocios con otro empleado de la empresa, éste le informó que tenía instrucciones de asesinarla, pero no había tenido el valor para hacerlo y en cambio le dijo que se ocultara durante un tiempo, pues su único aliado era el dueño de la compañía y éste se encontraba muy enfermo. En ese momento comprendió que su rival controlaba la compañía, que no tenía nadie a quien acudir y que corría un gran peligro. Ese fue el punto de inicio del viaje que la condujo finalmente hacia nosotros.

Nunca olvidaremos aquella tarde. Al regresar la encontramos enferma, en medio de su malestar nos contó que una viejecita había llegado vendiendo unos dulces y ella decidió ayudarle comprándole uno. Al describirla, nadie recordaba a esa anciana como una visitante habitual. Casi inconscientemente todo el grupo la acompañó hasta la calle, pero apenas habíamos salido cuando se desplomó inconsciente y aunque tratamos de ayudarla no sabíamos cómo. Alguien llamaba un doctor, otro trataba de parar un taxi y no faltaron los que comenzaron a llorar en la desesperación del momento.

En medio del bullicio y los gritos, de pronto se escuchó una voz que sobresalía sobre las demás.

— ¡Abran paso que soy doctor! ¡Permítanme ayudar a la enferma!

Fue así como apareció un sujeto de vestido azul, que se arrodilló al lado de nuestra princesa y empezó a darle respiración de boca a boca. Ella comenzó a recobrar poco a poco el conocimiento, y rápidamente se notó en su mirada que la reconfortaba verse atendida por ese galán providencial. De inmediato él la cargó en brazos y montó en su lujoso carro.

— ¡No se preocupen, soy médico, la llevaré al hospital más cercano para que la examinen! —nos dijo en un tono tranquilizador.

Un poco lento al principio y luego con inusitada velocidad, aquel carro azul se alejó de nosotros. Nunca más la volvimos a ver.

Su pérdida nos afectó muchísimo, el grupo sin duda ya no era lo mismo sin ella. No obstante, los recuerdos y la esperanza de que otro milagro como ése se repita, todavía en este momento, siguen siendo una agradable compañía.

EVELIA MARÍA HO DE GARCÍA

Nació en Santiago de Veraguas el 11 de mayo de 1938. Se graduó de secundaria en el Instituto PanAmericano. Estudió cuatro años en la Facultad de Contabilidad y Administración Pública de la Universidad de Panamá pero no terminó la carrera, faltándole solo un año. Trabajó muchos años en una empresa publicitaria. Ha participado en varios talleres literarios de Enrique Jaramillo Levi, Carlos Fong, Mireya Hernández (q.e.p.d.) y David Robinson. Forma parte de los libros colectivos **Sieteporocho** (9 Signos Grupo Editorial, 2011) y **9 Nuevos cuentistas panameños** (Foro/taller Sagitario Ediciones, 2013).

El hombre del palo

Hace algunos años tenía un árbol de mango sembrado en mi patio. Lo había sembrado mi hijo menor y estaba grandísimo, frondoso, majestuoso. Daba frutos dos veces al año y los mangos eran grandotes, tan ricos y especiales que al principio yo los repartía y después algunos iban especialmente a mi casa a buscarlos, a pesar de que vivo en una barriada cerca del Aeropuerto de Tocumen, lejos de la ciudad.

Un día, mi vecina Alicia, que vive al frente, me dijo

—Evelia; hay un hombre sentado en la copa de tu árbol de mango.

—¿Cómo? ¿Un hombre en el palo? ¿Cómo lo sabes?— le pregunté, mirando al árbol, riéndome. —¿Dónde está? ¿Cómo lo ves si yo no veo a nadie?

—Es que yo tengo el don de ver cosas que los demás no ven. ¡Sí! Tienes un hombre en la copa del árbol. Es un hombre blanco, joven, vestido con una camisa celeste y un saco azul.

—¿No será Coquito? —refiriéndome a mi hijo menor que había sembrado el árbol y había muerto.

—¡No, no! ¿Cómo va a ser él? Además, ¡yo lo hubiera reconocido!

—¿Y qué hace ese hombre allí? —volví a preguntar, ya en serio, medio asustada.

—No se, pero no es nada bueno. Debe ser un espíritu que han puesto para hacerles daño. Ten cuidado.

Por supuesto, por más que miraba, no veía a nadie. Como en ese entonces yo no creía en espíritus, aparecidos, ni brujas, lo cogí de relajo y le contaba el cuento a quien me quisiera escuchar. La bola se corrió por la barriada y muchos vecinos venían especialmente a ver si lo veían. Hasta un amigo que se quedó unos días en casa, revisaba a cada rato el árbol durante el día y se levantaba a las tres de la madrugada (hora en que las brujas andan sueltas) para alumbrarlo con una linterna de mano. Sin embargo, nunca llegó a ver a nadie, a pesar de que decía que él también veía personas que otros no veían.

Un tiempo después, comencé a notar que aunque el árbol nunca dejó de dar fruto y siguió creciendo fuerte y coposo, los muchachos ya no querían treparse. Decían que tenía coloradillas o unas hormigas grandototas que picaban muy duro, nidos de avispas, abejas y comejenes y era refugio de murciélagos que de noche volaban por todas partes y se metían en las casas. También noté que ya los pajaritos no anidaban en el árbol. Los mangos había que recogerlos en el suelo o tumbarlos con una vara muy larga, trepados en el techo del vecino. Por supuesto, gran parte de la cosecha se perdía, ya que los mangos caían muy maduros o picoteados por los pájaros.

Un día, mi amiga Sasha, joven y muy, muy guapa, guapísima, vino a pasarse unos días en casa y una mañana me dice:

—Sra. Evelia, anoche soñé con el hombre del palo.

— ¿Sí? ¡No puede ser! ¿Y qué soñaste?? —pregunté, sorprendida e intrigada.

— Soñé que estaba tendiendo ropa en el patio y de repente vi a un hombre sentado en una horqueta del árbol, igualito a como usted lo describe: joven, blanco, con una camisa celeste y un saco azul. Cuando lo vi, comencé a gritar:

—¡El hombre en el palo! ¡El hombre en el palo!—— y me desperté, asustada. Al rato, volví a quedarme dormida y apareció otra vez. Comencé a gritar nuevamente y él me dijo:

— Por gusto gritas porque solo tú puedes verme. No me tengas miedo que no voy a hacerte daño.

—¿Y qué haces trepado en ese árbol? —le pregunté, después del susto.

—Estoy en el árbol porque vine a hacer algo. Cuando me veas parado en el suelo es que ya he terminado mi tarea.

Ella se despertó nuevamente y del puro susto ya no pudo dormir más. .

Una semana después, Sasha me llamó para contarme que el día anterior había llegado a su oficina a mediodía y había visto a un señor arreglando las cerraduras. El señor se le había quedado mirando fijamente, pero no le puso cuidado. Entró a su oficina, revisó unos papeles y como era hora de almuerzo, salió de una vez. Cuando regresó, vio que alguien le había tirado las cartas en su escritorio.

—¿Quién me habrá tirado las cartas?— preguntó, extrañada.

—Yo —le contestó el cerrajero y le explicó: —Esta mañana cuando vino me quedé mirándola porque vi a un hombre moreno caminando detrás de usted. Eso me intrigó y por eso decidí tirarle las cartas. Las cartas dicen que usted estuvo hace unos días en una casa donde han puesto tres espíritus malignos. Dos están dentro de la casa... Uno es para que haga daño en las piernas y el otro para que dañe los pulmones. El tercero, que está en el patio, es un espíritu burlón y está enamorado de usted. Por eso dejó que usted lo viera una noche. Tenga cuidado y evite ir a esa casa.

—¿Y por qué? ¿Me va a hacer algún daño? —preguntó, asustada.

—No se preocupe. Ese señor moreno que está detrás de usted, que parece que es su papá, la cuida y no va a dejar que le hagan daño. Pero avísele a esa familia que tenga cuidado con esos espíritus que les han puesto por envidia. Como le dije, evite ir a esa casa.

Mientras me contaba, me acordé que mi suegra y mi esposo siempre tenían dolores en las piernas. Además, a mi suegra le acababan de diagnosticar un enfisema pulmonar y mi esposo tenia una tos de tísico que daba miedo. Por supuesto, todo esto se lo atribuía a la edad, además de que ambos eran fumadores empedernidos.

Tiempo después, le conté este cuento a Cira, mi amiga la rezadora, quien me dice:

—¡Pobrecito! ¡Es un alma en pena! Él no es malo pero alguien te lo ha puesto con malas intenciones. Voy a rezar todas las noches por él para que no haga daño y se vaya pronto.

Entonces, le cogí miedo al árbol y a las 6:00 de la tarde cerraba mi puerta trasera y no me asomaba al patio ¡para nada! También dejé de comer esos mangos y de ofrecerlos a los amigos.

Pasó el tiempo y tuvimos serios quebrantos de salud. Mi suegra muere de un derrame, a mi esposo le detectaron un cáncer en la próstata, luego otro en la boca y también muere. A mí me detectaron y operaron un cáncer en un seno. Además, tuve amenazas de cáncer en la piel y en la tiroides, que me tuvieron que extirpar. También me operaron de un bocio gigantesco que se había pegado con el esófago. Yo tenía una pequeña giba en la espalda, como los toros cebú, que creía era la gordura y resultó que era el bocio que me creció para atrás y no hacia adelante como normalmente sucede. Y para rematar, me comenzaron a doler los tobillos, luego las rodillas y después las piernas todas.

El tiempo siguió su marcha inexorable y un día tendiendo ropa, me le quedé mirando al árbol y me dije, con mucha seguridad:

—¡Vaya! Ya no le tengo miedo al árbol. ¡El hombre del palo se fue!

A los pocos días, Cira me llamó y me dijo:

—Evelia, ¡vi al hombre del palo!

—¿Lo viste? ¿Dónde? ¿Y como fue eso? —le pregunté.

—Yo estaba acostada rezando mi rosario como todas las noches y de repente vi al hombre parado al pie de mi cama, que me miraba fijamente.

—¿Y cómo sabes que era el hombre del palo?

—Porque era exactamente como lo describes.., joven, blanco, con una camisa celeste y saco azul. Le pregunté que qué quería pero no me contestó. Solo me miraba, como con

tristeza. Así que comencé a rezar el rosario en su nombre y de repente —puff—— desapareció. Mi hermana dice que yo estaba soñando, pero yo estoy segura de que estaba
despierta porque nunca me duermo rezando el rosario.

—¿Y qué significa eso? —le pregunté.

—Que el hombre ya hizo lo que tenía que hacer y se fue.

Quedé intrigada y qué casualidad que esa misma tarde vi a Alicia.

—¿Todavía ves al hombre en el palo? —le pregunté.

—No, hace algún tiempo que no lo veo——. Miró alrededor y de repente dijo:

—¡Míralo, ahora está allá! ——y me señaló el árbol de mango de Mayté, otra
vecina que vive dos casas mas abajo.

Un par de años más tarde decidí cortar el árbol porque la casa se estaba llenando
de comejenes. El señor que lo cortó me dijo que era una lástima porque era un árbol
muy fuerte y saludable. Le conté la historia y me enseñó entonces el tronco del árbol
cortado diciéndome que no tenía hormigas, ni comejenes, ni avispas y mucho menos
murciélagos. Hay quien dice que no se necesita un espíritu para que los árboles de
mango tengan insectos, que el comején sale de la tierra, que a los murciélagos les gustan los mangos, duermen de día en el árbol y revolotean cerca de ellos por las noches,
pero yo prefiero pensar que fui protagonista de un maleficio.

Nunca más he sabido del hombre del palo, pero si por casualidad alguien tiene
un árbol de mango, mírele la copa de vez en cuando… ¡No vaya a ser que tengan un
hombre sentado en la copa del árbol!

ARABELLE JARAMILLO OCHOA

Panameña nacida en México, D.F. el 23 de abril de 1978. Estudios de Relaciones Internaciona-les. Empresaria y fotógrafa. Ha publicado poemas y cuentos en la revista "Maga". Ha tomado talleres de cuento avanzado con el escritor Enrique Jaramillo Levi, su padre.

Huele a flores

Se fundió con las flores, en realidad siempre fue así... Desde niña solía percibir ese olor a jazmín, rosas, y lilis. Lo que la gente no sabía es que ella desprendía aquel sutil aroma, a su paso... "qué rico olor, huele a flores..."

Había llegado el momento de irse, era un día cálido de abril. El sol brillaba, y po-día escuchar a lo lejos el sonido de los árboles en su vals, de repente todo parecía tan vívido, pero había veces en que Clarisa no distinguía entre la realidad, sus sueños. A sus 97 años, sus ojos marchitos, la sonrisa rayada, y la flacidez de su cuerpo cansado por haber traído al mundo a sus 7 hijos, y tener el gusto de haber experimentado el placer de saborear a más hombres de los que pudiera recordar, tirados en su cama después de la fatiga habitual de una noche de trabajo.

Su cuerpo ahora sí ya no daba para más, postrada en la cama de donde ya no se movería.

Hoy cumplo 50 años. La verdad es que esta edad me sienta bien, estoy comen-zando a pensar que nunca voy a envejecer... Por alguna extraña razón este aroma me conserva, soy como una esencia en conserva, pero mira qué cana más blanca, antes eran rojizas, bueno tarde o temprano tenía que suceder... Pero justo hoy, carajo, todos me esperan... Qué más da, me la arranco, ni que se fueran a dar cuenta, lo único que les in-teresa es beber, bailar y desflorar como decía mi santa madre que en paz descanse... Si supieran que lo único que he hecho toda mi vida es eso... ¡Ser desflorada, ese maldito olor a flores! ¡Ha sido mi bendición, pero también mi perdición!

Qué importa, hoy me renuevo, ya las chicas están entrenadas, me dejarán escoger como siempre, no por nada fundé esta minita de oro… ¡Quién lo iba a decir, si mi madre viviera, me lincharía! Nunca gozó nada, todo le daba miedo, pero yo no, ¡mojigata jamás!… Si me mantiene viva, no me imagino una vida sin placer.

Vaya, vaya, vaya, ahora sí que no puedo más… ¡Estas escaleras de porra! Suben y bajan como si nada, ¿de dónde sacan esos tacones? Nunca tuve unos así, ahora todo me incomoda, debo fingir que no pasa nada, estos callos me están matando, pero y si acelero las cosas, unas nalgaditas, apretones aquí y allá y presto, ¡fuera zapatos, por fin!

Increíble, ya nadie me voltea a ver, solo perciben el olor, será mi gloria y mi perdición, recuerdo cuando por las noches les leía cuentos a los niños… Siempre disfrutaban imaginando que estaban en un jardín mágico lleno de flores, plantas y cosas misteriosas…. Ahora se han ido, se avergüenzan de mí, esta vieja tonta de 83 años, 20 años sin saber de ellos… Claro, casados con esas brujas que son más zorras que yo, si supieran que todas tenemos nuestros secretitos, sólo que yo decidí vivirlos, al fin que el viejo lobo de su padre me entrenó bien, y hasta me dejó el negocio. Fue amor a primera vista, aunque el olor tuvo mucho que ver, pero de verdad lo amaba, me enseñó todo lo que sé, fuimos felices aunque no me duró nada el gusto, tantos años sola… Era obvio que en lugar de administrar la "La florería", así decidimos llamarle en honor a mí, terminaría siendo la protagonista. Fueron buenos años…

Ahora despierto y estoy postrada, enraizada con mi entorno, no siento mi cuerpo, no puedo abrir los ojos, están pesados, los sentidos desaparecen lentamente menos uno… Me fundo con el aroma mientras mi cuerpo marchito se desintegra cayendo de a poco, pétalo por pétalo, hasta que el aroma de las flores se confunde con mi esencia…

Nació en la Ciudad de Panamá el 13 de febrero de 1972. Labora como psicólogo y neuropsicólogo. Desde su adolescencia se inspiró para crear poemas y relatos pero sólo fue hasta 2006, con su participación en un taller literario impulsado por el escritor Carlos Oriel Wynter Melo, que pudo dirigir mejor estas aspiraciones. En ese mismo año recibió una Mención Honorífica en el Premio MAGA de Cuento Breve. Es egresado del Diplomado en Creación Literaria 2007 de la Universidad Tecnológica de Panamá. Ha participado en dos libros colectivos de cuentos: ***Contar no es un juego*** (2007) y ***Taller de escapistas*** (2007).

Felizmente unidos

Era el primer día para disfrutar de su laboriosa victoria. Durante un año anticipó la muerte de la abuela y supo asistirla con paciencia para lograr alguna parte de la herencia. Los muebles antiguos no estaban nada mal; inclusive le tenía un aprecio especial a la mesa de comedor de la vieja. Por un tiempo los tendría en su casa, para lucirlos frente a quien llegara de visita y luego los vendería por una buena ganancia. El sacrificio había dado frutos.

La abuela no había sido una mujer sencilla. Siempre con sus achaques y sus olores. Las quejas y las ganas de hablar nunca faltaban tampoco. Todos los días, luego de ocho horas en la tienda reparando televisores, componentes y reproductores de compactos, se dirigía a donde la abuela. La vieja dormía temprano y eso era una ventaja. Sólo tenía que soportarla un par de horas. De allí, a la casa, en donde podía relajarse con una cerveza y un partido de la liga española, mientras sufría el matrimonio en el que se había metido.

Sentado en la cabecera de su mesa antigua saboreaba el éxito del esfuerzo realizado. Su esposa estaba sentada al lado izquierdo de la mesa, cortando o untando alguna cosa con la tediosa forma que tenía de hacerlo todo. Quizás la próxima tarea podía ser el deshacerse de esta mujer que ya era más que todo un fastidio. Con el dinero que tendría de la venta, podría invitar a salir a la secretaria de la tienda. Ya le había coqueteado, había intercambiado con ella notas y no sería muy difícil entrar en su ropa interior. Colocó ambas manos sobre la mesa y con suavidad acarició la superficie.

— Puedo hacer el amor con esta mesa —dijo mientras cerraba los ojos como queriendo hacerse una imagen adentro de su cabeza. Se dio cuenta de su error y mentalmente lo enmendó. Quiso decir "sobre esta mesa", pero no se molestó en corregir en voz alta, pues en verdad no era en su esposa en quien pensaba. Abrió los ojos para descubrir que la mujer se levantaba de golpe y de pronto sintió que no podía mover la mano izquierda. Vio el cuchillo que atravesaba su mano y la mancha de sangre que se formaba sobre la fina madera. Inmediatamente se horrorizó al no saber si ese tinte dañaría el acabado y pondría en peligro su inversión.

Nació en la ciudad de Panamá el 19 de agosto de 1979. Licenciado en Derecho y Ciencias Políticas por la Universidad Santa María la Antigua. Obtuvo la medalla "Guillermo Andreve" por la Excelencia Académica. Fue editor de "Huellas", publicación del Círculo de Lectura de la USMA. Representante de Panamá en la Ruta Quetzal Argentaria 1996. En la actualidad es abogado en la Mossack Fonseca & Co. Ha publicado cuento en la revista literaria "Maga", así como tres novelas: *La mirada siniestra* (Editora Géminis, Panamá, 2002); *La niebla* (Editora Géminis, 2005) y *Veritas liberabit* (Editora Géminis, 2009).

Así no fue

Condujo su automóvil por la rampa de acceso que descendía al lote de estacionamientos y de inmediato tuvo que encender los faros delanteros, a pesar de que era pleno día afuera. Avanzó al segundo nivel y no halló ni un solo vehículo. Era como una gran caverna llena de penumbra. Aún así siguió recto y giró a la izquierda, detrás de la isla de cemento por la cual se ingresaba al ascensor, y detuvo el vehículo entre dos columnas, ocultándolo de la vista de cualquiera que inoportunamente apareciera. Apagó el motor y se dejó invadir del espeso silencio. Miró su reloj y soltó un suspiro, resignándose a una espera larga. Afortunadamente no fue así; minutos más tarde unos nudillos tocaron al cristal de su puerta.

"Aquí está lo prometido," dijo el hombre en la gabardina tan pronto bajó la ventana, y le entregó un grueso sobre de manila.

"¿Son todos los documentos que prueban la conspiración?" preguntó.

"Por supuesto. Pero tienes que publicarlos rápido. En cualquier momento se darán cuenta de que faltan."

"Todavía no sé tu nombre. ¿Cómo denomino a mi fuente en el artículo?"

El hombre de la gabardina lo pensó por menos de un minuto. "Puedes llamarme 'Garganta Profunda'."

No, así no fue que sucedió...

Condujo su automóvil por la rampa de acceso que descendía al lote de estacionamientos y de inmediato tuvo que encender los faros delanteros, a pesar de que era pleno día afuera. Avanzó al segundo nivel y se alegró al no hallar ni un solo vehículo. Era como una gran caverna llena de penumbra. Ansioso, siguió recto y giró a la izquierda, detrás de la isla de cemento por la cual se ingresaba al ascensor, y detuvo el vehículo entre dos columnas, ocultándolo de la vista de cualquiera que inoportunamente apareciera. No apagó el motor; necesitarían el aire acondicionado.

Ella era rubia y audaz. Una fantasía no la habría concebido mejor. Su cabello brillante y lacio llovía sobre sus hombros que debían ser sumamente blancos pero que, al igual que el resto de su cuerpo, lucían un fenomenal bronceado; no aquel que deja la piel sonrosada sino el deliberado que la hace ver dorada. Una blusa descaradamente escotada exhibía un simétrico par de senos abundantes y omnipresentes. Él tuvo que retirar su mano del interior de la mini falda negra para poner el freno manual.

La rubia no desperdiciaba el tiempo ni requería que él tomara la iniciativa; cruzó una elegante pierna por encima de su cuerpo y se sentó sobre él. La cálida punta de su lengua recorrió el contorno de su oreja mientras que su cabellera acariciaba su rostro.

Él deslizó ambas manos debajo de la blusa roja para alcanzar un seno con cada una. Eran suaves y calientes. Cien por ciento libres de cirugía. Prueba de la existencia de un Dios. Cooperadora, ella irguió los brazos sobre su cabeza permitiendo que él la despojara de la blusa de seda, revelando un escaso sostén negro con encaje. Se apenó de cuánto tuvo que luchar con el cierre, pero ella enmarcó su perfecta dentadura en una sonrisa, sus manos desaparecieron tras su espalda por un segundo y acto seguido arrojó la pieza de ropa interior al asiento trasero. Él suavemente acercó su boca al pezón izquierdo, mientras ella gemía y sus manos soltaban su correa y desabrochaban sus kakis. Él descifró la acción sólo por el movimiento, pues lo único que veía eran las montañas doradas en las cuales se hundía su cara.

No, no fue así que ocurrió...

Soltó el pedal del embrague muy rápido y el automóvil se le apagó en primera. Lo volvió a encender mientras avanzaba por la rampa de acceso que descendía al lote de estacionamientos. Inclinó la cabeza hacia delante para ver en la oscuridad, pero no se le ocurrió encender los faros delanteros. Descendió al segundo nivel, y se tranquilizó al no hallar ni un vehículo, sólo una gran caverna llena de penumbra. Desesperado, siguió recto y giró a la izquierda, al rincón detrás del ascensor. Le preocupaba no encontrarlo. Como no había activado las luces, golpeó la defensa contra la isla de concreto al aparcarse entre las dos columnas.

El hombre al cual buscaba era una sombra más; sólo pudo divisarlo gracias a la punta escarlata de su cigarrillo. Bajó del carro, dejó el motor en marcha y caminó hacia él.

"¿Trajiste el dinero esta vez?" le preguntó sin inmutarse en intercambiar saludos primero.

"Claro, no te preocupes;" él balbuceó, y del bolsillo de sus vaqueros extrajo un puñado de dólares arrugados que su palma sudorosa entregó sin vacilar.

"¿Eso es todo lo que trajiste?"

"Es que pensé que el resto te lo podía pagar mañana, sin falta. Tú ya me conoces. Sabes que no te voy a quedar mal."

"¿Te parece que me veo como una hermana de la caridad?"

Él soltó un suspiro y resignado propuso, "Dame lo que puedas con esa plata, pues." El fumador extendió una mano y le entregó una bolsita. Mientras caminaba de vuelta a su vehículo se sintió profundamente decepcionado por la poca cantidad de polvo blanco que contenía. Pero al menos eso le resolvería la noche.

No, así tampoco fue...

Condujo su automóvil por la rampa de acceso que descendía al lote de estacionamientos y activó los faros delanteros, malhumorado por su descuido. Avanzó al segundo nivel y no reparó en la ausencia de vehículos. Era como una gran caverna llena de penumbra. Se estacionó frente a la isla de cemento por la cual se ingresaba al ascensor, y dejó el motor en marcha mientras buscaba en el asiento trasero la tarjeta de acceso a su oficina, en donde había olvidado un informe que tenía que haber analizado para primera hora de la mañana siguiente.

En eso sintió un golpecito en la ventana, y lo primero que vio al voltear fue el cañón del revólver que le apuntaba, empuñado por un negro gigantesco que le modelaba sus dientes de oro. "Bájate del carro y deja tu cartera adentro," le ordenó.

"¡Hey, no me hagas esto, por favor!" le imploró, pensando en su Lexus último modelo que apenas había comprado dos meses atrás.

"¡Bájate que no quiero que los asientos de cuero se manchen de sangre!"

Él miró fijamente al atracador y, desconcertado, le dijo, "Pero así no fue que pasó..."

Condujo su automóvil por la rampa de acceso que descendía al lote de estacionamientos, encendió los faros delanteros y avanzó al segundo nivel, en donde sólo había un vehículo. Apenas se veía entre las dos columnas de la isla de cemento por la cual se ingresaba al ascensor, pero el movimiento atrajo su mirada, y aún en la penumbra logró divisar dos figuras: Una mujer forcejeaba con un individuo que intentaba meterla al asiento trasero del sedán.

Activó las luces altas e hizo chillar los neumáticos al dirigirse directo a ellos. Su aparición inoportuna alarmó al asaltante, quien liberó a la mujer corrió hacia el elevador. Él se bajó del carro en marcha, sintiéndose un tanto intrépido, y la mujer de inmediato se lanzó a sus brazos.

"¡Me iba a violar!" Ella sollozó en su hombro. "¡Gracias! ¡Gracias!"

Un vistazo al asiento trasero al cual ella casi fue introducida reveló la presencia de una cuerda, una mordaza, un puñal, y un galón de gasolina. Precavido como siempre, tomó su celular y convocó a la policía.

"Mejor salimos de aquí mientras llegan," le propuso a la señorita, y sólo entonces reparó en ella: Cabello rubio, brillante y lacio. Una figura escultural de piel deliciosamente bronceada. Senos abundantes y omnipresentes, que rezó porque fueran naturales. Y un par de pozos celestes en lugar de ojos.

"¡No sé ni cómo agradecerle de la que me salvó!",exclamó ella desconsolada.

"Nada más me alegro de haber llegado a tiempo," replicó procurando sonar muy varonil. "¿Cuál es tu nombre?"

La policía llegó demasiado rápido. "Ciudadano," le dijo uno de ellos, pero él lo ignoró y continuó concentrado en ella. "¡Ciudadano!" Él hizo una mueca de exasperación. ¿No se daban cuenta de que estaba en el delicado proceso de obtener el nombre y el número de teléfono de la rubia? "¡Ciudadano!"

Abrió los ojos, pero la luz era demasiado intensa y los cerró por reflejo. Al instante volvió a abrirlos y la misma luz fue tomando forma concreta hasta revelarse como el haz de una linterna portátil en manos de un policía de tránsito que lo iluminaba a través de la puerta abierta de su auto. Pero, ¿dónde estaba su carro?

El lote de estacionamientos subterráneo había desaparecido. En su lugar había una calle abierta, una gélida brisa nocturna, y un poste de iluminación demasiado cercano.

"¡Está consciente!" El oficial le gritó a su compañero, que impartía instrucciones por la radio de la patrulla detenida a unos cuantos metros de distancia, a la orilla de la calle.

Una inspección ocular bastó para delatar al escenario: Tras una larga noche de estudios, rumbo a su casa se había quedado dormido al volante. Afortunadamente su pie se debió haber deslizado del acelerador y con poca inercia no hubo mayor daño cuando condujo el automóvil por la acera directo al poste en el cual concluyó el trayecto somnoliento. Gracias a eso sólo su defensa y su radiador estaban torcidos, y él sólo había sufrido un ligero golpe en la cabeza.

Esa misma versión le relató a los policías de tránsito cuando lo cuestionaron acerca del accidente, y cuando insistieron vehementemente en un examen de alcoholemia él les insistió sin titubear: "¡De verdad, oficiales, así fue que pasó!"

LISSY JOVANÉ

Nació en la ciudad de Panamá el 27 de abril de 1972. Abogada de profesión por la Universidad de Panamá, tiene una Maestría en Comercio Internacional de la UNCTAD (Naciones Unidas). Ha publicado artículos y ensayos en el diario La Prensa, Revista Lex del Colegio Nacional de Abogados, y en boletines de Legal Info y APANDETEC. Miembro fundadora de la Asociación Panameña de Derecho y Nuevas Tecnologías. Presidenta de la Comisión de Informática Jurídica del CNA, 2003/04. Es egresada del Diplomado de Creación Literaria 2006, de la Universidad Tecnológica de Panamá; del cual surge la idea de crear la empresa 9 Signos Grupo Editorial, de la cual es socia fundadora. Participó en el libro colectivo **Letras cómplices** (UTP, 2007). Se desempeña como abogada interna en una empresa de desarrollo inmobiliario.

La cantante

Todos los días a las diez en punto de la noche sucedía lo mismo. Se escuchaba aquella voz a través de las paredes de mi casa, entraba a la sala, seguía por el comedor, saludaba a las flores, proseguía por los azulejos de la cocina, por último entraba a mi cuarto… y a mis oídos, eliminando por completo mi concentración en las noticias de la tarde. De nuevo esa voz que parecía provenir de una mujer…, dulce por la entonación…, con las canciones cubanas de antaño.

La primera vez que sentí la voz, me encontraba en mi cama, sufría de una leve melancolía, me hundí en un sopor y dormí añorando una época. Tanto fue el sueño que me transmitió esa voz, que no me levanté a investigar su origen misterioso. Siguió cantando y cantando un completo repertorio, con un inconfundible acento cubano.

El segundo día, sucedió algo parecido al primero, con la diferencia de que después de entrar en el sueño, pude ver la figura femenina de la cual emanaba esa voz cadenciosa. Era una mujer vestida de negro, de suave mirar, cabello rojizo y piel muy blanca; nuevamente, lo que más resaltaba de todo el cuadro espectral era esa voz. ¿Pero por qué ejercía tanta atracción en mí? Desperté al día siguiente, y mi cerebro no pudo olvidarla durante todo el día, no me pude concentrar en el trabajo, y lo peor, no estaba prestando atención a las directrices que daba mi jefe. Sin darme cuenta, estaba extrañando poder quedar envuelto en ese suave sopor que me transportaba, sólo para poder escucharla nuevamente.

Recién la tercera noche salté de mi cama. Por más que trataba de quedarme dormido no podía, estaba desesperado. Luego, a las tres horas de intentar dormir, lo hice sentado... Sin embargo, en el sueño me observaba caminando hacia el balcón y abriendo las ventanas, la pude ver en el horizonte acercarse, así como también sentí que iba incrementándose su voz al cantar "ansiedad, de tenerte en mis brazos". Salí cuanto pude a las ventanas del balcón, casi, casi, hasta caerme, pero no podía ver más. Únicamente aumentaba el volumen de su voz. Por un momento y, casi instintivamente, miré al apartamento de a lado... Y allí estaba ella, cantando, como poseída por un espíritu de una artista de la antigua Habana. Desperté en ese instante, y mi esposa me preguntó exaltada el por qué de mis gritos, le pregunté a boca de jarro, si podía decirme de dónde provenía esa voz de bolero, y me miró, como si fuera un lunático.

—No oigo ninguna voz — me dijo. — Debes estar desvariando.

Quedé totalmente desarmado, recién despierto, asustado. Con una incertidumbre enorme. Me disculpé con ella y me retiré a la sala. Pero la voz me siguió persiguiendo... "no existe un momento del día, en que pueda apartarme de ti"..., hasta dormirme.

Un rayo de sol me despertó con un golpe en las pupilas, otro día sin percibir esa agridulce melodía, tenía que esperar hasta la noche....

Así prosiguió la tortura por dos semanas más, sin ver físicamente el cuerpo de donde provenía. De día miraba el apartamento de a lado, y sólo aparecía una viejita que vivía sola, y tejía en el balcón unos manteles blancos.

Otra noche pude verla, vi la voz, no el cuerpo, provenía nuevamente del edificio de al lado, exactamente del apartamento de al lado, ubicado del lado diagonal izquierdo al mío, y en la ventana central del segundo piso. Ya no venía (la voz) directamente hacia mi balcón, sino que salía de su lugar de origen, bajaba al área común, seguía por un pequeño jardín de la fachada hasta chocar con un poste de alumbrado público. Allí hacia una rotonda y subía hasta la altura de mi balcón; para luego penetrar por todos los rincones de las casa hasta llegar a mis oídos.

Un sábado por la mañana, no soporté más y le pregunté al dueño del edificio de al lado señalándole el apartamento.

—¿Sabe usted quién vive ahí?

—Nadie—me respondió. —Hace dos años y medio que allí no hay nadie.

—¡Pero no es posible, si siempre veo una viejita tejiendo en el balcón!

—Me miró con una cara de desconcierto, y me preguntó: —¿También está usted oyendo una voz cantando boleros en las noches?

—Sí.

Otra vez el corazón me dio un mal salto y sentí náuseas. Recordé, entonces, lo extrañamente barato del alquiler, a pesar de la céntrica ubicación del edificio, así como la desesperación del dueño por alquilar rápido.

—Hace tres años murió la señora que habitaba en el apartamento que me menciona, aparentemente de un ataque cardíaco. Escuché que en sus buenos tiempos fue una famosa cantante de Cabaret, que embelesaba a quienes la escuchaban. Un día, inexplicablemente, perdió la voz. Y sus días de gloria pasaron al olvido.

El frío me hizo darme cuenta de que temía, pero al mismo tiempo anhelaba, dormir para poder escucharla. Aspiré muy hondo. Supuse que venían días extraños, y de muchas revelaciones.

Nacida un 28 de octubre de 1987 en la ciudad de Panamá. Licenciada en Banca y Finanzas, Postgrado en Alta Gerencia y Magíster en Logística y Comercio Internacional. Escribir es y ha sido su pasión desde su adolescencia, sin embargo no lo concretaba hasta que en el 2011 tuvo la oportunidad de formar parte del seminario—taller "Escriba y Publique su Libro", dirigido por Ileana Gólcher en la USMA. Un año después forma parte del Diplomado en Creación Literaria, en la UTP. .

Loca

— Te aseguro que cuando atropellé a Berta no fue intencional. Yo nunca podría maquinar algo de esa magnitud. Y dejarla viva para que sufra, no, eso jamás se me hubiera ocurrido. ¡Ojalá yo fuera la mente maestra de tan esplendorosa tragedia! ¿Que si quería atropellarla? Pues claro que sí, creo que hasta soñé con eso. Pero del querer al hacer hay mucho tramo. Le soy sincera porque ya para qué ocultar mis sentimientos hacia Berta, me imagino que ustedes habrán hecho sus investigaciones. No tengo idea de quién es el que esté detrás de todo este embrollo. Lo que sí sé, es que aquí solo hay una víctima y esa victima soy yo. ¿Berta? Nooombe…, ella está tranquila en una camita donde la atienden, le llevan la comida fresquecita, le cambian los pañales, le traen esto o aquello. Eso sí es vida. Yo en cambio no tengo a nadie que haga nada por mí. Nadie que me traiga comida fresquecita, nadie que me atienda…

—Responda la pregunta que le hice, nada más.

Laura vira los ojos, se pasa la mano por el cabello, respira profundo y dice:

— Sí, sí es mi auto y sí, también iba manejando.

— Gracias.

Rodríguez sale del cuarto exhausto. La chica no quiere cooperar. Empieza a ser la burla de la oficina. ¿Todavía con la del "accidente"?, le preguntan. Si fuera mi caso, ya tendría la confesión, dice Benítez, el imbécil que agarró al ladrón de bancos con las manos en la masa. Pura suerte, nada más. Se va su casa y lo único que piensa es en la chica del auto. El jefe le va a dar el puesto al imbécil de Benítez.

Al día siguiente, abre la puerta, agarra la silla y se sienta frente a Laura.

— ¿Ahora solo me vas mirar? — pregunta la chica.

— ¿Cómo lo hiciste ver accidental?

— Que ya te dije que fue accidente. No entiendo por qué nadie en este maldito lugar me escucha.

Rodríguez baja la mirada, se decide de una vez y se lo dice:

— Si me dices cómo, yo puedo arreglar algo con el juez. Te quieres quedar aquí, te quedas, te quieres ir a un lugar mejor, en el que sí te atiendan, coopera.

Laura quiere llorar. Quiere gritar, no sabe si reírse o levantar su silla y tirarla contra la pared. Berta fue tan mala con ella, la peor jefa de la historia. Todos sabían que se odiaban, y por eso nadie le cree que fue un accidente.

— Por enésima vez, no fue a propósito — dice contando hasta diez en su mente.

— Digamos que tú lo pensaste, pero no ibas a hacerlo — dice Rodríguez perdiendo la calma.

La chica se empieza a poner roja, tan roja que él no sabe si ir a buscar ayuda o dejarla así, que se muera de bruces sobre la mesa, y así poner lo que quería en su informe. Empezó a sonreír ante tal imagen.

— ¿De qué te ríes? — gritó la chica.— ¿Qué, no ves que mi vida yace aquí entre este estúpido cuarto y tu oficina? Diles la verdad, diles que yo no quise hacerlo, que sí lo hice, pero que yo no aceleré al verla. Te juro que no aceleré.

Ahora Laura llora inconsolable con sus codos sobre la mesa, la cara entre sus manos, gimiendo y tosiendo tanto que su cara ahora parecía un tomate.

Otro día perdido. Rodríguez se despide del nuevo cargo. No soporta pensar en Benítez como su superior. Cerdo Benítez. Se estremece al pensar en esa enorme barriga rozándose con ese escritorio, sus botones por estallar de la camisa mal planchada. Le llega una idea trillada a la mente. No quería coger en esa dirección, pero al ver que nada avanza, lo tendrá que hacer. No es el primero, ni tampoco será el último, eso es seguro. Termina su informe en la madrugada. Mira por su ventana. Ve los rayos del sol pintar de naranja su césped. Imprime el informe, maneja a su oficina de tan buen humor, que saluda sonriente a Benítez, el cual lo mira con un gran signo de interrogación plasmado en su rostro.

Al año está en su nuevo escritorio, en su nueva oficina, jugando con su corbata, cuando se aparece Benítez por la puerta.

— Jefe, están apelando un caso de hace más de un año.

— ¿Y ahora debo hacerlo todo yo por ustedes? Dáselo a apelación.

— Es el caso de Laura Moreno vs. Berta Laoti.

Rodríguez no dice nada, no emite ni un sonido. Traga saliva.

— ¿Quién…?

— Pérez, el chico nuevo que viene de Asuntos Internos, aunque no sé por qué él, si hasta ahora solo ha descubierto policías corruptos y el juez que vendía sus fallos en la gallera de calle quinta. Pero bueno, me pareció decirle, ya que el informe del caso tiene su firma, Jefe. Necesitan su declaración.

Al llegar a casa, va a la cocina, se sirve una taza de café, la dejar resbalar, busca un trapo. Lo limpia, se corta con un pedazo de vidrio. Gruñe, refunfuña, se presiona la herida, cambia de opinión y se sirve un trago. En estos momentos, Pérez debe estar leyendo su informe, debe estar visitando a la chica, debe estar avisando a sus superiores, deben estar en camino a su casa. Una gota espesa se desliza lentamente por su espalda. Debí dejarlo como estaba, piensa Rodríguez. Debí hacer el informe como era, sin incluir la parte de demencia, sin omitir la lluvia, el pavimento resbaloso, ni los frenos defectuosos. Ni el video de vigilancia donde se ve clarito a Berta trastocando el motor del auto de Laura. Qué suerte, me imagino a la infeliz pensando que Laura se va a demorar en la oficina, me la imagino cruzando la calle para encontrar que Laura había salido temprano. Eso hubiera sido mucho tiempo de investigación, el jefe no iba a esperar tanto para subirme a mí o a Benítez al nuevo cargo. Igual Berta ni duró mucho con vida, como para interrogarla. Tanta vaina por solo un año de lujos.

Cierra sus ojos y visualiza algo espléndido quizás, algo de esperanza. Quizá, un año de hospital siquiátrico la haya vuelto verdaderamente loca.

Nació en la ciudad de Panamá el 31 de mayo de 1965. Realizó estudios de Derecho y Ciencias Políticas en la Universidad de Panamá. A finales de los ochentas colaboró activamente con el Comité Panameño de los Derechos Humanos. En los noventas trabajó con el Centro Pro—Democracia, donde participó de talleres educativos dirigidos a jóvenes, así como en la edición del suplemento mensual "Conciencia Democrática". Laboró también en la Dirección de Desarrollo Institucional de la Asociación Nacional para la Conservación de la Naturaleza (ANCÓN). Ha publicado cuatro novelas: ***El bosque escondido*** (Panamá, 2003); ***El valle prohibido*** (Piggy Press, Panamá, 2006); ***El jardín interior*** (Panamá, 2009); y ***El enigma de las esferas*** (Panamá, 2012).

La dulce espera

Sentada, Lucía acariciaba su vientre que ya mostraba los primeros indicios de su embarazo. Con rastros de tristeza en sus ojos, dejaba que su mirada vagara perdida entre los rincones de aquel lugar. Su piel blanca, rizos negros que caían sobre su largo cuello y sus finas facciones de niña inocente no pasaban desapercibidos para los presentes.

Tomó su cartera y de su interior sacó un papel que ya había leído varias veces. Lo guardó y dejó que su mirada volviera a perderse, pero tropezó con la figura de otra mujer, finamente vestida, también con pocos meses de embarazo que hacía su entrada. Sintió que se iba a desmayar de la impresión. Agarró una revista HOLA y ocultó su cara tras ella.

Susana esperó a que le dieran paso expedito una vez que la puerta del atestado ascensor se abriera, como su condición de embarazada lo reclamaba. Ya tenía cuatro meses de embarazo e iba a una consulta rutinaria donde su ginecólogo. Entró a la sala de espera y se acercó a la secretaria.

—Buenas tardes, soy la señora de Paredes, tengo cita con el Doctor Durán —dijo con voz suave.

Luego de revisar la agenda la ayudante le informó que el médico estaba un poco atrasado y le solicitó que se sentara y que pronto sería llamada.

Así lo hizo. Puso su cartera Fendi a su lado y se estiró para alcanzar una revista de las que estaban apiladas en una mesita continua. Al hacerlo sus ojos se tropezaron con una joven que leía de manera ávida una revista HOLA con la foto del Príncipe Guillermo y su prometida en la portada. Le llamó la atención lo cercana que tenía la revista a su cara que permanecía oculta. Pero veía sus negros rizos, su cuello blanco, delicada figura e incipiente embarazo. Sintió una ola de ternura al ver a esa casi niña, que le recordó a ella misma cuando tuvo su primer hijo. Sonrió y sintió deseos de hablarle.

Para Lucía los minutos se eternizaban. ¿Cuánto podía mantener oculta su identidad cubriendo el rostro?

—Disculpe, ¿qué tiempo de embarazo tiene? —sintió que le preguntaba una voz dulce y cortés.

Ya no podía más, dejó caer la revista en su regazo. El rostro de Susana transmutó de la dulzura a la ira.

—¡Tú! ¡So pedazo de puta!

Lucía cerró los ojos y respiró profundo.

—Lo único que faltaba que vinieras a tratarte con mi ginecólogo también. ¿Cómo haces para pagar la clínica privada?

—Señora, por favor, no haga un escándalo —le dijo en voz baja y suplicante.

Ya era muy tarde, todos los ojos de los presentes estaban puestos en ellas. Susana se acercó y le susurró al oído.

—Te le metiste por los ojos a mi marido, desgraciada, pero óyeme bien, ve buscando quien te reconozca ese chiquillo cuando nazca, muerta de hambre, que a mi esposo no lo embarras.

El enfrentamiento fue interrumpido por una voz.

—Puede pasar, joven Lucía.

La joven se paró dignamente y se percató de que era seguida por Susana y unos cuantos curiosos. Caminó por el pasillo de consultorios y se detuvo frente a uno, no sin antes voltear para ver el rostro de quien la había insultado. Ahora la expresión de ira de Susana se había trastocado en terror. En la puerta se leía: Doctor Rubén González, Infectólogo. Dentro del despacho médico un gran afiche con un lazo rojo las retaba: HAZTE LA PRUEBA.

Nació en Panamá el 20 de julio de 1987. Incursionó en la literatura a partir de la música y la filosofía. En el 2007 se graduó del Diplomado de Creación Literaria de la Universidad Tecnológica de Panamá, del cual salió la publicación conjunta **Contar no es un juego** en donde colaboró con tres relatos cortos. Además del género narrativo, también maneja los géneros del ensayo y la poesía, llevándolos al formato de performance de música y literatura con el proyecto Bajo Tierra (Panamá 2011 y Buenos Aires 2012). Actualmente reside en Buenos Aires en donde ejerce el cargo de Agregado en la Embajada de Panamá en Argentina, y en donde también estudia la carrera de Letras en la Universidad del Salvador.

Parafernalia

Veo desde mi ventana como la ciudad se enciende entre gritos y puteos, entre rituales y saludos que emigran desde las bocas a un naufragio obsecuente a la nada, a un viaje hacia el silencio que habita las calles cuando se dan por vencidas y descansan sus ilusiones entre árboles y veredas. Veo cómo es invadida mi vista por apuradas caminatas, algarabías innecesarias y colores que avergonzarían al más excéntrico de los pertenecientes a nuestra especie. Me preparo una taza de café y caliento mis intenciones, me siento a ver como se procura el día una manera menos fatídica de darse y casi sin quererlo, enciendo un cigarrillo y me siento frente a la ventana.

La última vez que la vi tenía el cabello atado a sus sueños, pero ahora dejó soltar su melena como un animal furioso y apocalíptico. El sol empieza a calentar el pavimento, las aceras son invadidas por flamencos que visten trajes de distintos colores, flamencos con sombrero, fumando cigarros, portando maletines y joyas y caprichos en cada graznido emitido por sus prolongadas gargantas. Camino por mi departamento desde hace días buscando la forma de terminar con todo este ruido. No encuentro otra solución.

Busco mis guantes y los veo devuelta. Siguen caminando de un lado a otro, uno detrás del otro, como si estuviesen ocupados realmente, como si su instinto superviviente fuese la única respuesta y su destino se limitara a permanecer en movimiento y reproducción. Las calles, en un instante, son bañadas por olas de flamencos angustiados, que fornican, discuten y charlan para encender el destello ansioso de una histeria que duerme en sus genes y en su tradición. Veo mis manos, manos de hombre, ser divino y mundano; antagónico y protagonista de sus propias decisiones, vulnerable solamente ante sus propios pensamiento y ante las voces que viajan desde otras galaxias para susurrar levemente las futuras glorias.

Me siento mirando a la calle. Rasco mis brazos desesperadamente, se irritan, se enrojecen. Me dispongo a mirar al cielo, ver las esquinas de los edificios, observar detenidamente el lugar donde rompe el espacio urbano con el divino, donde los celestes y la perspectiva te ahogan de un salto, y si no estás bien ubicado, podrían reclamarte para siempre. Ahí en esa delgada línea entre lo palpable y el vacío, veo caer unas pequeñas marcas de luz, unas fibrillas que bajan desde la periferia del universo hacía las aceras de la ciudad. Sin duda esta entrando todo en su lugar, los pulsos se disponen para que en unas horas reclame en nombre de mi especie, lo que siempre nos ha pertenecido.

Se acerca la hora y no pienso ser un dios, pero he visto cosas muy parecidas a ellos. Los comunes no saben que eso que imaginan como dios no es tal cosa, existen unas ondas interplanetarias que atraviesan millones de años luz para encontrarse conmigo, yo soy un tipo de puerto, ellas disponen de mí para enviarle el mensaje a la tierra. Esas ondas son dios, pero no soy Jesús, soy más bien como un operador, un código binario, un acto y una respuesta a cosas que están fuera de mis manos. Veo por la ventana y siguen caminando, con sus charlas de café y sus risas hipócritas. Busco el rifle y vuelvo a sentarme. Enciendo un cigarro.

Estoy cansado, todos se paran de la misma manera, mueven las alas de la misma manera, les gustan las mismas cosas y están tan de acuerdo en todo. Son felices los flamencos, por que están todo el día tirándose agua encima, jugando con sus largos cuellos y patas, usando sus alas como adornos para pavonearse en su ineficiencia. Agarro el rifle, veo el cielo, las luces estelares son cada vez más claras, no logro contarlas por que se mueven rápidamente, saltando de cabeza en cabeza, de flamenco en flamenco. Empiezo a apuntar, apenas veo una de las luces sobre alguna de esas inmundas criaturas, jalo el gatillo, tiro devuelta, termino el primer cartucho y me dispongo a tirar otra vez. Uno tras otro caen los flamencos, igual que como caminan. Uno tras otro, sobre sus propios cuerpos, empiezo a embeberme con esta cacería, tiro apuntando a sus cabezas, a veces le pego perfecto y veo como estallan, a veces les pego en otras partes del cuerpo y los veo retorcerse hacia una muerte segura. Los veo correr, buscan escapar, pero no lo consiguen. Cargo el arma y sigo tirando, siguen amontonando sus cuerpos sobre la vereda, algunos se han dado cuenta de mi posición, miran hacia mi ventana, me rasco, me arden los brazos, no puedo saciarme. Me fascina verlos morir.

Empiezo a sentir unas extrañas punzadas desde la boca del estómago. Mis brazos desarrollan unas escamas que se hacen plumas. Se me cae el arma y mis piernas empiezan a adelgazarse hasta que pierdo el equilibrio . Antes de cambiar completamente, tomo el rifle con mi boca, busco el gatillo con mis patas y de un disparo vuelo a esas primeras horas del día, en donde estoy sentado frente a mi ventana, con el rifle apoyado sobre la mesa, sediento de sangre.

Nació en la ciudad de Panamá, el 15 de septiembre de 1995. Cursa el sexto año en el Colegio San Agustín. Ha tomado dos talleres de cuento avanzado con el escritor Enrique Jaramillo Levi. Ha publicado un cuento en el No. 71 de la revista literaria "Maga". Aficiones o hobbies: teatro, fútbol, basketball, locución de Radio María kids y, obviamente, escribir. Tiene pensado estudiar la carrera de Psicología experimental.

Salvar al mundo es cosa de niños

Miras a tu alrededor, no quieres molestar a nadie. La señora está guardando cosas, el señor está observando a las pelaitas en sus minifaldas y el otro no tiene nada que hacer. Es tu deber tomar el control y dirigir, ya que nadie más va a hacerlo por ti. Y si lo intentaran no podrían. Comienzas a acelerar, tomas el timón y todo va bien. Derecha, izquierda, recto. Derecha, izquierda, recto. Ya comienzan a aparecer los molestos obstáculos, se mueven de aquí para allá, salen de la nada, tienen diferentes tamaños y formas y eso te irrita. Quieres acabar ya con esa misión. De pronto el timón se vuelve loco y pierdes el control. No tienes frenos y por más que gritas y lloras, no paras. Piensas que es el final, te resignas a que esta será tu última misión en la tierra. Algo gris se aproxima a gran velocidad, ves todos los recuerdos de tu vida pasar frente a ti. No tienes miedo de morir, ni del dolor. Aceptas tu destino. Sientes el gran impacto, un escalofrío recorre tu cuerpo. Abres los ojos y solo ves cosas blancas con manchas azules pasando frente a ti. De pronto estás volando y no tienes idea de cómo lo haces. "Soy un ángel", piensas inocentemente.

Tu papá te pone en el cochecito, tu mamá recoge las bolsas del súper y toma de la mano a tu hermano mayor, el carrito con frente de carro de carreras se queda atrás y sabes que Dios te ha dado otra oportunidad para salvar al mundo, el otro sábado.

Nace en la ciudad de Panamá al día siguiente del lanzamiento de la bomba de Hiroshima, que pone fin a la segunda guerra mundial (7 de agosto de 1945). Se recibe como trabajadora social en la Universidad de Panamá y ejerce el profesorado en dicho centro desde 1969. Se siente particularmente comprometida con los temas de pobreza y desarrollo, mujer y género, mediación, conciliación y arbitraje, y la investigación social en general. Ante los nuevos retos y encrucijadas que se le presentan actualmente en su vida personal, incursiona en nuevos espacios, ya no tan ligados al mundo académico, sino que desarrolla su afición a las Bellas Artes tales como la música, pintura, danza y letras, liberando y moldeando su renovada energía creativa.

Irania en contra

Irania se levantó como todos los días, premiada por su reloj interno. Desde su muelle cama *king size,* repasó todo lo que debe hacer antes de la una de la tarde: comprar los alimentos naturistas, completar e supermercado y conseguir papel y tinta para la impresora. Trazó una ruta mental para llegar a cada lugar con su automóvil: empezaría desde el lugar más apartado de su casa.

Bajó por el lado izquierdo de la cama y el dolor en la espalda le punzó el cuerpo. Nada nuevo, si algo no le duele, entonces esta muerta. Puso las manos en la columna y se incorporó despacio. Invocó a la deidad Nene Kantule, como le enseñó su padre, para conseguir cosas puntuales, como un estacionamiento en la avenida México en las horas congestionadas de la mañana.

El reloj de pared marcó las nueve.

—Córcholis, se me hizo tarde por culpa de la televisión anoche y la manía de empatarme con programas y películas en la madrugada —dijo entre bostezos.

—Contra recórcholis, ¿cómo voy de compras si eliminé la chequera, no tengo un cobre encima y la tarjeta Clave, con la que manejo todas mis cuentas, dio problemas la semana pasada? En fin, avisé al banco el jueves y el asunto ya debería estar resuelto.

Deja el desayuno a un lado. Recuerda otra vez las cosas que debe hacer y sale presurosa mal trajeada, cosa inusual en ella. Le informa a la empleada el rumbo, le pide que le transfiera las llamadas al celular y camina despreocupada hacia el estacionamiento; el cabello flota en el aire.

La espera el sol radiante de la avenida Balboa; su Mazda 6 *full extras* del año 2003 la aísla del vaporoso sol, de los anhídridos tóxicos de los autos y del bullicio de la calle. Se sumerge en el vientre de la ballena y pone el último CD que le copió su compadre: la Sinfónica Cuba interpretando *Parsifal*. El malecón aparece como un cuadro magnífico, el Casco Viejo al fondo, las palmeras al costado de la avenida, el mar color verdoso y la gente como puntos de pincel. Wagner estremece su espacio interno y externo; ni en Bayroit.

Con el ánimo encendido ve la mezquita de la avenida México, al cruzar la esquina encuentra el mejor estacionamiento frente al Centro Mi Salud. Nene Kantule le corresponde. Ella sonríe y baja ufana de la ballena.

El calor la acaricia y se apura para entrar al local. Hace el pedido de alimentos, lo habitual y saca la tarjeta Clave para pagar. El estacionamiento no acepta pagos con tarjetas de débito. Le indican que camine una cuadra donde hay un cajero automático y regrese.

Apostado en la acera, un hombre joven y guapetón vestido de obrero le silva un piropo y le regala una sonrisa: " Buenos días, señora". Se siente halagada porque ella sabe el efecto que tiene sobre los hombres, a pesar de su indumentaria y su edad. Apura el paso con la tarjeta en la mano.

Hizo tres intentos fallidos en el cajero.

—¡Y ahora esto! Tan mal trajeada, el celular no funciona, las cuentas pendientes por pagar, ¿qué hago?

Abre decidida la puerta del banco aledaño y el aire acondicionado le refresca la cara y corresponde a la sonrisa blanquecina, estereotipada del personal femenino bien acicalado. Un oficial sale de su cubículo, le pide la tarjeta y hace unas pruebas en el cajero automático y concluye:

—El problema no es el plástico. Le recomiendo que se comunique con su banco.

—¿Podría usar el teléfono, oficial?

—Lo siento —dice el hombre en tono poco amable —es para uso exclusivo de nuestros clientes. — Haga el favor, señora — y la deposita presuroso en la puerta.

Irania se quedó con la palabra en la boca, da media vuelta y sigue su ruta, sólo que a la inversa, recogiendo sus pasos, con un sentimiento de indefensión.

Enciende el motor del auto: se prende la luz amarilla del tanque de reserva.

—¡Lo último que faltaba, casi sin gasolina y además, sin dinero ni Clave para alimentar al enorme cetáceo! ¡Con lo cara que se ha puesto la gasolina!

Decide ir directamente a la sucursal de su banco, en San Francisco. Ruega a Nene Kantule que el auto no la deje en la calle.

—Por fin, llegué en el límite; la ballena no me dejó varada en la arena.

Busca con la mirada a Vilma entre los escritorios y la encuentra ocupada, pero dispuesta a atenderla.

Ya estaba perdiendo los controles, ante la prolongada espera. Lo noté por el calor y color de mi rostro. Entono mi filípica con voz de soprano desafinada, perdiendo la mesura, ante la mirada perpleja y asombrada de la escasa clientela.

—¿Qué pasó con la tarjeta Clave que el sistema rechaza? Se supone que desde la semana pasada debía estar arreglado el problema. ¿Por qué no está habilitada si hace seis días se detectó el error del sistema? Desde hace tres días intento comunicarme con ustedes vía telefónica y nada. Los números siempre ocupados hasta que al fin pude grabar un mensaje. ¡Si tan sólo abrieran el correo de voz no tendría este problema! Me siento atrapada en un circuito cerrado, sin comunicación, sin importarles la atención al cliente, yo que tengo quince años en este banco. Menuda confianza deposito en ustedes con esa tecnología, automatización y tanta Internet si el resultado final y desde el principio es igual: me deja en la calle, es deficiente.

Vilma la mira perpleja. Teclea en la terminal de su computadora, accede a las cuentas y busca con cuidado los números. No los encuentra.

—Las cuentas están vacías: el Seguro Socia no le ha depositado su jubilación. Parece que usted no existe —es su única respuesta.

En el reloj del banco se oyeron sonar las tres campanadas de la tarde.

Nació en la ciudad de Panamá el 30 de julio de 1963. Es Técnico en Artes Plásticas, por la Escuela Nacional de Artes Plásticas (INAC); Auxiliar de Arquitecto (Universidad de Panamá); Licenciado en Inglés con énfasis en Traducción (Universidad Latina de Panamá); Profesor de Inglés (Universidad de la Paz); Postgrado en Docencia Superior (Universidad de las Américas). Egresado del Diplomado en Creación Literaria de la Universidad Tecnológica de Panamá. Ha ejercido la docencia en escuelas y colegios secundarios particulares de la ciudad de Panamá desde 1990 hasta la fecha. Obtuvo Mención Honorífica en 1995 en el Concurso de Poesía Joven "Gustavo Batista Cedeño" (INAC); Premio Municipal de Poesía "León A. Soto" 2003 y Mención Honorífica en el Certamen Nacional del Trabajador, 2008. Publicó dos artículos en la revista "Diálogo Social" a mediados de los años ochentas. Ha publicado: **El canto de la Choroteca y Siete sonetos de aguacero** (Panamá, 2007) y **Memorias del mar y otros platónicos secretos** (2007), así como un cuento en la revista "Maga".

El avegato

No importaba cuánto tiempo invirtiera ni cuántas cosas pusiera o quitara, nunca era suficiente, con tal de mejorar el patio trasero que día tras día iba pareciéndose más a una reserva forestal.

Una heliconia aquí, unos helechos allá. Las únicas cosas que garantizaban su condición de jardín doméstico eran la cerca de alambre ciclón que lo rodeaba, una tina de lavar a la izquierda de su entrada y unos alambres colgantes que permitían tender la ropa un tanto por encima, otro tanto por en medio de la vegetación profusa.

En su obsesión por la ecología, carrera en la que había hecho su última parada luego de pasar por la arquitectura, la economía e incluso los cursos de estilista profesional, Justo Jiménez estaba convencido de que el paraíso terrenal había sido algo muy aproximado al bosque tropical húmedo, tal como lo conocieron los europeos en sus primeras incursiones al nuevo mundo. Por eso, en cada gira por los parques nacionales, Justo, como por hábito, se traía consigo pequeñas muestras de la abundante flora vernacular. Lo único que no se atrevía a traer era las semillas de los grandes árboles y palmas que su madre había especificado en su tajante prohibición desde que tuvieron que echar abajo el guarumo que virtualmente rajó el muro que mantenía el desnivel de tres metros con el patio ajeno.

Pese a esto y a la protesta constante y sonante de los vecinos (enemigos del estado natural de las cosas, según Justo) por aquello de los sapos, las lagartijas y la hojarasca, todo lo demás era casi perfecto hasta que, en un acto de humana indulgencia, Marta invitó a Cecilio a compartir la casa de su familia. Pobre. Era como una bellota temblorosa cuando lo encontró; con los ojos a su máxima amplitud y esa actitud de sumisión y desamparo típica de un timador.

—Y, ¿quién se supone que va a cuidar de ese animalito? –advirtió Justo, resignado y preocupado, a la vez, ante la llegada inesperada del nuevo inquilino —porque yo no tengo tiempo y, mamá,...

—Ya yo hablé con mamá, Justo. Y, a ella, le gustó la idea –interrumpió Marta, desestimando toda objeción de su hermano.

—Bueno, yo lo digo porque, viendo la realidad, tú no vives aquí...

—¡Ay, ya, oye, vete con tus plantas!

Aquella misma tarde, Marta y su madre acomodaron una caja en la planta baja de la casa, entre la cocina y el comedor, para albergar a Cecilio. Y, la acomodaron con tanta dedicación que se diría que anhelaban verlo así, tal cual, para toda la vida.

—¡Ay, míralo! ¡Qué lindo!

—¡Ay, sí! Sabrás que se tomó toda la leche del plato

—¡Buenas!

—¿Qué pasó, Danilo? ¿Qué hay de nuevo?

—Lo mismo, pues... —respondió alegremente— Trabajo y más trabajo.

—Así es este mundo, hermanito, así es este mundo.

—¿Vas a comer, hijo?

—¡Claro!, pero... y... ¿qué tienen ustedes escondido ahí?

—¿Escondido?, nooo... Está durmiendo –aclaró Marta con una suerte de ternura maternal, cuando Danilo ya se asomaba por el borde de la caja.

—¡Ay, papá, cuando el viejo se entere...!

—¿Qué va a pasar, si tú no ves que ni se siente? Él está allí, asustado..., tranquilito..., tan tierno...

Como la luz del día se hacía opaca, Justo decidió abandonar el jardín y, al entrar a la casa, vio a su familia contemplando la caja y parloteando acerca de su pequeño ocupante cual si fuese el suceso del siglo.

Así, por un breve lapso, y sin saber por qué, pasó por su mente aquella imagen de los Reyes Magos frente al pesebre de Belén que siempre había visto en la portada de las tarjetas de Navidad. Concluyó que la escena frente a sus ojos era irreverente y denigrante. Por tanto, decidió no saludar a nadie, pasar de largo hasta las escaleras y subir a su habitación sin dejar de menear la cabeza en un sentencioso gesto de desaprobación, portando además, como estandarte de su cerebro, las palabras proféticas: "ya crecerá... ya crecerá..."

En efecto, en cuestión de un par de meses, Cecilio creció y sus ronroneos pasaron de dulces a empalagosos. En la caja que le sirviera de dormitorio ya no cabían ni sus maullidos. A cambio eso, se lo podía hallar limándose las uñas con los muebles de la sala o, quizás, husmeando entre las ollas de la cocina o hasta durmiendo la siesta en alguna de las camas de sus redentores, quienes, calladamente, se arrepentían una y mil veces de haberlo mimado tanto.

Mas, los días de solaz y esparcimiento de Cecilio comenzaron a tener limitantes desde el instante en que descubrió que las plantas del jardín de Justo podían servirle como extraordinarios juguetes de múltiple uso y número.

—Justo, abre la puerta para que Cecilio pueda salir a hacer lo suyo.

—La puerta está abierta, mamá.

—Me refiero a la del patio trasero

—Mamá, ya una vez le pregunté que por qué no mandábamos ese gato para el interior, con la tía Chela.

Justo evadía las órdenes de su madre, valiéndose de todos los argumentos posibles. Su mirada aguzada y austera a causa de los gruesos anteojos de aros negros, buscaba en el rostro de ella una brizna de comprensión.

—Usted sabe, mamá, que allá, en Capira, hay suficiente espacio, y a la tía Chela le vendría como anillo al dedo, porque siempre se anda quejando de los ratones.

—Sí, Justo. Es posible que tengas razón. Pero, si no abres la puerta de la cocina ahora, Cecilio va a volver a usar los zapatos de tu padre como servicio sanitario.

—Bueno, pues. Entonces, hay que acostumbrarlo a salir al frente.

—Sabes que a él no le gusta por los perros de los vecinos

—De acuerdo, mamá. Se hará como tú digas. Pero, si ninguno en esta casa oye mis sugerencias, yo mismo me encargaré del asunto.

—Y, ¿qué vas a hacer? ¿Lo vas a matar, acaso?

Justo guardó un silencio premonitorio, sutilmente amenazador. Las ganas no le faltaban. Sin embargo, éstas luchaban contra su inquebrantable espíritu conservacionista que envolvía, en un mismo paquete, a todos los seres vivos, incluyendo a Cecilio.

De lunes a viernes, Justo permanecía la mayor parte del día en la universidad, estudiando, luego de sus horas de clases, en algún aula vacía donde el silencio y los libros le pudiesen servir como espantamoscas contra las ideas maquiavélicas que las hazañas de Cecilio producían en su sensible estado de ánimo. De cuando en vez podía imaginarse asustándolo para que huyera hacia la calle y los autos se encargaran de él. Incluso llegó a pensar en el veneno para ratas que su madre guardaba debajo del fregador. A decir verdad, Justo estaba tan atemorizado por sus propias ocurrencias que empezó a buscar excusas para no estar en casa los fines de semana. Se enlistaba en cada expedición organizada por la Escuela de Biología y, estando en ellas, las roncas voces de los árboles y el canto ligero de las corrientes de agua lo hechizaban. Sentía que la brisa tamizada por las ramas y las hojas lo elevaba por encima de su condición de ser humano, librándolo de su parentesco con los detractores de la naturaleza.

Una noche de domingo, agotado por las extendidas caminatas forestales, llegó a casa satisfecho de traer consigo una planta trepadora que ubicaría inmediatamente en su jardín. Todos dormían cuando entró pero, una sutil claridad se veía venir de la cocina. Con sigilo, se asomó. La puerta del patio trasero estaba abierta. Buscó la linterna en los anaqueles de la despensa y alumbró en dirección al jardín de donde entró, de un brinco, Cecilio a la casa. Entonces, Justo, creyéndose curado de sorpresas, encendió todas las luces de la planta baja, para ver cómo Cecilio jugaba con la begonia silvestre que tanto trabajo le había costado prohijar en su santuario botánico y que, ahora, yacía despedazada con todo y raíz, en las fauces del felino retozón.

Una inexorable deliberación lo llevó a alcanzar la jaula que estaba en la cumbre de una pila de cachivaches en una de las esquinas del patio, junto a la casa y, sin aviso de rencores, metió a Cecilio allí.

—Bien. Si te gusta mi jardín, que te aproveche.

En el fondo, Justo no era vengativo. Tampoco era amante de las reprimendas ni se proponía tales prácticas. Lo que sí fue cierto, es que durmió como una piedra hasta bien entrada la mañana. Fue como si se hubiese despojado de una enorme carga que imposibilitaba su normal desenvolvimiento. Al abrir los ojos, respiró un aire reparador, cual elixir vitaminado y, en seguida, escuchó las voces.

—Te repito que yo no he sido. ¿Por qué no averiguas con tus nietos?

—Yo sé que ese gato no es precisamente un ángel, pero no tenías por qué enjaularlo.

—Mira, mejor me voy al trabajo y tú, a ver qué haces con tu amado Cecilio. Ya hasta parece que nada más piensas en él.

En lo que su padre se marchaba, Justo bajó las escaleras con el hambre guiando sus pasos. Una vez en la cocina, a punto de encender la estufa, vio a su madre tratando de bajar la jaula de la guinea. Se acercó, sin apuros, hasta donde ella estaba empinada y, con voz aterciopelada, murmuró:

—Si sacas a Cecilio de allí, papá se enterará de lo ocurrido a sus zapatos de piel de lagarto.

Entonces, ella, con el mentón pendiendo de su estupor y la jaula de su mano izquierda, se dio la vuelta, fijando los ojos atónitos en el rozagante rostro de su hijo.

—No puedo creer que hayas sido tú...

—Buenos días, mamá. ¿Dormiste bien?

Saludándola de este modo, Justo le pidió la jaula con un ademán y volvió a colocarla en su sitio sin que ella dejara de mirarlo como si quisiera reconocerlo entre tanta sorpresa e impavidez revueltas.

—Estoy bien –respondió tardíamente, tornándose, sin pestañear, rumbo a la cocina, envuelta en los tiritantes resplandores matutinos que decoraban su incredulidad.

Con excepción de ella, quien, a raíz de lo acontecido, prefirió no hablar más de Cecilio, a todos en casa, y a las visitas también, les pareció muy gracioso aquello del ave gato, nombre que se popularizó entre todos ellos a partir de la tarde en que Lucía, la otra hermana de Justo, curiosa y entusiasmada, entrara en el patio trasero a ver qué nuevas adquisiciones había en el jardín de su hermano.

—Y... ¿es un adorno, un experimento o está en adaptación? –preguntó mofándose.

—Digamos que se trata de un acto de auto preservación –respondió Justo, procurando sustentar el buen humor de Lucía.

—¿Te has puesto a pensar en lo que dirá Marta cuando vuelva de Pensilvania?

Encogiéndose de hombros, Justo ofreció a su hermana un par de retoños arreglados en un pequeño tiesto de arcilla, cambiando, con esto, el giro de la conversación y ambos volvieron a entrar a la casa.

Conforme fueron transcurriendo los días, el ave gato se hizo parte natural de la familia Jiménez; tan propio como la manera de vestir, de hablar o de andar. También el mismo Justo, en los resquicios de su corazón, había permitido el silvestre crecimiento de algún afecto por el animal.

—Mamá, ¿serías tan amable de cuidar a Antonio esta tarde? La sirvienta está enferma, así que le di permiso de ausentarse.

—Pero, claro, Lucía. No faltaba más. Si cuidar de tu hijo no es trabajo, sino un placer. Si quieres, puedes dejarlo la semana entera hasta que se recupere por completo la sirvienta. Sabes bien que la varicela, en sus últimos días, es tanto más contagiosa.

De acuerdo, mamá. Te lo agradezco. Prometo no tardarme.

—Tómate tu tiempo, hija.

Siguiendo la tradición familiar, a lo mejor por ver el ejemplo de su tío, Antonio cultivaba un incipiente amor por la naturaleza, por lo que atesoraba cada oportunidad que se le presentaba para estar en casa de sus abuelos y, claro, el patio trasero era su sitio predilecto. Pero Antonio, además, había sido educado sobre la premisa de que todos los seres vivos tienen derecho a la libertad, por lo cual detestaba las cárceles, los zoológicos o cualquier cosa semejante.

A Justo ya no le parecía extraño ver a Cecilio paseándose por toda la casa cada vez que su sobrino aparecía.

—Mientras no lo pierdas de vista, te lo perdonaré –solía decirle, medio preocupado.

Empero, su atención a las actividades conjuntas de Antonio y Cecilio era, más que incisiva, insoportable. Especialmente, estaba vigilante a la partida de su sobrino para enjaular de una vez a Cecilio, no sea que se excediera en travesuras.

—No dejes que se trepe en la estufa. ¡Cuidado con el televisor! Si destruye mis plantas, no te dejo jugar más con él.

—¡Ay, tío! ¡Déjame aunque sea respirar! –respondía Antonio, abrumado entre órdenes y advertencias.

—¡Claro! ¡Como tú no eres el que sufre las catástrofes de ese animalito!

—¡Jooo! El pobrecito está más asustado que tú. No creo que sea capaz de nada malo. ¿Verdad, minino?

Cecilio replicaba con un sumiso maullido, mientras Justo los miraba a ambos de reojo.

—Voy a la tienda y vuelvo. Ya sabes. No lo dejes solo. Si viene tu mamá, le dices que me espere; que no tardo.

—Sí, tío –aseguró Antonio, a la vez que jugaba divertidamente con Cecilio.

El padre de Justo descansaba en su habitación a la hora en que los arreboles vespertinos salpicaban toda la casa, transfigurando al niño y al gato cual si fuesen personajes de un cuento de hadas. De pronto, el insistente sonar de la bocina del auto de Lucía rompió el encanto, impulsando a Antonio a abandonar la casa a toda prisa.

—Tío Justo dijo que lo esperaras, mamá.

—¿No está tu abuelo en casa? –argumentó impaciente Lucía.

—Sí, pero creo que está dormido.

—Bueno..., sube, dile que tengo un compromiso, que estoy de apuro y que en la noche le llamo.

Antonio entró como bólido y, en un abrir y cerrar de ojos, ya estaba afuera otra vez. Trancando la puerta de un tirón, se fue con su madre. Su abuelo, como no supo si estaba soñando o si estaba despierto, se dio media vuelta sobre la cama y siguió durmiendo.

Cuando Justo regresó de la tienda, tuvo un inexplicable temor. Abrió la puerta, girando su llave al tiempo que una de las vecinas gritaba desde el colindante patio trasero.

—¡Zape, gato! ¡Suéltalo! ¡Zape! ¡Zape, gato!

116

Justo se apresuró a poner las compras sobre la mesa y, en lo que se dirigía al jardín, Cecilio pasó frente a él, corriendo hacia las escaleras con una avecilla entre los colmillos. Un fuego abrasador se desató en las entrañas de Justo y la boca le supo a acero. Tomando la escoba, asedió al felino hasta que soltó al pájaro, pero ya era tarde. Yerto sobre el descanso de la escalera lo levantó Justo con tristeza para centrarlo en la mesa, junto al florero. Sin más dilación que la de un suspiro, el sol rojo del ocaso destapando la ira concentrada en las pupilas de sus ojos, devolvió a Cecilio a su jaula, sólo que, en esta oportunidad, no la colgaría en la guinea del jardín.

Como protestaba contra todo y contra todos, Justo despertó a su padre.

—¿Qué sucede allá abajo? ¿Con quién estás discutiendo? ¿Justo? ¡Justo!

Pero, el disgusto anulaba sus respuestas, sacándolo con todo y jaula de la casa. Por las calles, la gente comentaba, reía y le llegaron a preguntar, "¡¿Se vende el gato?!", de lo cual Justo ni se daba cuenta. En su cabeza, lo único que figuraba era el momento en que se deshiciera de aquel animal.

Cuando al fin hubo abordado un taxi, determinó el sitio.

—Al parque municipal, por favor.

A ratos, el conductor los miraba a ambos y sonreía, asintiendo con la cabeza. No hubo palabra hasta llegar al parque, donde, tras el pago del pasaje, Justo se fue a campo traviesa, se sentó al lado de un coposo higuerón y abrió la jaula.

— Ya ves, Cecilio –solemnemente se dirigió al gato que, sorprendido y con cara de yo—no—fui, abandonaba lentamente su prisión en actitud expectante.

—Tú te lo buscaste –continuó—. Te dimos casa, comida, aguantamos tus malacrianzas, y, ¿tú?, no supiste apreciar todo eso. De ahora en adelante, tendrás que resolverte por ti mismo. Aquí nadie te pondrá un plato rebosante de manjares ni una sábana mullida, así que ve cómo te las arreglas.

Cecilio, sentado, observaba con detenimiento cómo Justo se recostaba sobre el césped con sus manos bajo la nuca. Casi podría asegurarse que comprendía cada palabra y que, al girar la cabeza en redondo, se preguntaba a sí mismo qué sería de él en ese lugar.

Pasados varios minutos, Justo se levantó y empezó a caminar de regreso a la calle. Como notó que Cecilio lo seguía, un irreconocible temor le subió como cosquillas por las piernas hasta convertirse en un estremecimiento que le erizó toda la piel de la nuca y los cabellos. Así que se echó a correr desesperadamente, tropezando con cuanta raíz y piedra había por la pendiente, pero sin mirar atrás, porque no quería ver cómo le salían alas al gato.

Nació en David, Chiriquí el 30 de diciembre de 1964. Estudió Artes Plásticas y Educación Para el Hogar. Vive con su esposo, dos hijas y tres gatos en la ciudad de Panamá. Trabaja en un colegio como profesora de Educación Artística, pinta, cose, pasea y escribe para divertirse. Es egresada del Diplomado en Creación Literaria 2006, de la Universidad Tecnológica de Panamá. Ha publicado en el suplemento "Día D" del diario Panamá América así como en la revista "Maga" y tomado un taller de cuento avanzado con el escritor Enrique Jaramillo Levi. Forma parte, como cuentista, del libro colectivo **Letras cómplices** (UTP, 2007).

Papel higiénico

Crecí en una familia de artistas. Mi padre pinta, también mis dos hermanos y mi tío. Así pues nadie se sorprendió cuando anuncié que me había ganado una beca para estudiar artes plásticas en Florencia.

Llegué en agosto para comenzar clases en octubre y así tener tiempo de buscar apartamento y conocer la ciudad. Fue fantástico. Podía explorar el Renacimiento todas las tardes y sentía que la ciudad se había quedado varada en el tiempo.

Fue difícil conseguir dónde vivir. Todo estaba carísimo. Me agoté buscando hasta que conocí a otros estudiantes extranjeros y fui a parar en un apartamento de tres recámaras y dos baños ocupado por otros diez chicos. No era lo que buscaba pero era lo único que podía pagar.

Las clases comenzaron y créanme que no fue nada fácil. Me sentía muy deficiente en dibujo anatómico y paisajes. Practicaba, practicaba y practicaba todos los días. Lo hacía más que todo porque mis profesores eran muy exigentes pero también porque trataba de pasar la mayor parte del tiempo fuera del sobrepoblado apartamento. Aunque no estaba tan mal. Mis compañeros eran muy respetuosos con mis cosas y agradecía que nadie se comiera mis *biscotti* y mis *gelattos*. Los fines de semana eran divertidos porque me sentía como en una fiesta pero muchas veces necesitaba soledad para gestar mis proyectos y trabajar.

Entre trabajo, parrandas y caos doméstico llegaron las vacaciones de Navidad. La mayoría de los chicos se fueron a pasar las fiestas a otro lado y solamente quedamos otros tres compañeros y yo. Me hubiera gustado tomar mi mochila e irme a pasear por

Italia pero tenía que terminar un proyecto de pintura y dadas mis deficiencias no podía darme el lujo de perder el tiempo por ahora.

Mi proyecto consistía en pintar figuras humanas en el ambiente que yo quisiera. Un hombre y una mujer. Era todo un reto. Me decidí por un paisaje tomando como inspiración "La Tormenta" de Giorgione. Por supuesto, hice algunos cambios y en lugar de poner un lugar de Grecia, puse un paisaje de Boquete, con el río Caldera y una enorme piedra que fue arrastrada en la última inundación. El hombre y la mujer estaban desnudos, y tal vez pensaban en la posibilidad de meterse juntos al agua fría del río. Los dos se miraban desde ambos lados del cuadro.

Como la casa estaba casi vacía me traje mi caballete y mis pinturas. Trabajé día y noche por una semana. Para Noche Buena ya estaba casi listo y vi con satisfacción cómo mis personajes se miraban con picardía, tal vez planeando alguna travesura.

Decidí tomar un descanso y fui a la refrigeradora a comerme el delicioso *tiramisú* que había comprado el día anterior. Descubrí con gran disgusto que alguien se lo había comido y solo habían dejado las migajas en el plato. Inmediatamente llamé a gritos a mis tres compañeros de casa. Lo negaron a muerte y por supuesto, quedó la duda. Bueno, pensé, es Navidad, así es que no lo iba a tomar tan a pecho. Fuimos todos a comprar la cena y pasamos una fiesta muy tranquila al calor de la *grappa* que conseguimos. Guardé mi postre, otro *tiramisú*, para comerlo en el desayuno con mi café y nos fuimos todos a dormir. Soñé con los personajes de mi cuadro. Estaban vivos y salían del cuadro, se vestían con mi ropa e iban a pasear por la fría ciudad invernal, extrañando tal vez el sol del trópico. Tal vez eso me pasó por abusar de la *grappa*.

Desperté temprano y abrí los regalos que me dejaron mis amigos y los que me envió mi familia. Luego, mientras hacía el café fui a la refrigeradora por mi delicioso postre. Había sucedido de nuevo. Plato vacío y migajas. Grité a todo pulmón y estallé como el rayo de mi Tormenta. Estaba tan cabreado que decidí ir a la farmacia y comprar un laxante de los que parecen chocolate. Compré otro *tiramisú* y partí el laxante en pedacitos, esparciéndolo por encima del dulce. Lo puse en la refri. Escondí el papel higiénico de ambos baños en mi cuarto. Y esperé.

A la mañana siguiente fui directamente a la refrigeradora y con alegría vi que el postre había desaparecido también. Esperé para ver la reacción del laxante en el culpable y mientras tanto fui a darle unos retoques a mi cuadro. Descubrí horrorizado que ¡mis personajes se habían movido! La mujer, muerta de risa, llevaba un puñado de hojas y se las ofrecía a una mano masculina que salía de detrás de la enorme piedra arrastrada por el río.

Nació en la ciudad de Colón el 24 de agosto de 1962. Estudió enfermería en la Universidad de Panamá, graduándose en 1983. En 1987 obtuvo su título de Maestría en Administración de Servicios de Enfermería. Labora desde hace 18 años para el Canal de Panamá como enfermera de Salud Ocupacional. En octubre 2011 obtiene su licencia como Traductora Pública Autorizada de español e inglés. Egresada del Diplomado en Creación Literaria 2012 de la Universidad Tecnológica de Panamá. Participó en el seminario taller sobre los elementos básicos del cuento infantil contemporáneo, dictado por el escritor Ariel Barría Alvarado en junio 2012 y en el seminario—taller de cuento avanzado dictado por el escritor Enrique Jaramillo Levi en julio 2012. Ha publicado un cuento en la revista cultural "Maga".

Mentiras

Sentí el beso acostumbrado de despedida y pretendí dormir para no incomodar. Esta rutina se hacía cada vez más insoportable. Pero prefería estas migajas, a nada. Le amaba y creo… que me amaba también. Pero actuar como que no fuera así, me consumía.

Esa mañana entré a la oficina y de lejos observé que conversaba con Aminta, "su mejor amiga". Como eran las indicaciones, durante horas de oficina nuestra conversación giraba en torno al trabajo y nada más.

Debo admitir que lucía muy bien en su saco de Kenneth Cole, marca que representaba. Para no hacer un comentario que estuviese fuera de orden, me sumergí en los reportes que tenía pendiente terminar y entregarle.

A la hora de almuerzo escuché a Aminta comentar a sus amigas lo ocupada que había estado escogiendo un vestido para la celebración de bodas de plata que se acercaba. Yo desconocía todo sobre este evento.

Esa noche no pude entregarme como acostumbraba, pretendiendo que todo estaba bien. Le confronté acerca de la celebración familiar que se avecinaba. Quiso ocultarlo, pero fue inútil.

Decidí que era el momento de darle un giro a nuestra relación. Era el momento de presentarme, como lo que quisiera. No iba a tolerar más el anonimato.

Unos días antes del evento fuimos a comer al restaurante tan comentado del nuevo hotel en calle 50. Tuvimos que esperar unos minutos para que nos acomodaran. Al sentarnos noté el cambio. Se excusó y caminó hacia la mesa del fondo. No reconocí a la pareja acicalada en la mesa.

De regreso, su expresión y disposición eran diferentes.

—Vámonos —me dijo ofuscado—, ¡no puedo quedarme aquí!

Como era su costumbre no contestó mis preguntas. Esa madrugada no me despertó su beso acostumbrado, sino su llanto. Aunque trataba de contenerse era inevitable. No recibí explicaciones sobre qué lo había herido de esta manera, pero prometió que no íbamos a escondernos más.

Los tres fuimos a la cena familiar en celebración de las bodas de plata de sus padres. Luis no quiso que asistiéramos a la misa.

Era la casa donde había crecido y en cada área había fotos que recordaban una hermosa infancia y adolescencia.

Aminta era conocida por la familia e hizo alarde durante la velada de la relación cercana que compartía con sus padres y hermanos.

Fui presentado como un buen amigo. Al finalizar la velada, cuando Aminta ya se había despedido, Luis pidió a sus padres un momento a solas. Nos reunimos en la sala familiar.

—Ya no puedo esconder quien soy —dijo con voz temblorosa. —Marco y yo hemos tenido una relación desde hace cinco años y quiero que la formalicemos. Ya no quiero esconderme ni pretender. Ha sido agotador.

Las lágrimas corrieron por las mejillas de la Sra. Marta, su madre, quien preguntó por Aminta.

—¡Aminta era solo una pantalla, mamá! Así les daba lo que querían. Soñar con un hijo que conquistaba el corazón de las mujeres. Pero… ese no soy yo. Ustedes lo saben.

—No puedo tolerar que nos lastimes así, dijo el Sr. Luis, su padre. Como si yo no estuviera presente, habló de cómo esta situación afectaría a todos en la familia.

—¡Lastimar a la familia! ¿A qué te refieres? ¿Como lastimas a mamá con tu amante?

—No es el momento, Luis, Hoy no… tu mamá…

—Sé que tu padre ha tenido otra relación hace mucho tiempo —interrumpió la Sra. Marta.

—Pero sé también que tiene necesidades que no puedo satisfacer. Aún así amo a tu padre y en el fondo… él me ama a mí.

—¿Crees, mamá, que esa relación no lastima a la familia, pero la mía sí? —cuestionó Luis.

—No es lo normal y mucho menos aceptable —dijo en voz muy baja la Sra. Marta.

Esas palabras fueron como una puñalada estratégicamente clavada. Luis me hizo una seña para que saliéramos.

—No sé, mamá, qué es normal o aceptable; pero mi vida no será una mentira más. Feliz aniversario.

Nació en la ciudad de Panamá el 25 de agosto de 1990. Estudia Derecho y Ciencias Políticas en la Universidad Santa María la Antigua desde el año 2009. Egresada del Diplomado en Creación Literaria 2010 de la Universidad Tecnológica de Panamá. Publicó en el 2010 el cuento "Marla bajo la Lluvia" en el No. 66/67 de la revista literaria "Maga". Ha tomado un taller de cuento avanzado con el escritor Enrique Jaramillo Levi. En agosto publicará su primer libro de cuentos: *Afuera crecen los árboles y otros giros del destino*, con Foro/taller Sagitario Ediciones.

Afuera crecen los árboles

El sol se levantaba despacio mientras el sonido de tuercas cayendo resonaba en la luz tenue del alba. Las nubes de vapor se dejaban escapar por los diversos orificios de máquinas que exudaban humedad y olor a óxido. A esa hora de la mañana los únicos pasos que recorrían el suelo eran los de las ratas, cuyas huellas se veían claramente marcadas en el hollín que cubría la superficie. En alguna pared la luz de una lámpara parpadeaba hasta desvanecerse. A través del techo ahuecado las primeras luces de la mañana se filtraban formando charcos de luz.

Hora de despertar. Como todos los días, los habitantes de aquella ciudad mecánica despertaban aspirando el renovado olor de la miseria. Afuera todo era metal... Frío, pesado, inerte. Más allá del muro que rodeaba la urbe sólo se distinguían el cielo y sus infinitas nubes... Nada más podía verse que la altura de la enorme pared de piedra no cubriera. ¿Qué había más allá? Ya no quedaba memoria que lo recordase.

Las suelas de hule de las botas de Sebastián resonaban por entre las callejuelas mientras se dirigía al hospital, quizá por última vez, a visitar a su abuelo, un viejo veterano de las fuerzas especiales PPE. Después de largos años de servicio dedicado a proteger a la población civil, era solo justo que su único nieto estuviera allí para escuchar sus últimos delirios.

La luz blanca recibió los ojos del hombre una vez atravesó la puerta principal de aquel hospital de hierro. No paró en la recepción, ya todos sabían quién era y a qué venía... Su abuelo llevaba en ese lugar ya siete meses. Caminaba rápido por los pasillos, evitando la mirada de doctores, pacientes y visitantes, no podía esperar a cuando ya no tuviera que volver nunca más. Cuando llegaba a la habitación 207 disminuyó el paso y entró despacio.

– Hola, abuelo.

No obtuvo respuesta, tampoco la esperaba. Como siempre, se sentó al lado de la cama y esperó a que el viejo se sintiera con ganas de hablar. Aunque tendía a ser muy reservado, siempre tenía algunas viejas historias que compartir, y Sebastián estaba feliz de oírlas. Aquel último día, sin embargo, sus palabras fueron inesperadas… y peligrosas.

– ¿Sabes lo que es un árbol, muchacho? – dijo mirándolo a los ojos –. Pues afuera crecen los árboles.

Al decir "afuera" el joven hombre supo que estaba hablando de lo que existía más allá del muro, un tema por el cual siempre tuvo una obsesiva curiosidad, y del cual estaba más que dispuesto a aprender. Pocas personas podían, con conocimiento de causa, hablar de ello, pero resultaba casi imposible sacarles algo, su abuelo era una de esas personas. Sebastián sabía que era la muerte la que soltaba las palabras a través de aquellos agonizantes labios y no podía estar seguro de cuánto de lo que dijere fuese cierto; no obstante, para él era mejor una mentirita probablemente cierta que la total ignorancia.

– ¿Qué hay allá afuera, abuelo? ¿Qué nos mantiene a todos adentro cuando no está prohibido salir?

– Miedo – susurró el anciano –. Es lo que hay y es lo que nos aprisiona, hijo. Miedo.

– ¿Miedo? Yo no tengo miedo.

– Sí lo tienes. La puerta del muro nunca tiene puesto el cerrojo, y aun así, aquí estás.

Cierto. *Nadie será retenido si su deseo es partir hacia el otro lado*, eso estipulaba la ley, y aun así, aquí estaba. Pero no por falta de razones… o quizás eran excusas. Una noche, hacía ya varios meses había caminado hasta la puerta de metal, bajo la mirada incrédula de muchos, y puso su mano sobre la manigueta. Cuando estuvo a punto de abrir un hombre vestido de negro y con cara de despreocupación llamó su atención. Sólo sonrió y le advirtió que una vez del otro lado ya no podría regresar, pero si era su deseo continuar él mismo abriría la pesada puerta. Fue un cobarde aquella noche. No tenía miedo de dejar todo lo que siempre había conocido, sino de enfrentar algo que no sabía qué era…, un mundo que tal vez estuviera vivo.

– ¿Qué hay allá afuera abuelo? ¿Por qué vivimos adentro de esta ciudad, atrapados por paredes impenetrables?

Ahora, después de muchos años, cuando Sebastián miraba al pasado se preguntaba si, de haber sabido lo que estaba a punto de descubrir, habría insistido con sus preguntas. Ese día su abuelo lo miró con recelo y luego suspiró, para esas demandas su voz sólo podría emitir una última respuesta: la historia que los encerró a todos dentro del infierno de sus propios pecados. Sin embargo al viejo agonizante ya no le quedaban más suspiros con los que narrar su larga historia, la historia de todos. Así que sacó del cajón de la mesa de al lado unas viejas y algo roídas láminas de aluminio. Estaban escritas por ambos lados, Sebastián nunca había visto letras si no estaban en una pantalla.

– Está todo aquí – su abuelo le pasó las láminas con manos temblorosas –. Es todo lo que puedo darte. Léelo, léelo aquí y ahora… Necesito verte…

Sebastián tomó lo que le ofrecía su abuelo al mismo tiempo que su corazón latía con la fuerza arrebatadora de alguien que sabe que su vida está por cambiar… Bajó la mirada y empezó a leer.

Hace unos pocos cientos de años – comenzaba la carta de su abuelo – *la raza humana habitaba este vasto planeta, no sólo este pequeño pedazo de metal muerto en el que naciste. Y éramos millones, divididos en muchos países, cada uno con sus gobernantes y sus diversos sistemas políticos. Nunca fuimos una especie perfecta, eso es cierto, pero creamos grandes cosas…, cosas hermosas (aunque no lo creas), cosas que rebosaban de la vida que aquí ya casi nos abandona.*

Aunque siempre tuvimos nuestros problemas, para el tiempo conocido como "los últimos años" la sobrepoblación se convirtió en el arma letal que acabó con nosotros. La cantidad excesiva de gente hizo que todos los problemas que siempre tuvimos se volvieran más evidentes, y con consecuencias más dañinas para todo cuanto nos rodeaba. Muchos intentaron mejorar esta situación; sin embargo, cuando llegó el juicio final, esos muchos no fueron suficientes.

Años antes de que llegara el ocaso de nuestra raza, como yo lo diría, se observó el milagro que desencadenaría nuestra ruina. Otra nueva especie surgió en el planeta, físicamente eran muy similares y, tal vez, eso hizo que nadie lo notara a tiempo. Mentalmente, por otro lado, sus cerebros y conciencias eran lo que los nuestros debieron ser y nunca fueron. En un principio estoy seguro de que estos seres se sintieron muy humanos, dispuestos a cambiar el mundo, mejorarlo a favor de todos los demás, pero el oscuro corazón del ser humano rompió en miles de pedazos los suyos, dejando solo resentimiento y pérdida de esperanza. No los culpo, supongo que no pudieron soportar la avaricia, la locura, la indiferencia y, sobre todo, la falta de respeto con que se vivía cada día, todos los días. Después de todo, como dije, donde habitábamos era un mundo muy hermoso, no te creo capaz de imaginarlo, pero intentaré describírtelo.

No estábamos solos, existían otras especies animales (diferentes a las ratas y las cucarachas). Era un planeta diverso, lleno de vida por todos lados. El suelo era húmedo y lleno de texturas, no sólido, frío y muerto como el que caminas hoy. Y de él crecían toda clase de plantas y árboles… ¡Dios, los árboles eran… son, lo más radiante que hayas visto en tu vida! Gigantes y pequeños, crecen vigorosos, fuertes anclados a la tierra, ligeros respirando del cielo. Afuera el mundo está lleno de ellos.

Poco a poco perdimos el derecho de vivir en ese planeta. Estos nuevos seres se dieron a la tarea de eliminar los males de la humanidad. Su determinación fue imposible de parar y sus cuerpos no hubo forma de destruirlos. La desesperación, hijo, hace que se tomen decisiones equivocadas, y cuando nuestros imprudentes gobernantes comenzaron a desarrollar armas demasiado peligrosas que amenazaron el equilibrio natural del mundo, esas criaturas llegaron a la conclusión de que nuestra raza era demasiado inestable emocionalmente para aceptar los cambios... Yo no lo creo así. Yo creo, si se me permite opinar, que la voz de la mayoría se vio opacada por la de aquellos autoproclamados líderes. Justo o no, así paso. Y un día todas las armas simplemente desaparecieron. Y ninguna fábrica o persona pudo volver a producirlas, todos los intentos se vieron frustrados de una manera u otra al final. Luego desaparecieron los símbolos materiales que representaban el dinero, los datos electrónicos de la base de datos de todos los países y organizaciones desaparecieron, lo mismo que todo aquello que una vez formó el sistema financiero. El mundo como una vez lo conocimos desapareció.

Las personas al principio no entendían la magnitud de lo que había pasado, recibieron el cambio con una agresividad que escondía su miedo. No pasó mucho tiempo antes de que los nuevos regentes se cansaran de nosotros y nos mandaran a encerrar en ciudades como ésta..., que al principio fueron muy rudimentarias y que pronto nos encargamos de "mejorar". Esos seres fueron siempre pacíficos, todo lo hicieron sin enfrentamientos, sin derramar ni una gota de sangre, sin sacrificar ni una vida, y aun así, no hubo indulto para nadie, todos los seres humanos fueron condenados al mismo destino. Con el pasar del tiempo las enfermedades, la desesperanza y la propia maldad humana fueron las que se cobraron la vida de casi toda la especie. Cada vez que una ciudad desaparecía en el olvido de la despiadada muerte, aquellos que vivían fuera de ellas las desvanecían y reemplazaban con oasis de vida. Al final, los supervivientes fueron suficientes para vivir todos en un mismo lugar. Aquí, en esta jaula de metal, hemos vivido y evolucionado desde entonces. Apartados para siempre del aire purificado por los árboles. Con el tiempo el dolor de la pérdida nos hiso olvidar lo que una vez fue nuestro pasado, y el resentimiento de lo perdido obligó a generaciones pasadas a destruir las pruebas que ayudaran a la memoria.

El sonido constante y monótono del acondicionador de aire reemplazó en algún punto la lectura y llenó de silencio la habitación mientras las letras desaparecían en la superficie plateada del aluminio.

– Abuelo, ¿cómo sabes todo esto? ¿Abuelo? – Sólo cuando habló se dio cuenta que su voz se quebraba por el llanto.

Cuando no obtuvo respuesta alguna sus ojos bajaron hasta las manos del anciano y no fueron capaces de volver de nuevo hacia el rostro, ni siquiera cuando un grupo de doctores y enfermeras entró a toda prisa en la habitación y lo apartaron del cuerpo. El hombre miraba fijamente las arrugadas y quietas manos de su abuelo. ¿Cómo supo él todo cuanto le había contado? ¿Estuvieron alguna vez esas manos fuera? ¿Tocaron alguna vez un árbol? ¿Podía acaso ser toda aquella historia verdad?

– Lo siento muchísimo, hijo – oyó decir a alguien cerca suyo. Su mente obligó a sus pupilas a reaccionar, se fijaron en el tipo con la bata blanca parado frente a él. Y luego más al fondo vio cómo una sábana blanca cubría la cabeza del paciente…, aquel que hace sólo unos instantes estuviera vivo.

No respondió… no podía. Las botas de hule otra vez rechinaron contra el suelo mientras el sujeto que las tenía puestas se alejaba de esa escena para siempre. Sus piernas no se detuvieron hasta que su vagar sin rumbo lo llevó frente a la puerta que separaba su mundo de otro desconocido. Miró al cielo… Ya era de noche, y las estrellas brillaban con intensidad. Era un cielo precioso, sin luna. Cuando bajó la mirada sus manos temblorosas ya sujetaban la perilla.

– No hay vuelta atrás – murmuró la voz despreocupada. Un hombre alto y delgado se recostaba contra el muro, miraba a Sebastián con sus intensos ojos escarlata.

– ¿Es mejor una vida de esclavo o la muerte de un alma por fin libre? – respondió, ahora ya libre de todo temor.

– Como quieras – contestó el hombre de los ojos rojos, se dio vuelta y caminó perdiéndose en la noche.

Cuando Sebastián enfocó nuevamente el picaporte vio que sus manos estaban cubiertas por otras, viejas y arrugadas. Hora de largarse de aquel lugar hediondo a miedo. Empujó la puerta con todo su cuerpo, dio un paso al frente y se adentró en la oscuridad.

Nació en Santiago de Veraguas, República de Panamá, el 1 de agosto de 1944. Licenciada en Trabajo Social en la Universidad Federal Fluminense, Estado de Río de Janeiro, Brasil. Estudió dos años guitarra clásica en la Escuela de Música Santa Cecilia de Río de Janeiro. Estudio sociología por tres años en la Universidad Santamaría La Antigua, Panamá. Es egresada del Diplomado en Creación Literaria de la Universidad Tecnológica de Panamá en 2,004. Participó con seis cuentos en el libro colectivo **Soñar despiertos**, 2006. Ha publicado cuentos cortos en la Revista "Maga" de Panamá. Ha escrito para el periódico "La Prensa" artículos de opinión. En otras áreas del arte, pinta óleos sobre tela. Y ha participado en 11 exposiciones colectivas. Recibió un taller literario dirigido por Enrique Jaramillo Levi en el 2010 y participó con siete cuentos en el libro colectivo **Sieteporocho** en el 2011. Actualmente estudia violín.

Hombre que no se rinde

Era el mes de junio de 1959. Jorge, un joven activista, líder estudiantil, que defendía con vehemencia sus posiciones, inflexible en cuestiones de principios, regresaba de Guatemala y fue arrestado en el aeropuerto por policías uniformados bajo el mando del entonces capitán Torrentes. —¡Quítate el uniforme y pelea como hombre! — le dijo Jorge a Torrentes _ Allí se inicio el reto.

Una década después Torrentes fue el dictador de Panamá con poderes para disponer de la vida o la muerte de sus opositores.

Arrancó la pesadilla cuando el navío Gaviota recaló en la costa un 19 de Noviembre de 1969. Se dejó oír un disparo al aire, y una mancha de palos anunciando la bienvenida al infierno de Dante. Era Pancho Pistola con una misión que cumplir. En el grupo venía Jorge. Quien había sido muy perseguido por la fuerza con que defendía sus principios y por su carismática personalidad, que lo hicieron líder. Me vino a la memoria el incidente en el aeropuerto que hace diez años conocí, porque también yo era un encendido dirigente. Lo mire… Un chorro de sangre se deslizaba desde las cejas. —¡Muévanse, caminen hijoeputas!— Irrumpía uno de los verdugos—¡Entren por la calle de honor!— En medio de improperios el cabo Fernández le reclama directamente a Jorge por la relación marital con su hermana…¡No se que vio una mujer blanca en ti para casarse contigo, siendo tu un negro tan feo!— Exclamó e cabo Fernández. Ya en la celda Jorge les explica a sus compañeros de tortura que ese Fernández era su cuñado y que no le perdonaba el matrimonio con su hermana.

Este estrecho sitio con mirada al mar en que ahora se encontraba Jorge, fue su refugio desde las siete de la noche hasta las seis de la mañana. Si el día en Coiba es hermoso, de noche no debe serlo menos.

El cielo negro tapizado en estrellas prometiendo recónditos paisajes a distancias astrales, pueden ser la descripción inspirada en un ambiente sereno que cobijaría a Jorge en la noche. Ello, de no haber sido por las ruindades nocturnas que también se ocuparon de practicar los sádicos que lo asesinaban a destajo. Durante unos lapsos nocturnos, aparecía un cabo que le decían "Gallo Ronco" y cada media hora rociaba agua fría y caliente alternadamente sobre los cuerpos dormidos de sus víctimas, entre ellos Jorge. A las 6:00 a.m. sin haber conciliado el sueño ni un minuto en 54 horas de viaje desde nuestra partida del puerto de Balboa, se nos obligó a subir empinadas lomas con guardianes armados de toletes y fusiles. Jorge y yo íbamos sin instrumentos de trabajo a reparar la cerca de un potrero.

Tuvimos que hacerlo con las manos. En algún momento de distracción del cabo Nicanor me dice Jorge… ¡Cómo conjugar en la imaginación tanta belleza con tanto horror!— y se postró en el suelo con la mirada en dirección al mar, el verdor de sus aguas, el zurcido inútil de las aguas en la arena, y la destreza de las gaviotas bailando con ellas, decía Jorge… De súbito quedó segado con un atronador golpe que nubló su vista, despojándolo de sentido, el cual recuperó rápidamente con un crudo y frío baño de agua para luego colapsar ante otro golpe de garrote, obligándolo a levantarse. El cabo Nicanor gritaba —¡Caminen rápido estúpidos comunistas, coño!

El trayecto por la playa se hacía muy lento y las fuerzas de Jorge se estaban minando, pero el cabo nos instruyo caminar por la playa en dirección al cuartel central. El estaría esperándonos allá. Jorge se desfallecía y apenas si podía caminar por los golpes y moretones en todo su cuerpo. Con mi ayuda y una vara que él se había conseguido superamos la prueba, caminando por la orilla de la playa. A escasos doscientos metros del cuartel central el cabo Nicanor irrumpió en un caballo. Con una soga amarró a Jorge por la cintura y me dijo —¡ No intervengas!— y lo arrastró amarrado del caballo hacia el Cuartel central. Ya estando yo en el Cuartel me ordenó con un toletazo que me aproximara a la celda donde Jorge era atendido — Sabía que era para escarmiento. Note que se le habían arrancado las uñas de los pies y que la uña del dedo grande del pie derecho, ahora le colgaba. Dos días después se le cayó dejándole un colgajo.

—¡Salgan ahora!— irrumpió Pancho Pistola y los condujo a los baños comunales. Después de vestidos fueron escoltados hacia un comedor a varios metros del Cuartel. Fue en vano para el extenuado Jorge, él no resistía ingerir alimentos. Los compañeros solicitamos permisos a los guardianes para encargarles unas latas de jugo a una pequeña tienda que funcionaba en el penal. No resultó. Ya en la celda Jorge, languideció vomitando y orinando sangre. —¡Oiga, queremos hablar con el responsable del penal! ¡Este hombre esta muy mal!— Gritó uno de los compañero de Jorge. —Los verdugos responsables con pastosidad e indiferencia dijeron— Aquí solo hay aspirinas y violeta genciana— ¡Entonces, llévenlo a tierra firme o traigan algún médico, coño!— Un par de toletazos cayó sobre la espalda del querellante. Fue como hablar con el viento. Ignoraban las peticiones que le hacíamos. Otros seguimos haciendo trabajos en el campo. Jorge permaneció en el Cuartel Central. Para Alvaro su amigo, eso fue un mal presagio.

En la noche nos reunieron a todos en la misma celda. Y nos encontramos con la ropa de Jorge empapada en sangre, señal de nuevas torturas. Jorge no estaba en la celda. El veintinueve de noviembre a las cinco de la mañana, una vez consumado el crimen, un preso entró corriendo y gritó —¡Acaba de morir! ¡Mientras agonizaba estuvo llamando a todos...Dicen que murió de muerte natural, más infarto!

"Algunos meses después de la muerte de Jorge fue al Tribunal Superior de Penonomé a examinar las sumarias localizadas allí, para determinar las causas de su muerte ¡Vana simulación! Leí el protocolo de autopsia y ví varias fotos de Jorge acostado en un camastro. Tenía el tórax abierto de par en par como roto a hachazos (era tan difícil encontrar el miocardio). Sus antebrazos y manos estaban vendados y todo muy abultado" **Carlos Iván Zúñiga**

Nació el 12 de enero de 1974. Licenciada en Derecho y Ciencias Políticas por la Universidad de Panamá, posee estudios de Postgrado y Magister en Mediación, Negociación y Arbitraje, títulos obtenidos en la Universidad Tecnológica de Panamá y en la ULACIT, respectivamente. Miembro del Colegio Nacional de Abogados y de la Unión Nacional de Abogadas. Ha cursado estudios como Auditor Interno y Auditor Líder relacionados con la norma de Standard Internacional ISO: 9001—2008, aplicable a Sistemas de Gestión de la Calidad de las empresas. Amante del teatro y sus representaciones; ha protagonizado varias obras teatrales, así como comerciales de televisión. Egresada del Diplomado en Creación Literaria 2012 dictado por la Universidad Tecnológica de Panamá.

Mi preciosa joya

Casi no me acordaba del brillo de sus ojos. La última vez que vi a Rubí estaba devastada porque me pidió terminar nuestra relación. La noté brillar en medio de tantos invitados, volví a sentir su olor solo con su presencia. Sabía que ella no me iba a mirar porque yo estaba acompañado. Acompañado de Vicky, la mujer que venció mi instinto de lucha por mi verdadero amor, aquella que se había ganado un trono especial en mi corazón, la que llevé al altar, la que me había dado mis tres hijos, la que llevé a viajar y le di un lugar. Esa mujer que me hizo dejarlo todo y que ahora se había convertido en un cofre lleno de metas y planes que solamente buscaban su satisfacción personal.

No fue su culpa, fue educada para soñar así. ¡Me descuidó tanto!, que esa noche pude darme cuenta que extrañaba a Rubí. La veo y no se por qué ya no es mía.

Me acuerdo cuando no sufría por las mujeres, todo era más sencillo. Soltero, las mujeres llegaban a mi casa a buscarme, yo les decía que no tenía plata y ellas me insistían y me invitaban. Todos errores de juventud. Rubí es la hermosura de aquellos años, la joya que cualquier hombre quisiera tener.

Extraño su sensualidad, sus besos, su voz en mis oídos advirtiendo sus deseos. La veo bailar con todos, reírse y sé que no es feliz, que anhela sentirse mía y encontrar el calor en mis cobijas, compartir la luz de mis ojos y hasta el aire que respiro.

— ¿Qué estás pensando?, me pregunta Vicky. Con una sensación de ahogo llanamente le respondí a mi esposa: — En un pago que debió registrarse en el sistema hoy, es la tercera vez que pasa, creo que vamos a tener que cambiar el soporte técnico.—— Así le contesté para salir del paso.

El corazón se me quería reventar, los latidos me indicaban que debía acercarme a ella. De pronto reconocí entre los hombros de las invitadas su lunar; y le pregunté: — ¿Cómo estás? Para sorpresa mía no era ella, increíblemente otra persona también tenía su lunar. Miré para otro lado y la vi bailando muy contenta, susurrándole al oído a su pareja. Sentí celos y un gran vacío en mi corazón queriendo ser aquel joven que degustaba de su presencia.

Así me pasó el día que la vi en el bar, yo embriagado de despecho, tomé esa noche hasta olvidar mis penas, creí sentir alivio y olvido si no fuera porque en ese momento la vi entrar con su sonrisa exacta e increíble, la vi tomar licor y reírse en la mesa de al lado, rogaba solo un minuto de su tiempo para decirle que aún no me olvido de sus besos, de sus caricias, de su cuerpo, que necesito de ella como necesito de todos mis sentidos para poder vivir. Decidí acercarme para invitarle un trago, tomamos toda la noche, y cuando la llevé a su casa, me dijo: — No vivo aquí.

Ni hablar del día que la vi en mi cama, abrazada a su almohada, quise ver su rostro pero no lo encontré al besarla. Si no fuera por los recuerdos que me persiguen de Rubí en todas partes, yo no habría soportado quince largos años de matrimonio. Tantas veces que la busqué y la amé, tantas veces que la dejé, tantas veces que la esperé, tanto que me dijo que me amaba y yo solo la disfruté, viví más con ella que con mi propia mujer.

Si tan solo Rubí me hubiera creído que también estaba enamorado, no habría sufrido tanto cuando se enteró que Vicky iba a tener nuestro tercer hijo. Eso no se lo pude explicar, ni ella lo pudo entender. Ese fue el día que por fin me dejó.

Y mira tú pues, diez años de mentiras, de sacrificar a mi verdadero amor, de consumirme en apariencias, de renunciar a Rubí, diez años encontrándola en todas las mujeres, de vivir la vida de mis hijos, de llegar a mi casa a tiempo, de no atreverme a salir de noche para no conocer a nadie, descartando invitaciones, años aguantando tentaciones, años imaginando a Rubí en: fiestas, bares y hasta en mi cama, años de cumplir con todos los regalos y atenciones con Vicky. —¿Para qué?

Para enterarme hoy que mi mujer tiene diez años de haber sido seducida, conquistada y amada por otro ser.

Nació en la ciudad de Panamá el 26 de agosto de 1962. Abogada, egresada de la Universidad Santa María La Antigua, con postgrado, de la Universidad de París—Dauphine en Administración Tributaria. Un cuento suyo es publicado por primera vez en *La Estrella de Panamá* en los albores de la década de 1980. Ha publicado prosa y breves ensayos con la revista de la Escuela de Derecho y Ciencias Políticas de la USMA y en *El Digesto*, de la que funge como subdirectora en 1985 y 1986. Desde 1991 publica en la sección "Mosaico" de *La Prensa* algunas opiniones y crónicas de viaje, de 2004 a 2006. Participa en la revista Élite del Club Unión desde 1995 hasta la fecha, siendo su poema "Menos es Más" de 1999 premiada con Mención Honorífica en concurso de dicho club. En 2003, cursa el Diplomado en Creación Literaria de la Universidad Tecnológica de Panamá y el Taller de Teatro con Miguel Moreno y su equipo. Ejerce Derecho de modo independiente, habiendo ocupado cargos públicos en el sector fiscal tributario y en el de la salud, añadido el de asesora para una firma local con la que elaboró dos libros de contenido legal y publicaciones cortas. Principal actividad actual: ser docente para postgrados.

El dóctor

—Tres pollos para el sancocho, arroz blanco, cuatro aguacates maduros, un saco de naranjas de jugo, otro de toronjas y vegetales que le gustan, "dóctor": tomates y zapallos —dijo Manuelita a su patrón de Puntarenas cuando lo vio en la acera en dirección a su clínica, indicándole asimismo el presagio de ver su pago mensual de los pacientes sustituido en especie. Sobrevino entonces esa mañana, para sorpresa de los presentes, que Antonio, el dueño de los pollos y las gallinas, entró vociferando a la clínica del respetable médico. Se quejaba de haber sido víctima de un hurto. Espetaba que los pollos eran de la finca, una que tenía en las afueras de la ciudad, regentada por un capataz.

La ciudad tenía poquísimos especialistas. Por esos días, había necesariamente que formarse en el extranjero. La facultad panameña de medicina no se abriría sino pasada la década del charlestón, en la víspera de la Segunda Guerra Mundial. De modo que la medicina era un campo de galenos graduados en el extranjero, cuyo viaje en barco, a lo sumo en tren, les deparaba más de un lustro de estudios en latitudes diferentes a las del despreocupado y placentero trópico, hasta regresar título en mano. El médico de cabecera de las familias, así como de Manuelita, la cocinera y fiel sirvienta, era, en consecuencia, uno de esos señores a quienes todo el mundo llamaba "dóctor", tal cual, con acento al principio, como se dice en inglés.

Fueron los pacientes que esperaban ser atendidos quienes decidieron resolver el incidente a la manera del trópico. Por su parte, el cirujano, ajeno a la discusión que se había formado en la recepción de su consultorio quien, caballero, siempre atento a las penurias económicas de sus dolientes, había adquirido la costumbre de aceptar pagos en especie. Sin embargo, la época no estaba para dar trabajo por amor al arte y su casa empezaba a sufrir los efectos de tal hábito. Los pacientes de esa mañana, algunos con dinero contante y sonante y otros con alimentos y regalos, inventaron una tómbola: para pagarle a su médico –y soslayar el clímax de los pollos 'no se sabe quién los hurtó'—, pondrían en una bolsa todas las cosas que traían consigo y por el sistema de números en papelitos rifarían por suerte el dinero de la deuda de los pollos de Antonio. Lo propusieron, Antonio aceptó y la tómbola giró.

Desprevenido de los hechos y acontecimientos, el "dóctor" abrió la puerta de su consultorio y salió adelantándose un poco para llamar al próximo. Había tomado unos minutos de descanso para saborear su pollo sazonado a la criolla y en ese ínterin, Ovidio, que acostumbraba comer el mismo almuerzo que su patrón, entra desvaneciéndose, desmayándose, náuseas incipientes ya pasadas y con el rostro pálido:

—¡No coma, dóctor!, esos pollos traen veneno. ¡No son de las afueras! Son de la cuarentena.

Nació en la ciudad de Panamá, el 23 de diciembre de 1972. Ingeniero en Sistemas Computacionales, egresado de la Universidad Tecnológica de Panamá, y Técnico en Administración de Redes Computacionales. Ha publicado artículos políticos en el periódico La Prensa, y foros virtuales. Publicó cuentos en la revista cultura *Maga* # 64 de la Universidad Tecnológica de Panamá, y en las compilaciones del profesor David Róbinson: ***Para ser poeta se necesita*** y ***Del oficio al arte***. Ha participado en seminarios y talleres de creación de cuentos del INAC, dictado por David Róbinson, y de la Universidad Latina de Panamá, dictado por Enrique Jaramillo Levi. Participó en talleres formativos de novela dictados por los profesores Carlos Fong (organizado por casa cultural Huellas) y Ariel Barría Alvarado (organizado por 9 Signos Grupo Editorial). Obtuvo la Primera Mención Honorífica en el concurso de novela corta "Ramón H. Jurado" 2006, organizado por la Asociación de Escritores de Panamá, con el libro inédito ***Agua de vida.***

Ellos y sus fantasmas

Odiaba de una suerte visceral que Olga no le dejara la toalla colgando del gancho en el baño. Eso entre otro montón de aspectos, como por ejemplo, que interrumpiera el desahogo de sus necesidades, discutiéndole tonterías al otro lado de la puerta del retrete. Pero se amaban, o por lo menos eso creían, de una forma que sólo se descubre pasando los veinte años de concubinato y dieciocho de acaloradas pendencias. Un amor de subsistencia social, porque delante de todos constituían la pareja perfecta, aunque a lo interno del hogar sólo eran ellos y sus fantasmas.

Aquella noche Maribel estaba en la sala cuando Sandro salió desnudo del baño y fue directo al mueble, buscando la toalla que Olga no le había dejado colgando del gancho en el baño. Absolutamente de la nada, aquel enorme y pesadísimo portarretratos doble, de vidrio, que siempre consideró tan ridículo, se precipitó del primer nivel golpeándole fuertemente la cabeza. Era un obsequio que les hizo su suegra cuando Maribel le comentó lo que la gente decía de la casa donde estaban viviendo: "Atrae gente muerta". "Claro, ¿que casa de la época pre-republicana no los tiene?", pensó Sandro al respecto "Dos pisos, hermosos balcones, enorme, restaurada a un precio increíblemente barato. Lo menos malo que puede tener son fantasmas".

Cuando se dio por enterado, vio el portarretratos partido en dos partes pero las imágenes en el fondo, de Cristo y la Virgen del Sagrado Corazón, intactas. "Olga va a quererme muerto", pensó antes de regresar al baño. Nada lo reconfortaba más que una buena ducha tibia, y esa vez el agua salió más cálida que de costumbre. Sintió que la vida ya no le pesaba, estaba más relajado que nunca. Pero el agrado le duró poco, cuando regresó a la habitación los descubrió: Olga y ese tipo, de nuevo.

— Te digo, me dolió más que se rompiera el portarretratos.

— ¿Hace qué tiempo ya de eso? Todavía sigue abriendo la ducha y tirando las cosas al piso. ¿Será que no puede hacerlo de otra forma menos...?

— Samuel, recuerda que así fue como murió. El retrato le golpeó la sien.

— ¿Será que sigue disgustado porque no intentaste salvarlo?

— ¿Salvarlo yo? ... Pero si ni siquiera me dejaba entrar a la alcoba cuando estaba en el baño.

Nació en la ciudad de David, Chiriquí, el 28 de septiembre de 1946. Licenciado en Derecho y Ciencias Políticas por la Universidad de Panamá. Realizó estudios de Inglés en la Florida State University (Panamá). Egresado de la Escuela Nacional de Radio en 1967, ha ejercido la comunicación social desde 1970 en emisoras radiales y televisoras del país. Fue Secretario General encargado de la Alcaldía de Panamá; Director de Arrendamiento del Ministerio de Vivienda y Director de Contrataciones Públicas del Ministerio de Economía y Finanzas. Egresado del Diplomado en Creación Literaria 2010 de la Universidad Tecnológica de Panamá, ha publicado un cuento en la revista literaria "Maga".

Leche y vino de palma

Cuando los gallos cantaban por segunda ocasión en la madrugada, el viejo Pablo se percataba que había llegado la hora de levantarse y despertar a su pequeño Tomás, para llevarlo al corral a ordeñar; no tenía mayor consideración porque así lo había hecho su padre con él, esta rutina la realizaba los 365 días del año, con lluvia o sin ella. Según los ganaderos la vocación se aprende desde muy tierna edad, debía embarrarse del estiércol fresco de los animales, para tomarle cariño al sacrificado trabajo de vaquero; sin que lo notara su cuerpo poco a poco adquiría el penetrante olor de los vacunos. El niño se sentaba en las piernas de su padre, con temor le tocaba la ubre de la vaca, su papá agarraba con una mano la totuma y con la otra mantenía a su vaquerito pegado a su cuerpo, la criatura con pequeñas manitos agarraba las tetas de la vaca y las halaba para que el fino chorro lácteo se depositara en la vasija. Cuando el infante había logrado extraerle una pequeña cantidad, su progenitor suspendía el ordeño, para que ese primer apoyo lo tomara| su hijo, lo cual hacía con avidez hasta que se le formaba una ligera línea blanca sobre sus labios.

Así empezaba el entrañable vínculo entre el ordeñador y las vacas. Su padre aconsejaba al pequeño Tomás que tenía que aprender a querer y respetar a los animales que le daban su alimento, él miraba con respeto a su padre que le decía que las vacas no saben de días feriados y mucho menos de huelgas, por esa razón le explicaba: tenían que venir todos los días a ordeñar. El viejo Pablo no dejaba de enseñarle y hablarle a su hijo de que los ordeñadores tienen que hacer este ingrato y sacrificado trabajo con puntualidad y mucha entrega, porque si se falta a trabajar un día las ubres sufren de mastitis o los terneros se toman la leche causándoles diarreas, en tanto el aprendiz de vaquero repetía hasta el cansancio por qué esto y porqué lo otro.

Las hojas del calendario se fueron desprendiendo, el niño se hizo adulto y no conoció otro oficio. Los arbustos que rodeaban el corral también crecieron, ahora eran unos robustos y enormes árboles de espavé que le daban sombra. Con nostalgia y respeto el viejo Tomás miraba esos enormes troncos que durante su infancia eran tan frágiles como él, caminó hacia esos inmensos y fuertes gigantes y recordó que apenas le doblaban su tamaño, ahora para poderlos apreciar dirigía su mirada hacia el firmamento. El peso de los años lo obligó a sentarse en aquella enorme piedra en donde su padre en ocasiones lo dejaba para que cuidara los aperos de vaquería y del motete en donde guardaba la comida envuelta en hojas de bijao; allí en silencio comenzó a repasar todas aquellas vivencias de su niñez.

Meditó por unos instantes que toda su vida vivió sólo, sin familia, no conoció a su madre porque le contó su padre que ella murió en el parto; se sentía emparentado con sus animales, porque con ellos convivía todos los días, les hablaba, al igual que con la naturaleza y con Dios. Presentía que sus días estaban por terminar en la tierra, su mujer y un hijo murieron de una peste y ahora no tenía herederos, pero sus meditaciones se interrumpieron con el llamado que hacían las vacas a sus terneros que se mantenían al otro lado de la cerca. Entendió que debía seguir con su trabajo.

Con sus fuertes y rudas manos tomaba con mucho cuidado las tetas de la vaca, las lavaba con el agua de una totuma, le hablaba a la res para tranquilizarla, como si fuera el ternero se pegaba de una de las mamas, saciaba su fatiga; soltaba al ternero que estaba desesperado por llegar a la ubre de su madre. Lo dejaba unos minutos para que tomara también algo de alimento y la estimulara, lo separaba con la protesta del pequeño becerro que berreaba y procedía a lavar las tetas por segunda ocasión, con el agua que llevaba en un calabazo. Cumplido todo ese proceso, continuaba con su labor de ordeñar a las ocho vacas. Algunas personas decían que el viejo era extraño, porque siempre lo escuchaban hablándole a los animales, también se afirmaba que los animales se dejaban atender sin que él las amarrara, se mantenían tranquilas y la producción lechera era abundante.

Cuando los pesados garrafones estaban a su máxima capacidad con el producto lácteo, los subía a pesar de su avanzada edad al lomo de su noble caballo, tan viejo y acabado como él. Un indígena joven que también hacía ese trabajo, se acercó y le dijo.

—¿Cómo haces para cargar esos garrafones tan pesados y subirlos al caballo, si tú eres viejo?

—No pesan nada, no es fuerza sino maña.

El indígena siguió de cerca a Tomás y pudo percatarse de que tenía la costumbre de tomar la leche recentina de las vacas recién paridas, porque ésta era más nutritiva, se lo contó a su patrón y éste le dijo.

—Ese anciano sabe mucho, él se toma el calostro que debe ser para los terneros, pero tú no hagas eso.

El indígena Juan Montenegro no dejaba de observar detrás del follaje a cierta distancia al señor Tomás, miraba sus movimientos para saber cuál era su secreto, lo seguía cuando el anciano hacía varios viajes desde el corral hasta la orilla de la carretera, en donde colocaba los valiosos tanques con la preciosa carga para que el camión los recogiera con destino al pequeño poblado de El Chacarero en el Corregimiento de Pedregalito, en donde se encontraba la planta de procesamiento de la VITALAC en el Distrito de Boquerón.

Pero este pequeño poblado con el tiempo creció. En una oportunidad unas jóvenes adolescentes le pidieron que firmara una carta dirigida al Presidente; en donde le solicitaban que le cambiaran el nombre al pueblo, porque les daba mucha pena expresar que nacieron y residían en dicho lugar. El viejo Tomás guardó silencio y meditó por unos instantes, antes de darles una respuesta.

—Nunca he pisado la puerta de una escuela, no puedo firmar mi nombre.

—Pero puede colocar la huella de su dedo y llevar esta carta de casa en casa.

Durante varios días el señor Tomás se dedicó a recoger las firmas de los demás residentes que se encontraba en su camino, aprovechó un viaje de las altas autoridades del gobierno, se abrió paso entre la multitud y al observar al General que caminaba rodeado de civiles se acercó y alzó su voz ronca como si fuera un trueno.

—Señores gobernantes, en nombre de este pueblo tengo un papel que entregarles, queremos otro nombre para nuestro pueblo.

El General se detuvo y observó con una mirada escrutadora al decidido campesino que no dejaba de hablar de la historia del poblado y sus necesidades, mientras lo escuchaba sacó su cantimplora y se tomó un trago del famoso envase que siempre llevaba en su cinturón, limpio el sudor de su frente y le dijo.

—¿Cómo te llamas?

—Tomás Gallardo, señor. Por ese nombre feo, se han formado peleas y hasta muertes.

—Nadie está obligado a vivir en un pueblo cuyo nombre no le gusta. ¿Cómo quieres que se llame?

—Bueno quiero que se llame La Victoria, porque fue una victoria llegar hasta aquí.

El militar aspiraba el habano y las volutas de humo se perdían con la brisa mientras lo escuchaba, seguidamente le dijo:

—Ya nadie más se burlará del nombre de tu pueblo, daré las instrucciones para que se emita la ley.

El personaje se hizo muy conocido, a tal grado que los lugareños lo invitaban a comer y celebrar. Pero el señor Tomás solamente tomaba vino de palma, muy poco le gustaban las bebidas alcohólicas de los bares y cantinas, porque él decía que eran caras y no eran naturales; pero una tarde un conocido andaba con una pacha de ginebra y le dio a probar, le gustó y de allí en adelante esa bebida la incorporó a su costumbre, a partir de ese momento los muchachos lo llamaban Tomás Ginebra; se incomodaba y sacaba un machete de gran tamaño y amenazaba con bajarle la guinea al que se le ocurriera asociar su nombre y la bebida. Al acercarse la Navidad los muchachos lo esperaban y desde sus casas cantaban el tradicional villancico.

—¡Campana sobre campana, sobre campana una, asómate a la ven*tana, verás al niño en la cuna...!*

El señor Tomás dejó de tomar ese licor para evitar que se burlaran de él, pero empezó nuevamente a beber vino de palma. Todas las mañanas después de ordeñar, se dirigía a los potreros en donde cortaba una pajilla natural, destapaba las hojas de bijao que cubrían el tronco donde había perforado una cavidad cerca del cogollo, en ocasiones apartaba los gusanos que crecían en el líquido fermentado, que fluía en dicha perforación, empezaba a succionar el apreciado vino; entre sorbo y sorbo algunos gusanos quedaban en su boca, esos gusanos vivos que se acumulaban en su boca caminaban por la comisura de sus labios, y él aseguraba que era un alimento muy delicioso que le daba la naturaleza.

En una ocasión un joven maestro de la escuela le preguntó cuál era su edad, pero se mantenía a cierta distancia, porque despedía un fuerte olor a alambique; le respondió que no sabía.

—Usted debe andar por los cien años.

—Para qué me sirve saber mi edad.

El maestro le insistió que a su edad todavía podía aprender a leer, escribir y contar, que esa era su misión: enseñarle para que no lo engañaran. Pero el anciano no le daba importancia a los argumentos del educador y menos a reunirse con otros viejos para recibir clases.

—Mire joven, loro viejo no da la pata, no pierda su tiempo, enséñele a la juventud a respetar, muchas gracias por su intención.

El anciano se despidió y se dirigió a los potreros en busca de la preciada bebida, pasaron los días y nadie veía pasar al señor Tomás para el corral, los garrafones estaban vacíos, las vacas bramaban como anunciando que algo extraño ocurría. Los vecinos se acercaron a la vieja choza en donde vivía sin ninguna compañía, llamaron a la policía y al personero, derribaron la puerta de su humilde vivienda, encontraron el cuerpo de Tomás sin heridas ni golpes, tendido sobre una vieja cama de madera rústica que él había construido, sobre la cual tenía dos cueros de vaca; no tenía bienes de valor, pero algunas personas curiosas empezaron con los rumores a preguntar por la plata del pago de la leche. Otros aseguraron que también con su muerte se llevó el secreto en dónde guardaba su dinero en vasijas de barro cocido, la cual se calculaba en una fortuna en monedas, porque todos los billetes que llegaban a sus manos los cambiaba por plata blanca como él decía.

Como siempre el indígena Juan Montenegro se mantenía callado y a cierta distancia escuchando lo que todos conversaban.

Panameño nacido en Montevideo, Uruguay, el 31 de mayo de 1957. Graduado en Agronomía y Meteorología por la Universidad del Trabajo del Uruguay y la Escuela de Meteorología del Uruguay, respectivamente. Realizó estudios de posgrado en computación, edición y publicaciones, traducción, desarrollo humano, psicología evolutiva y no violencia. En 2007 cursó el Diplomado en Creación Literaria en la Universidad Tecnológica de Panamá. Fue profesor de Meteorología en la Universidad de Panamá y consultor de la OEA en temas climáticos. Trabajó como hidrólogo y meteorólogo en la Comisión del Canal de Panamá, y es escritor técnico y editor en la Autoridad del Canal de Panamá. Fundador y coordinador del Movimiento Humanista de Panamá. Ha publicado cuentos, poesía, ensayos, artículos de prensa, documentos técnicos e investigaciones científicas. Cuentos suyos aparecieron en el libro colectivo **Contar no es un juego** (2007), en la revista *Maga* y en periódicos nacionales. En 2009 le fue otorgado el accésit del Premio Nacional de Cuento «José María Sánchez», de la Universidad Tecnológica de Panamá, con su obra, todavía inédita, ***Entonces percibo el silencio.***

Persecución

El calor y la humedad de la media mañana comenzaban a presionar mi estómago y el malestar llegaba a la garganta. Caminé un par de cuadras más por la Vía España y me detuve frente a las vidrieras de Sol de la India. Elefantes negros con espejos minúsculos me observaban absortos y el olor a incienso entraba por las fosas nasales mezclándose con la gastritis. Quería vomitar, demudar mi estómago.

A una cuadra vi tus piernas entrando en la farmacia. Corrí hasta la acera y un bus detuvo mi carrera mientras escuchaba los gritos del pavo en mi cara: ¡Terminal! ¡Chorrillo! Dos, tres, cuatro segundos para pensar, pensar, pensar.

Te vi y sé que eran tus piernas torneadas, con esa falda estrecha que resalta tus muslos; eran únicas, me moría por ellas. Me llamó la atención y deseaba saber qué hacías a esas horas en la farmacia, porque debías estar en la oficina trabajando. Llamé por el celular a tu oficina y me dijeron que te sentías mal y habías ido a la farmacia, entonces sí eras tú, esas piernas que tantas noches enlazaban mi cuerpo ardiente. ¿Por qué no me llamaste para decirme que estabas enferma? Te hubiera llevado las medicinas necesarias y hasta el almuerzo. A veces no te entiendo, para eso me tienes, para acompañarte y estar contigo. Y yo, precisamente que salía de la financiera donde pagué una cuota más del anillo que perdiste, ¿te acuerdas del anillo, o se te olvidó como algunas otras cosas que se te olvidan repentinamente? Podía haber sacado el auto, conseguirte las medicinas y llevarlas a la oficina, incluso llevarte a casa si estabas enferma. De lejos vi cómo te miró el guardia de seguridad, ese lujurioso. Me dieron unos celos terribles.

Ahora sí, crucé la calle y me detuve en la mitad porque un taxi venía soplado y la fila de autos atrás era interminable. Ya sé, no debimos haber discutido esa mañana y no te llamé para disculparme, pero es que a veces te pones tan cerrada por cualquier cosa. Sí, ya sé, querías pintar el apartamento pero te dije que mejor esperáramos a la mudanza, sólo unos meses, pero insististe y no tuve más remedio que gritarte para que razonaras, no ves que la plata no alcanza, ahí fue cuando me insultaste y eso no está bien. Es cierto, me puse como loco, pero no te pegué, ¿estamos?, no te pegué, así que no andes con ese cuento del maltrato porque no es cierto. El otro día escuché a la vieja esa del tercero hablando con su marido, ese que te aguaita cada vez que vas a subir al carro, diciendo que te pego; a ese idiota le tengo rabia, tú ves. Bueno, se callaron cuando me vieron entrando al elevador; pero no es cierto, sabes que no es cierto, así que no digas esas vainas porque van a creerme un bruto.

Ah, tus piernas y la forma en que se mueven tus caderas me vuelven loco, por eso te digo, si veo a cualquier tipo mirándote... bueno, no sé qué haría. Pero fuiste a la farmacia y no me dijiste nada y sé que te enojaste por lo de la pintura, está bien, no voy a volver a lo mismo, no te preocupes, pero no le digas a la gente que te pego, ¿okey?

Lo que pasa es que no te acuerdas de aquella noche en la fiesta de Mayita, cuando te pasaste de tragos. Quedaste medio en fuego y bailaste como loca con el yeyesón ese. Tú te le insinuabas, no me vengas con vainas, te gustaba el tipo, ¿tú crees que no te veía?, y después dizque no, que fue por el trago, y el tipo te sobaba. ¿Ahora me vas a decir que no?, te estaba viendo y tú como si nada; te juro que me hervía la sangre y cuando llegué a hablar contigo te rayaste y me dejaste plantado. No hablamos por dos días y tenía este dolor de estómago que no me dejaba comer. Pensaba en ti. ¿Adónde habías ido? ¿Estarías con el yeyesón? ¿Por qué no me llamabas? Yo con unas náuseas terribles. Seguro que estabas con el otro, ah sí, empiezo a conocerte, pero no me vas a coger de congo, eso no, ¿te crees que soy pendejo? ¿Qué tiene ése que no tenga yo, ah? Claro, más plata, se ve. No conoces a esta clase de gente, no te dan nada gratis, son unos rabiblancos; ten cuidado, ellos andan sólo con su gente, te usan y después te tiran como ropa vieja.

Pero te perdoné y seguimos, te lo pedí de rodillas y bueno, ahora estamos juntos. Además, ¿quién te presta plata para las clases de modelaje, a ver? Siempre me pareció sospechoso el asunto ese, ahí, mostrándote casi en cueros o con esa ropa transparente. Pero bueno, dije yo, si le gusta y está contenta vaya a esa vaina, pero sospechoso, no sé, me da cosa, esas tipas mostrándolo todo.

Esta fila de carros no termina de pasar y el guardia de la farmacia debe haber entrado; seguro quiere ver tus piernas y algo más, porque estás con esa falda negra apretada que dibuja la estrechez de tu cintura y me vuelvo loco cuando llegas a casa así, quiero abrazarte y tú no, ahora no, ¿no ves que estoy hecha una etcétera y cansada? Y me aguanto, pero no sé hasta cuándo será, porque a veces te juro me dan ganas de tirarte contra el sofá y ahí mismo, ya sabes, y no me digas que no te gusta. Me pones así, entonces no quieres que te grite pues, si todo es un pero. Las clases de modelaje te dejan cansada, la pintura del apartamento, ah, y ahora quieres a tu hermana aquí. Tu hermana, ¿pero no tiene marido?; ah, se peleó y anda acabangada. Si ella viene no podemos hacer ruido y hay que dejar las puertas abiertas porque tiene miedo en la noche. Con las puertas abiertas, ¿entonces cómo vamos a hacer? Nada pues, nada, ¿cómo nada, estás loca?, ¡ay, tú con esas vainas! La verdad es que a veces no te entiendo. Y ahora fuiste a la farmacia y no me llamaste para decírmelo, porque ¡coño!, al menos merezco una llamada.

¿Ahora me vas a venir con los derechos de la mujer y todo eso? Ves, por eso pasan estas cosas. ¿Cuál comunicación, si no me llamas? Ahora vienes con esto de la comunicación y cuando yo quiero hablar, tú no porque estás al teléfono, dizque hablando con tu madre, o vas a salir a las ocho de la noche a una presentación en algún evento y todo eso me deja pensando. No sé... Cuando te fuiste aquella noche al Miss Panamá no te vi, y estuve atento a la tele. No te pongas así, no dudo, sólo te digo que no te vi, es todo, ¿okey?, estabas en la segunda fila y no había mucha luz, pero no te enojes, coño. Ves, esas son las vainas que yo digo, te enojas por cualquier cosa; después no quieres que te grite.

Me gusta verte con esas medias semitransparentes oscuras cuando caminas y cómo se mueve tu trasero; es que estás buena, mami. Por fin puedo llegar a la otra acera. La farmacia está a media cuadra y no veo al guardia, seguro te siguió para echarte un ojo; te juro, no sé qué haría si lo encuentro mirándote.

En aquella fiesta me enojé, es cierto y no era para menos. Sí, tenía un par de tragos adentro, pero coño, ¿cómo no iba a enojarme? De repente estás en medio de la sala charlando con tus compañeras, con esos pantalones negros pegados, y uno de los gerentes de tu oficina se pone detrás de mí y moviendo la cabeza hacia el grupo te señala, y dice que eres el mejor penco de hembra visto en mucho tiempo. ¿Qué vaina te pasa, coño, no ves que es mi mujer? Okey, es el gerente de mercadeo, pero no tengo por qué aguantarle esa falta de respeto. Sí, no debí pegarle, pero tú sabes, los tragos hicieron que me ofuscara y bueno, tú también le estabas coqueteando, así que no te hagas la mosquita muerta. Eh, no es mi culpa si te mandaron para recepción; cuidado con una vaina con ese gerente, bueno pues.

Tomaré un vaso de leche al mediodía porque ya no soporto este dolor en la base del estómago, y tú que me enloqueces con estas vainas. Corrí hasta la puerta de la farmacia y me topé con esa gorda del perrito; permiso señora, sonrisa de estúpida, gorda inmunda. Entro todo sudado y busco rápidamente al guardia, pero no lo veo. Me desespero y ahora estoy todo agitado, coño. ¿Dónde te metiste? Voy al recetario y le pregunto al licenciado si te ha visto o si compraste algo. Ah, sí, está por el área de los jabones, en el pasillo tres, y no compró nada aquí; mansas piernas ¿eh? Me provoca romperle la cara.

Siento el aire frío y la camisa empapada de sudor. Me apuro, pero no te encuentro allí. ¿Habrás salido por el otro lado? Camino hasta el final, donde están los libros, y me tropiezo con el guardia. Está solo, entonces quedo como desorientado. Miro en direcciones opuestas y escucho un leve jadeo que proviene del servicio. Voy hasta la puerta del baño y está entreabierta. Me acerco y la luz tenue del lavamanos ilumina unas delgadas manos blancas que, separando la falda negra, avanzan por tus piernas y acarician lentamente los bordes de la tanga, mientras tus ojos perdidos se cierran y abrazas fuertemente aquel cuerpo, reposando la cabeza en el pecho. Yo sabía que tú estabas en alguna vaina, ¡coño! No se te puede dar libertad porque me haces esto, y no salgas otra vez con la igualdad femenina; me estás jodiendo de nuevo y te atrapé.

Estoy dispuesto a lo peor, a terminar con ese ladrón; me abalanzo contra el cuerpo. Cuando le voy a poner las manos encima, tú abres los ojos y gritas; siento el golpe de una cartera que voltea mi cara y retrocedo. Mi cuerpo se derrumba. Una mujer alta, bonita y de cabello largo se cubre los pechos con la camisa, recoge la cartera y, dirigiéndose a ti con expresión sarcástica, te dice: «Chuchi, mami, esas fueron las mejores piernas que he acariciado en mi vida, lástima que este ahuevao interrumpió la fiesta; nos vemos en las cómicas y llámame cuando quieras, ¡tú sabes!».

Nacido el 18 de febrero de 1982 en la Ciudad de Panamá. Es licenciado en Economía Internacional por la Universidad de Georgetown, Washington, DC, EEUU, y tiene un Máster en Economía de la Escuela Austriaca por la Universidad Rey Juan Carlos, Madrid, España. Su tesis fue publicada en *Procesos de Mercado: Revista Europea de Economía Política*, bajo el título "Vínculos entre la Escuela Austriaca de Economía y el Método de Inversión en Valor" (Vol. IX, No. 1, Primavera 2012). Es autor frecuente de columnas de opinión en la sección de Economía y Negocios del diario *La Prensa*. Fundador y miembro de la junta directiva del Instituto de Estudios para una Sociedad Abierta (ISA Panamá) y es fundador y miembro de la junta directiva de la empresa 9 Signos Grupo Editorial. Cursó el Diplomado en Creación Literaria de la Universidad Tecnológica de Panamá en su versión 2006. Tiene dos cuentos publicados en el colectivo **Letras Cómplices** (UTP, 2007), "Johanes de Victoria" y "Rumbo a Siberia", este último también apareció publicado en la revista cultural "*Maga*" (No. 60-61, Año 2006-2007).

Espresso

Miré la tasa de café. En la tasilla blanca solo quedaban recuerdos del espresso que solo hacía unos minutos la llenaban. Adelante mío, en otra mesa, una mujer guapa, de espaldas, ojeaba una revista de moda mientras abría y cerraba su celular. Éramos los únicos clientes de esta cafetería buena, pero algo apartada del centro de la ciudad, y por lo tanto, escondida de un mayor flujo de personas.

Pero hoy había sido un día muy movido. Justo hace una hora, la mayoría de las mesas habían estado repletas de parejas o grupos almorzando, tomando café o comiendo un helado. Pero ahora solo quedábamos esa mujer y yo. De las bocinas emanaba *Chica de Ipanema*, en una versión en inglés y portuguesa, que parecía extenderse más de lo normal.

¿No me reconoces?, me sorprendió la mujer, que había girado su cuerpo para mirarme. En ese momento había estado contemplando distraídamente la tasa vacía, considerando la posibilidad de un segundo espresso. Uno no había sido suficiente para quitarme el sueño que cargaba.

La miré, perplejo. Había un aire, ahora que la observaba detenidamente, pero me fallaba la memoria.

—Bar Toutelanuit, hace dos mes quizás— sonrió. Había estado celebrando el cumpleaños de un amigo, pero en ese momento parecía un evento distante. "¿Ya te olvidaste de mí?", dijo con una mirada que me atravesó el corazón mientras se levantaba, confiada, y tomaba asiento frente a mí. Sentí un escalofrío y todo me vino a la cabeza como un atropello. Las copas de más, los bailes sensuales, la salida en taxi, la noche en un hotel, había sido un sueño.

—Claro, ¡Felicidad! Disculpa, no estaba en mis cinco sentidos. Mesero, un espresso más por favor— balbuceé— ¿quieres algo? Te invito—. Negó sin decir nada.

—¿Por qué no me llamaste?

—La verdad es que estuve fuera del país, en unos viajes de negocio— inventé apuradamente.

—¿Tan ocupado como hoy?—cortó fríamente—. Te he estado buscando, y por ahí me contaron que venías a menudo aquí.

—¿Te lo han contado?

—Sí, tiene algo de malo—dijo, divertida.

—No, para nada, al contrario, me alegra mucho verte— traté de sonreír.

—¡Qué bien! Porque justo te tenía que dar una noticia— no imaginaba qué podía ser.

—Soy todo oídos.

Iba a empezar a hablar, cuando el mesero trajo mi segundo espresso. Hubo un silencio penumbral, *Olha que coisa mais linda, mais cheia de graça...*

—Estoy en cinta —le quité la mirada, y la fijé en mi tasa de café que ya no estaba vacía. Ahora la espuma del espresso bien hecho se asemejaba a las burbujas de líquido hirviendo en la olla de un adivinador. El preservativo roto y el mañanero sin protección se cristalizaban en un marco blanco y redondo.

Nació en Colón, Panamá, el 22 de septiembre de 1951. Es docente de todos los niveles educativos y se ha desempeñado en las diferentes modalidades de enseñanza no presencial. Maestra, Instituto Normal Rubiano (1971), Profesora de español, por la Universidad de Panamá (1978), Maestría en Redacción y corrección de textos, por la UNACHI (2000). Egresada de la Escuela Nacional de Artes Plásticas (1976) y del Diplomado en Creación Literaria de la UTP (2004). Participó en el Curso de Escritura Creativa, Editorial Santillana (2006). En la actualidad participa del Programa de Doctorado en Humanidades y CS con énfasis en Literatura de la Universidad de Panamá. En 1976 logró un 2do puesto en el Concurso de poesía Pablo Neruda, por la Asociación de estudiantes de la Universidad de Panamá y en 2012, logra una Segunda Mención Honorífica en la segunda versión del e Premio "Diplomado en Creación Literaria" UTP, con su cuentario "Siluetas en la niebla". Ha publicado cuentos en la revista Maga (Núms. 45 y 70). Desde 2001, labora en la Asamblea Nacional como correctora de estilo.

Alimañas

Perdida la cuenta de las mudanzas, ésta era otra: una casa más. La "nueva" vivienda, aparentemente habitable, era de antigua construcción y no ofrecía comodidades. Algunos detalles que recordaba de la última casa que tuvimos, después de no menos de una docena en las que vivimos. Ésta tenía altas paredes que nunca se unieron al techo, sin cielorraso, desde donde se dejaban filtrar ráfagas de luz en la mañana, en la tarde y en la noche (de los focos encendidos en otros espacios iluminados). La última casa tenía, recuerdo, el piso pulido, rojo ladrillo y un medio inodoro -porque el baño y el lavamanos eran comunales- comunicado a la sala y, próximo a un carcomido fregador, independiente de la cocina. Esta "residencia", además, poseía un pequeño patio que se debía compartir con la única vecina: una flaca mujer, altísima, enjuta y encorvada, que sonreía a fuerza, con su boca en chuzo. En el patinillo, expuestos al sol, se encontraban unos tanques oxidados, colocados en dirección al filo del techo de zinc agujerado, los cuales se usaban como reserva de agua. Recuerdo que mi madre la usaba para limpiar el baño, el servicio y para trapear, pero a veces, cuando el agua "no venía", la usábamos para bañarnos, aunque quedábamos como enjabonados porque el agua se había vuelto limosa ligeramente y con su propio olor que también nos quedaba en la piel, perfumándonos con fragancia de sardina.

En esta nueva casita –como alguna vez la llamamos, empezando a quererla y con la esperanza de que fuera la última– la faena de la mudanza mostraba muebles regados por la sala-comedor, larga y angosta, cuyas puertas de madera estaban apolilladas. Se veían, desde allí, las recámaras, con ventanas de persianas que se aproximaban, casi, tocándose con su único panorama, a un muro de cemento en el cual los bloques sin repello mostraban bordes verrugosos y verduzcos. En esas uniones descansaban unos puntos elípticos color meloso que hacían camino desde la casa y despedían un penetrante olor rancio, a yodo vencido: era una temblorosa fila de chinches que salían de excursión a explorar los nuevos inquilinos. Ese hilo caminante, avanzaba lentamente, parecía que no llegaría a un punto fijo. Nos olvidábamos de ellos un tiempo, entretenidos en los quehaceres, pero el hilo avanzaba y no dábamos cuenta dónde se perdía, pero lo descubríamos después, alojados cómodamente en las ranuras de los colchones, atacándonos y engordándose con nuestra sangre.

Recuerdo que el día de esa mudanza fue agotador. Luego del trajín, intentando arreglar lo mejor que se podía, nos dispusimos a dormir. No pasó mucho tiempo, cuando empezamos, a gritos, a llamar: ¡Mamá! ¡Mami! ¡Ay! Y después de aquellos chillidos, irrumpimos en llanto. Estábamos muy asustados. Sacudíamos una y otra vez y gritábamos ¡Ay! ¡Allá! ¡Ay! ¡Otra vez! ¡Mátenlos! Eran las mejores manifestaciones para expresar nuestro temor por tan aterrador panorama.

— ¡Mamá!, ¿dónde estás? ¡Ven rápido!

—Aquí estoy --contestó mamá al tiempo que encendía la luz.

Impactada por el panorama, que ante su vista era una espantosa realidad, exclamó: ¡Santo cielo! –Eran veloces aeroplanos negros, vivientes. Aparecieron tantos que no se podían contar. El horrible espectáculo nos quitó el sueño a todos. Perseguidos por los voladores animales nos trasladamos a la sala. Entonces, encendimos todas las luces en un intento por ahuyentarlos.

No me olvido de aquella casa, de esa mudanza, que horas más tarde, procurando dormir, a toda luz, escuchamos un correr ligero de un lado a otro, de un rincón a otro: de una caja sin acomodar, a la cocina y luego, trepando lentamente, y después, más rápido, "algo desconocido" se paseaba por los travesaños del techo. Era, entonces, un rabón grande y gordo que iba al otro lado, adonde la vecina: aquélla que sonreía a fuerza, con su boca en chuzo. Le hacían compañía varias ratas despreciables.   E n esa ocasión, fueron los ratones hambrientos los que nos asustaron. Esta vez, el sueño sí que fue imposible y, al poco tiempo, amaneció el nuevo día. Asueñados y más cansados, continuamos con la ubicación de las "cosas". El arreglo de la cocina revuelta con trastos regados por todas partes, era lo que les ocupaba esa mañana.

—Coloca esas ollas en aquella tablilla —dijo mi madre.

—En la despensa, arregla la comida —insistió a Xiomara—, nuestra joven y bonita empleada doméstica que nos contaba historias del lugar donde vivía: Cerro de Plata. Nos ayudaba con las tareas y nos inventaba cuentos que escuchábamos muy entretenidos.

En cierto momento de los acomodos, parada sobre una silla, mi madre se dispuso a revisar otra sección de la despensa y la abrió. ¡Oh!, Y la cerró rápidamente dando un portazo. Se tambaleó en su altura, y el peligro de caer se acrecentó. Le sobrevino, entonces, una náusea que le hizo devolver el desayuno en el mueble de la cocina. Mi madre estaba frente a un hervidero chocolate y maloliente que mostraba un arrebato de cucarachas. ¡Qué desgracia!: murciélagos, ratas, chinches, cucarachas... ¡Horrenda la compañía que tendríamos en esa "nueva" casa! Vencida por el ajetreo de ese día, y por todas las "sorpresas" encontradas, al llegar la noche, a muy temprana hora, mi madre se quedó dormida y, aunque fue poco el tiempo que descansó, su sueño se convirtió —nos contó después— en una pesadilla porque fue un recordatorio de todas las casas en las que habíamos vivido.

Mis hermanos y yo nos quedamos curiosos por conocer sobre la pesadilla de nuestra madre, pero además, era tanta la curiosidad, que no dejábamos de pedirle a mamá que nos relatara su sueño, hasta que cierto día de mucha lluvia, temerosos de la tormenta que sobrevino al aguacero, estábamos en la recámara, y todos en una misma cama, buscando el calor y protección de nuestra madre, escuchamos el relato del sueño como un anhelado cuento. Entonces, mediante ese relato tuvimos una visión sobre las vicisitudes que pasó mamá, peregrinando de casa en casa.

De mi memoria sobre ese sueño que registró nuestra realidad de muchos años, pudimos saber que tuvimos una casa donde no nos podíamos bañar porque el baño era una cueva de ranas que más de una vez se nos posaron sobre el pecho, la cabeza o entre las piernas. En la inconsciencia de su sueño, mamá volvió a su memoria, aquella casa invadida por lagartijas trepadoras: las cracrás japonesas, por demás imprudentes, que no permitían seguir durmiendo más allá de la salida del sol, dada su insolente serenata, a prima hora de la mañana. Nos dijo que también soñó con aquella casa donde los mosquitos, prácticamente, nos trasformaron la piel después de atacarnos durante varias noches y donde, igualmente, encontraron una serpiente x enroscada en una Millonaria que adornaba la sala, y que venció "Chico", el jardinero, con el humo de su tabaco y, "para que no volvieran más", luego regó cangarú en las cuatro esquinas de la casa.

Durante el sueño, convertido en pesadilla, mamá recordó, casi, todo: nos dijo que ella había tratado con muchos arrendadores, que de ninguno tenía buenos recuerdos, y que también aparecieron en aquel sueño: mamá recordó a doña Querube, la gorda buhonera. Y nos dijo que en cierta ocasión que tuvimos la visita de Miguel y Negro, nuestros primos, la buhonera protestó por la presencia de ellos —gastarán mucha agua— contó mamá, que entonces, dijo. Ese atrevimiento fue motivo para que mamá, que era muy determinada, decidiera mudarse, casi de inmediato, porque en la tarde ya estábamos en otra casa.

También apareció, Malía Dhëv, la vendedora de tamales, la usurera, a quien le molestaba la bulla que hacían los niños durante el juego. Soñó con Carmina, la altiva vieja asmática, con aires de presumida y gran dama, que se había convertido en su paciente cada vez que tenía una crisis de asma, además de ser su invitada de honor en los almuerzos o cenas cotidianos y en las especiales de Navidad o Año Nuevo. La gran señora que no le perdonó, después de dos años de alquiler, que le debiera una mensualidad y se la cobró ante la autoridad, mediante una boleta en la corregiduría.

En su sueño, también apareció Hemhir Ma-Theo, el propietario ecuatoriano, quien huyendo de la casa que le daban en su trabajo — porque lo botaron y le exigieron irse, "ipso facto"—, se metió en la casa arrendada a mi madre sin que ella hubiese podido mudarse a otro lugar. Esa casa ubicada frente a un parque, era el centro de llegada de mucha gente que mi madre conocía y a la que recibía con agrado y resolviendo peticiones: deme agua, présteme el baño, déjeme quedarme un ratito aquí es su portalito hasta que "baje" el sol…

(Ahora, recuerdo yo, que en cierta ocasión, en esa casa, cerca de las seis de la tarde, hora de cenar en mi casa, llegó una visita. — Era ley en mi familia que si no se podía invitar o brindar, debíamos esperar a que el visitante se fuera y en esta ocasión fue igual. La comida estaba lista y nosotros a punto de consumirla pero no alcanzaba para la visita: ¡no podíamos invitar! Entonces, cumpliendo la ley, la cena se suspendió. En la cocina, los platos quedaron esperando a ser servidos y las pailas, ollas y sartenes, a ser desocupados: y se quedaron destapados. Dos horas después cuando se fue la visita y ya podíamos cenar, regresó mi madre a la cocina. ¡Cuál no fue su sorpresa! La sartén era un hervidero de enormes cucarachas que goloseaban el suflé de huevo que mi madre había preparado. Su disgusto, su impotencia fue tal que tiró por el mango de la sartén, que soltó inmediatamente porque el cucarachero, le empezó a subir por el brazo, buscando una vía para huir. En tan desagradable invasión, mi madre estrelló la vasija y adiós suflé, y adiós mango de sartén y adiós cena.)

Esta vez, volviendo a la narración del sueño, mamá nos contó que en su pesadilla, también desfiló Yingo, el viejo avaro, el "famoso comerciante del mercado", quien obligándonos a desocupar la casa, se quedó con la mitad del pago del depósito, porque "tenía que volver a pintar las paredes". En el delirante sueño de mi madre, no se le quedó ninguna alimaña. Al terminar la narración de su sueño, mi madre estaba muy sobresaltada, se sentía impaciente y muy triste y entró en un estado depresivo y de ansiedad que la acompañó por mucho tiempo.

Procurando huir de las invasoras alimañas y de los detractores arrendadores, en cierta ocasión mis hermanos, mamá y yo, dispusimos visitar, durante un fin de semana a la amiga Sara, que vivía en El Roble, —pero la suerte de mi madre y de mis hermanos, con los animales, "estaba echada"—. Durante la visita, Sara procuró ser una buena anfitriona y nos invitó a recorrer el pueblo. Así, dispusimos dar un paseo por el pintoresco lugar. Camino a la iglesia, nos llamó la atención una roseta gigante que estaba en el centro de la calle. Curiosos, quisimos acercarnos, y cuál no fue la sorpresa: ¡el "rosetón" se irguió! Y, luego, en un extraño caminar de lado, el gigantesco ofidio se perdió en el herbazal y, ¡hasta ahí fue nuestro paseo!

Luego del susto, dispusimos regresar y sintiéndonos más seguros en casa de Sara, nos distrajimos jugando a las escondidas con los hijos de Sara, mientras mamá conversaba con su amiga. ¡De pronto!, Un ¡ay! del alma, desgarrador, las dejó atónitas. ¿Qué sucede? ¿Qué pasa?, se preguntaban, preocupadas. Un alacrán había picado a mi hermanita. Entonces, Sara, para auxiliarla, rápidamente trajo una botella de alcohol con alacranes muertos y le frotó el pie. –Le aliviará el dolor enseguida: —dijo Sara. ¡Qué horror! ¡No puede ser! A todos lados nos persiguen... —meditó sobrecogida, mi madre.

Finalizado el paseo, el domingo por la tarde regresamos a la casa alquilada: donde las noches siguieron iguales con los murciélagos y los días con las ratas, las chinches en su excursionismo del muro a la casa, y las cucarachas en su pugilato en las estanterías de la cocina... junto con la implacable propietaria quien, "ahora", no le aceptaba a mi madre la cancelación del alquiler con "los pagarés" de la Dictadura. Ese deprimente ambiente de animalejos y persecución de otro arrendador más, tan despiadado como los anteriores, constituyó motivo para otra mudanza, lo cual fue resuelto en otro escenario, con las mismas penalidades, y hubo otra, y otra mudanza, hasta perder la cuenta de cuántas fueron...

Siempre he tenido presente cómo mi madre soportó, pacientemente, su vida gitana, pero cada experiencia —me daba cuenta— se convertía en un reto más fuerte para ella en su deseo de que algún día el panorama fuera otro: —Espero que en la próxima casa podamos tener mejores condiciones— era su pensamiento permanente. Ésta era una frase resignada a su peregrinar, que siempre se repetía pero, igualmente, era su voz de aliento, porque tenía la seguridad de que algún día tendríamos nuestra casa: era su gran anhelo. Sin embargo, la pregunta sin respuesta de cada día continuaba siendo ¿cuándo podremos vivir en una casa mejor?, particularmente, cuando aparecían las "sorpresas". Esa era la impotencia de mi madre por no haber podido ofrecernos un ambiente seguro, higiénico, confortable... Esta reflexión la seguía asaltando con frecuencia, pero ella la hizo motivo de lucha inquebrantable, aunque, a veces, parecía que ya no podía más. El tiempo siguió su curso, y como "éste es el mejor remedio", en época próspera, cuando nos hicimos mayorcitos, el anhelo de mi madre fue una realidad.

Mis recuerdos de familia se hacen presentes recordando que lejos de nosotros siempre estuvo nuestro padre, y aunque llegaba a casa en ocasiones –y entonces todos éramos muy felices—, siempre se iba. En su trabajo, nos contó mamá, que cierto día, el jefe le entregó un boleto de una rifa benéfica. El boleto, para las posibilidades de mi padre, era muy caro, y le entregaron dos boletos, aunque renegó por esta obligación, mamá le dijo: —Tómalos, de alguna manera ya los podrás pagar—. Aquella rifa obligada fue pospuesta en dos ocasiones y cuando jugó, el premio no fue ganado, y se acumuló. Transcurrieron tres meses y volvió a jugar, según el reglamento de la actividad. Para suerte, salieron los números del boleto de mi padre, que entonces llamó a mi madre para darle la noticia, pero mamá no se alegró. Papá se había ganado el premio anterior, y el de la fecha en que salió su boleto: el premio era un carro, así que se ganó dos. Papá vendió el primer carro… y con ese dinero, nos regaló una casa nueva. Nos mudamos, de inmediato, ¡por última vez! En esta ocasión, a nuestra su casa nueva, propia, digna y sin alimañas, pero papá, que estaba gravemente enfermo, no pudo conocerla: antes de mudarnos, falleció. Mamá, entonces, despertó de su segundo, y más caro sueño.

Nace en la ciudad de Panamá el 1 de noviembre de 1975. Desde sus primeros años muestra gran amor a la lectura, iniciándose con los clásicos de la literatura y posteriormente con los autores contemporáneos. Es esta base la que la impulsará en su vida adulta a experimentar con la escritura, participando en el Diplomado de Creación Literaria 2010, de la Universidad Tecnológica de Panamá, donde aprende las herramientas básicas que la llevarán a escribir su primer cuento "¿Te acuerdas?", publicado en la revista "Maga" en 2010. Se graduó de Médico en 2000 y se especializó en Psiquiatría en 2006. Actualmente incursiona en el mundo de la investigación, cursando estudios de Doctorado en Epidemiología Psiquiátrica en Erasmus Medical Center en Rotterdam, Holanda, país donde actualmente reside.

El cuervo

El cuervo le mira a través de los barrotes. Desde hace un par de semanas la rutina es siempre la misma: se acerca al alfeizar, se acomoda entre las barras y le observa durante horas. A él le cuesta entender qué puede encontrarle de fascinante el cuervo porque todos sus días son iguales de aburridos. Se levanta temprano, arregla las sábanas sobre el catre, echa una meada en el retrete y se sienta en la endeble silla a esperar el desayuno, generalmente compuesto por avena y una micha de pan, aunque en ocasiones especiales puede haber huevo. Lo devora y dedica el resto de la mañana a hacer pechadas y abdominales en el reducido espacio de su celda. Si se siente conversón le pega un grito a su vecino e intercambian un par de vulgaridades intercaladas con maldiciones. El tiempo transcurre lentamente hasta el almuerzo. Arroz con sopa de misterio, ya que nunca se sabe con qué se va a encontrar uno. Luego, un par de horas en el patio. Le permiten dar algunas vueltas con grilletes y siempre vigilado. ¿Qué puede decir? Es un reo de cuidado: sociópata, dictaminó el forense. Un placer insano le recorre el cuerpo al recordar sus travesuras. No comprende que otros no vean el lado cómico de sus actos y que le enjuicien por eso. ¿Qué, si violó a la pelaita de al lado de su casa? La chiquilla lo pedía a gritos cada vez que lo veía y le meneaba el culo en la cara. Disfrutó enormemente sus gritos y la pelea que dio: golpes, mordidas, gruñidos y sangre. ¿Qué más podía pedir un hombre? ¿Y el caso de Agapito? , el tonto del pueblo. El muy idiota le creyó cuando le dijo que en el lecho del río había oro y se tiró de cabeza en su búsqueda. Nunca salió. Se estrelló contra las rocas del fondo y durante unos sublimes minutos las aguas se tiñeron de rojo como en las profecías bíblicas.

Siempre fue un pequeño diablillo. De niño disfrutaba capar a los perros, oír los chillidos de los conejos, comprobar que los gatos sólo tenían una vida, y matar pajaritos. De adulto y con impulsos sexuales, gustaba del sexo rudo. Había violado hombres y mujeres, púberes y ancianos. Sus miradas de terror y sus inútiles esfuerzos de lucha le excitaban. Más tarde, empezó a matar. La sensación de hundir un cuchillo y ser dueño del último aliento de su víctima era gloriosa. Le elevaba al nivel de Dios, amo de la vida y de la muerte. Vivió plenamente hasta que le agarraron y sentenciaron a veinte años de prisión. Hasta el momento había cumplido cinco.

Los días se le deslizan lentos, embutidos en la rutina. Cena: más arroz con jamonilla Tulip y a dormir. A las nueve se apagan las luces y sólo se escuchan los rezos de los reos convertidos a cualquier secta que les haya hecho propaganda.

Al día siguiente, el cuervo vuelve a estar allí. Hoy se siente más confiado. Traspasa los barrotes, acercándose un poco más. Él le deja estar. Ata bien profundo su instinto de apedrearlo y se sienta a esperar el almuerzo. La mirada del pájaro le quema la espalda haciéndole revolverse incómodo. Da un vistazo curioso y lo ve en el mismo lugar. Su rutina se desarrolla igual.

Los días pasan y el animal se confía más. Ahora se para en el respaldar de la silla y él se sienta en el catre, como si el pájaro fuera un invitado. Incluso ha adaptado un cartón de un cuarto de leche para tenerle agua fresca. Las mañanas se le vuelven más amenas y las horas más rápidas. Conversa con el cuervo y le cuenta sus cosas. Al principio le habla de sus fechorías. Se ríen juntos, o al menos así le parece a él. Después se siente confiado y desahoga su frustración por sentirse incomprendido y creé percibir compasión. Su vecino de celda le grita loco desde el otro lado, aparentemente extrañando sus enriquecedoras pláticas, pero él no le presta atención.

Pasan los meses y el cuervo y él se hacen inseparables, llegando incluso a acompañarlo durante las noches. En ocasiones se ausenta algunas horas. Y es entonces cuando el reo llora y siente miedo de que el cuervo le abandone. Últimamente han tenido conversaciones más serias. Le ha confiado su deseo de escapar y le ha dicho que envidia sus alas. Volar se le ha convertido en una obsesión. Le pregunta ¿qué se siente?, si es necesario el viento para despegar, ¿qué tan alto puede llegar?, si el aire arriba es más frío, ¿cuánta velocidad puede alcanzar?, si conoce muchos lugares, si se aprovecha de su tamaño y castiga a las aves más débiles. Le dice que si él fuera un cuervo volarían juntos a través de los barrotes y serían compañeros de pillerías. Le expresa su aprecio, considerándolo su único amigo.

El reo decide escapar. Le toma meses elaborar un plan y otros más ejecutarlo. En sus tardes de patio colecciona objetos que le sirven durante las noches para escavar un hueco. Junto a su amigo el cuervo traza el mapa y escoge una noche de tormenta para fugarse. Se desliza por el túnel con el cuervo guiándole. Sus negras alas son casi imperceptibles en la oscuridad. Camina tropezando hasta alcanzar la salida y se escurre a la libertad.

— ¡Alto allí!

Las luces de los guardias le enceguecen. Se encuentra rodeado de armas. Deja escapar un jadeo asustado y recula. El cuervo en cambio sigue volando. Lo ve posarse en una rama, esperándolo y es todo el ánimo que necesita. Se lanza de lleno contra uno de ellos, desarmándolo, apunta a matar al otro y sale corriendo. El cuervo grazna, orientándole la senda. A lo lejos se escuchan las sirenas y los gritos de alarma. Sigue corriendo, los disparos cada vez más cerca. El impacto en la espalda le impulsa hacia el frente y cae rodando por un matorral.

—Esto es todo, cuervo. No puedo más.

El pájaro revolotea sobre él, mirándolo. Picotea su hombro, arrancándole carne y se aleja.

—No, no te vayas. No me dejes. Quédate conmigo, no quiero morir sólo.

Se aproxima otra vez. Se sube a su pecho y le vuelve a picotear. Sigue un ritmo, sin descanso, desgarrándole la ropa, marcándole la piel, sacándole sangre. Le insta a girarse y continúa en su espalda. Termina y se posa en la rama a esperar. Los guardias se escuchan lejos. Han perdido el rastro.

El reo agoniza. Ha pasado un día y nuevamente es de noche. Los picotazos le han dejado de sangrar. De cada uno de ellos surge una pluma negra como el petróleo, haciéndole retorcerse de dolor. El plumaje se organiza, cubriéndole el cuerpo y las alas se extienden, elevándole. El reo puede volar.

En el noticiero en vivo:

—*Estamos aquí en lo que es La Joya, para informarles que un muy peligroso delincuente se ha evadido de esta cárcel, en lo que es uno de los escapes más sangrientos de la historia panameña. El sujeto es conocido como El Descuartizador, y se cree que ha sido herido de gravedad, aunque las autoridades no han podido dar con su paradero. Hemos sido informados que hoy se llevará a cabo un allanamiento sorpresa en todas las viviendas del área y se aprovechará para buscar otros prófugos de la justicia. Esperemos que este operativo rinda sus frutos. Los moradores, humildes ciudadanos, se mantienen temerosos por su seguridad, dicen que hay niños en el lugar y que pueden salir perjudicados, por lo que solicitan al señor Presidente que les solucione este problema. Si le llega a ver o a saber algo, llamar a los teléfonos que aparecen en pantalla. En otras noticias, Piqué le ha metido un gol a Shakira...¡Hey, dejen! ¡Quítenmelos de encima! ¡Ayuda! ¡Socorroooo!—*

En sus casas, los televidentes observan con espanto a dos cuervos picoteando con saña al reportero. Se abalanzan sobre él sacándole los ojos y graznando divertidos, se alejan con camaradería.

ANA MERCEDES SALAZAR

Nació en la ciudad de Panamá en 1977. Licenciada en Administración de Mercadeo y Publicidad. Postgrado en Alta Gerencia. Estudios en Contabilidad e Inglés. Miembro del Círculo de Lectura Guillermo Andreve y colaboradora del programa radial *Tertulia Literaria*. Talleres literarios: Taller de Orientación para futuros escritores de la Fundación "Ojitos de Ángel". Egresada del Diplomado de Creación Literaria, 2009, de la Universidad Tecnológica de Panamá.

Generoso

En San Judas de los Perdidos seguramente se inspiró el que muy sabiamente dijo "Pueblo chico, infierno grande". En este pueblo, tan lejos de toda armonía entre sus habitantes, la paz y la tranquilidad era un recuerdo remoto. Los habitantes preferían evitarse. Mientras más lejos las casas mejor, los hombres siempre estaban armados y hasta las mujeres huían del chismorreo para evitar broncas que por consiguiente traería un muerto nuevo. A los niños solamente se les permitía jugar entre sus hermanitos, que era lo más lógico porque rondaban diez pelaitos por familia. En los pocos comercios todo se tenía que pagar de contado, para hacer alguna diligencia pública había que irse al pueblo más cercano, el cual quedaba lejos, lejos, lejísimo.

La amistad era un concepto prácticamente inexistente. La ley del talión y los pases de factura eran una constante. La única forma de confiar en alguien era que fuera familia cercana y hasta entre ellos mismos tenían grandes disputas. No era raro encontrar en el río, cerca del pueblo, algún cuerpo flotando, así se saldaban las cuentas en este remoto pueblo. Era muy importante saber a qué atenerse y saber muy bien en dónde depositar la confianza. Lo que podría llamarse ermitaño en otro pueblo era la vida de los hombres que se quedaban solos. Sin esposa, hijos, familia, no había forma posible de relacionarse sinceramente con alguien.

Generoso había llegado al pueblo hacía muchísimos años, cuando todavía existía gente buena. Al hombre que una vez llegó buscando una parcelita de tierra para asentarse con su esposa e hijos, ya no le quedaba familia. Le hacía honor a su nombre y esto le daba un aura diferente en comparación con las demás gentes del lugar. En los tiempos en que parece el diablo anda a sus anchas la bondad es tildada de locura.

Un día Generoso daba su paseo matutino cerca de su pequeña parcelita de tierra y encontró tirada, mal herida, una perra al borde del camino. Qué dolor para el hombre ver este animal tan noble molido a palos. Al poco rato se pudo percatar de que la perra estaba preñada. Sin más, la alzó y llevó a su chocita. La Mañanera, así la nombró, sólo pudo vivir lo suficiente para parir sus cachorritos: uno a uno fueron saliendo todos muertos, tremenda sorpresa se llevó Generoso cuando el último de la camada estaba vivo. Maltrecho, chiquito pero vivo. Saltos de alegría pegaba el viejo. Desde hacía mucho tiempo no tenía la compañía de ningún ser en su vivienda, nadie con quien hablar y compartir. Y la verdad no estaba de más tener un guardián y más ahora como estaban las cosas de peligrosas en el pueblo.

Los míseros reales que podía conseguir Generoso por la venta de lo que producía su parcelita los invertía en comprar alimento para su nuevo compañero. No le había puesto nombre todavía porque quería llamarlo de manera muy especial. De repente se acordó de una historia viejísima que por allí le habían contado y le puso por nombre Tristán.

El perro prescindía de estirpe pero tenía porte, agilidad e inteligencia. En compañeros inseparables se convirtieron Generoso y Tristán. Cualidades casi humanas tenía el animal: escuchaba con atención cada palabra de su dueño, también era muy obediente y había copiado todas las costumbres del viejo. Sentimientos tan profundos nos los había sentido Generoso desde que tenía a su familia viva. La perfecta armonía entre estos dos seres y la felicidad que reflejaban representaba motivo de envidia de los que por casualidad los habían visto juntos paseando por el campo. Más de uno quiso ver muertos al perro, al anciano o a los dos.

Generoso era muy cuidadoso con dejar tapadas todas las posibles salidas por donde Tristán podría escaparse. Y cuando salían a pasear siempre lo llevaba amarrado. El precavido vale por dos, se decía el octogenario, con tanto maluco andando por allí podía pasar cualquier cosa.

Un domingo que el pobre viejo se quedó dormido más de la cuenta, oyó en la distancia un disparo. Sus ojos se abrieron rápidamente y con expresión de horror estallaron en lágrimas. Un sudor frío le comenzó a recorrer desde la cabeza hasta cada una de sus extremidades. Con el susto reflejado en la cara buscó la presencia de su amigo, y no estaba. Notó que por un descuido había dejado un viejo hueco en la pared de la choza destapado y por allí seguramente se habría escabullido Tristán. Escuchó un segundo disparo. Su corazón comenzó a latir frenético, sus pies lo llevaron rápidamente al lugar de donde venían las detonaciones. No muy lejos de la choza yacía Tristán muerto.

Lo enterró debajo del árbol en donde solían descansar después de las largas caminatas que realizaban todas las tardes, cuántas veces el viejo vio el sol ocultarse en compañía de su fiel amigo. Preso de una profunda tristeza al poco tiempo murió Generoso.

En pocos días la gente borró de su memoria el recuerdo del anciano. Sin embargo, las apariciones de un viejito con un fiel can están vigentes en la mente de todos en el pueblo. Por eso evitan pasar cerca de lo que un día fueron los prados en donde ambos alegremente paseaban. Si la constante es evitar a los demás vecinos, es también saludable para la paz de la gente de San Juan de los Perdidos poner a distancia cualquier fenómeno extraño que los pueda sacar de su peculiar rutina.

DORIS EDITH SÁNCHEZ DE POLANCO

Nació en el distrito de Guararé, provincia de Los Santos, el 18 de mayo de 1960. Licenciada en Humanidades con especialización en Español, por la Universidad de Panamá. Actualmente es Profesora de Español en el colegio Fe y Alegría. Egresada del Diplomado en Creación Literaria 2009, de la Universidad Tecnológica de Panamá. Ha participado en dos talleres de novela con el escritor Ariel Barría Alvarado, un taller avanzado de cuento con el escritor Enrique Jaramillo Levi y un Seminario-taller de Elementos básicos del cuento infantil contemporáneo con los escritores Ariel Barría Alvarado y Gloria Melania Rodríguez. Forma parte, como cuentista, del libro colectivo **Sieteporocho** (9 Signos Grupo Editorial, 2011).

La niña perfecta

Fulvia estaba complacida con la niñera que consiguió en la agencia de empleos, porque a parte de cuidar con dedicación casi excesiva al recién nacido, su pulcritud y eficiencia hacían parecer un espejo cada rinconcito de la casa, de modo que su niño estaría libre de alergias causadas por el polvo. Además, era muy ágil, no paraba nunca, ni se quejaba de nada, parecía una máquina. Contrario a la anterior, a quien despidió por haragana y coqueta; aunque, de los trabajos anteriores la recomendaron como la más honesta y responsable de las empleadas. Sin embargo, no pasaron desapercibidas para ella las miradas coquetas que le lanzaba a su marido. Mucho menos los constantes viajecitos de Eladio a la nevera a tomar agua, en la noche cuando ella estaba lavando los biberones, porque dejaba todo para última hora. Por eso esta vez no quiso saber de referencias. Se conformó con preguntar la fecha de nacimiento. Con eso sería suficiente para hacerle su carta astral y saber más información de ella que la que obtendría de sus antiguos empleadores.

Consultó con una compañera de trabajo que la asesoró al respecto. Fue muy fácil, sólo tuvo que buscar en Internet la Carta Astral de Los Arcanos y llenar las casillas con los datos de María Teresa Rivera, nacida el 6 de mayo de 1985. El documento era muy extenso, por lo que Fulvia se conformó con leer sólo lo que le interesaba, ya tendría tiempo de ver con mayor detenimiento todos los detalles. El mapa natal astrológico de la muchacha regida bajo del Signo Tauro mostraba el Sol en la octava casa develando una personalidad interesante, reservada, pero con un fuerte deseo de reconocimiento, y muy creativa en buscar las maneras de lograrlo. Además, los astros le revelaron su gran espíritu organizador y una extraordinaria aspiración de trabajo dado que la Luna en Sagitario con el Ascendente en Virgo indicaba su prolija y exagerada meticulosidad. Esa personalidad, mezcla rara de frialdad, planificación y exactitud tenía encantada a Fulvia.

El lunes temprano, Eladio y su mujer se fueron a sus respectivos trabajos confiando en que el pequeño quedaba en excelentes manos. Fulvia, que regresaba después del periodo de licencia por maternidad, conectó el computador, colocó su bolso en la gaveta izquierda del escritorio y comenzó a transferir las órdenes pendientes de su antecesora. Pasó gran parte de la mañana conociendo sobre los nuevos programas y procesos que habían cambiado durante su ausencia. Una vez que se puso al día tomó un descanso para llamar a casa y saber cómo estaba su bebé al que extrañaba tan sólo con unas horas de haberlo dejado. Para su sorpresa nadie respondía las llamadas, al principio pensó que la muchacha podía estar ocupada atendiendo al pequeño o tal vez en el baño, pero cuando ya tenía casi una hora de estar llamando comenzó a preocuparse.

Adelantó la hora de almuerzo, llamó a Eladio para avisarle, pero él tampoco respondió. Tomó por el Corredor Sur en dirección a Costa del Este donde estaba su residencia. El tramo marítimo la ayudó a desvanecer un poco los gruesos nubarrones de preocupación que se acumulaban en su mente, pues, por más que se empecinaba en llamar desde el celular mientras conducía, no obtuvo respuesta alguna ni de su marido ni de la empleada modelo. Para apartar de su cerebro las imágenes del pequeñín sofocado en su llanto y de los dos, burlándose de ella, encendió la radio del automóvil y se distrajo cambiando de una emisora a otra hasta encontrar la estación de los micro-noticieros.

Cuando finalmente entró a la casa y se dirigió a la cocina, donde, a través de la puerta de vidrio se dibujaba difusa la imagen de la muchacha, de pie frente al mostrador colocado al lado de la estufa, su desazón y nerviosismo fueron apenas un atisbo de lo que sentiría al presenciar la escena que se mostró ante sus ojos al abrir aquella puerta.

Antes de llegar a la casa escuchó la noticia: "Sigue aún sin capturar una mujer de tez clara, delgada, alta, de ojos color miel, quien escapó hace una semana del centro hospitalario para enfermos mentales en el que fue recluida debido a que representaba un peligro para sus familiares..."

La descripción correspondía en su totalidad con la de la niñera contratada por Fulvia una semana atrás, quien ahora estaba frente al mostrador preparando el almuerzo, con la bandeja de hornear el pavo y todos los condimentos que había utilizado para aderezarlo, colocados a un lado de la bandeja en meticuloso orden, uno tras otro. Con el único inconveniente que el pavo había sido reemplazado por el bebé y la niñera perfecta se disponía a introducirlo al horno, previamente calentado a 350°, como indicaba la receta que tenía en frente.

Nace en David, Chiriquí el 17 de julio de 1976. Licenciada en Publicidad por la Universidad de Panamá. Licenciada en Fotografía por la Universidad del Arte Ganexa. Tiene un Posgrado en Dirección Cinematográfica por la Universidad San Pablo CEU. Madrid, España. Egresada del Diplomado en Creación Literaria de la Universidad Tecnológica en 2010. Es actriz, productora, directora de teatro y de cortometrajes. Ganó una Mención de Honor en el certamen de cuento corto de Editorial Nuevo Ser, Buenos Aires, Argentina. Publicó uno de sus cuentos en la revista "Maga".

La fotografía de Juancito

Aquel día parecía uno más para Juancito, estaba dando de comer a las gallinas, como cada mañana. Lanzaba con mucha energía cada puñado de maíz, las gallinas reaccionaban asustadas, pero rápidamente se recuperaban e iniciaban un frenético picoteo, que él observaba con mucho cuidado, tratando de entender la naturaleza de este animal, que como otros de la finca y del monte le causaban mucha curiosidad. Así, aprendía de primera mano en esta maravillosa escuela, observando y pensando. Lazaba otro puñado de maíz con fuerza y se repetía de nuevo aquel ritual mañanero. Estaba observando el comportamiento de las gallinas con suma atención como siempre, cuando desde la cocina de su pequeña casa de madera escuchó la voz de su madre que gritó:

—Juancito alístese, que lo vamos a dejar con su tía Selsa.

Se le había olvidado que sus padres saldrían a la ciudad ese día, debían comprar algunas cosas que no vendían en la tienda del pueblo.

Lo dejarían como siempre con su tía Selsa. Ella vivía frente a su casa, a unos 500 metros. Era la casa más cercana. Ambas rodeadas por una hermosa finca de tierras fértiles y abundante agua.

Juantcito tenía cinco años y todavía no va a la escuela, es un niño grande y fuerte, que aparenta unos ocho años.

Le lanzó a las gallinas de un solo golpe todo el maíz que quedaba en su totuma y salió corriendo hacia la casa.

Entró por la cocina, mientras que su padre ya estaba parado en la puerta de enfrente apurándolos a él y a su madre. Juancito sólo alcanzó a cambiarse la sucia camisa de trabajo por una recién planchada y se dejó los pantalones cortos que eran los únicos que le permitían utilizar a un hombre de su edad.

Como era costumbre, se fue sin zapatos, pues sólo se usaban para acontecimientos importantes.

Siguió despacio a sus padres, como si lo arrastraran. Miraba el suelo. Así, sin levantar la mirada, sólo siguiendo el camino marcado por la costumbre, llegó a casa de tía Selsa.

—Selsa -gritó Aminta.

—Mande, comadre - contestó una voz desde lejos.

—Aquí le dejamos a Juancito, que nos vamos pa´ David.

—Déjelo, comadre, no se preocupe -gritó la voz desde lejos nuevamente.

—Vaya pa´ adentro. Pórtese bien y no se *atuelle* -dijo la madre.

—Vámonos, Aminta -dijo Pedro, un poco desesperado, no entendía por qué a su mujer le tomaba tanto tiempo salir de casa.

Aquel día parecía uno más. Nada especial. Lo mejor del día sería la comida de tía Selsa, porque no sabía igual a la de su madre; además, ayudaría en los quehaceres de la casa y al terminar jugaría con sus primos, pero eso lo hacía todos los días. Al anochecer volverían sus padres y le contarían a su tía las nuevas de la ciudad. Él se quedaría muy callado escuchando cada detalle y armando en su cabeza sus propias imágenes a partir de aquellos relatos. Si llegara a sobrar dinero, comprarían algo nuevo para él, pero ya había aprendido a no hacerse ilusiones, pues la mayor parte del tiempo el dinero estaba contado para las compras.

El pequeño Juan estaba ayudando a su primo Anel a recoger leña para la tía Selsa, que desde temprano preparaba el fogón para los frijoles, cuando se detuvo. Había un sonido fuera de lo normal, que lo hizo despertar. Ladeando la cabeza escuchó con cuidado; era el motor de un automóvil. Soltó la leña y, con mucha emoción, se dirigió corriendo hacia el frente de la casa. Pocas veces llegaban automóviles por aquel lugar. Cuando su familia necesitaba transportarse, caminaban unos veinticinco minutos hasta la estación del tren o usaban el lomo de algún caballo.

Cuando llegó al patio delantero, se detuvo de golpe, su rostro se iluminó lentamente, sus ojos se abrían como en cámara lenta, dejando ver aquella pupila café claro, y en su boca muy abierta se dibujaba poco a poco una sonrisa, agregando una compleja expresión, un tanto graciosa pero hermosa al mismo tiempo.

Era el tío Manuel, llegaba desde muy lejos; desde la ciudad de Panamá, a visitarlos. Hacía unos pocos meses, el tío Manuel se había comprado un automóvil de segunda, era un Ford de 1947. Con cinco años de uso, pero muy bien cuidado. El tío se había ido a la ciudad antes que él naciera, pero lo recordaba muy bien porque siempre volvía para Semana Santa.

—Mira, Anel, un carro -gritó Juancito cuando pudo reaccionar.

161

Anel no se detuvo y lo rebasó; al ver esto, Juancito arrancó a correr nuevamente y no paró hasta que llegó al carro, donde ya estaba Anel pegado a la ventanilla, mientras su tío lo saludaba, tocándole la cabeza. Anel era un niño pequeñito, pero también alegre y vivaz.

La tía Selsa llegó un poco después y sorprendida pero alegre recibió al inesperado visitante.

—Toño y Aminta salieron a David -dijo Selsa.

Los mayores siguieron conversando y poniéndose al día de los acontecimientos, de uno y otro lado de la familia, mientras los niños muy alegres escuchaban las conversaciones, sin entrometerse por supuesto, como le correspondía a su edad.

Juancito y Anel se fueron a recoger naranjas para brindarle un refresco al recién llegado y, además, a buscar una cabeza de árbol pan. A tío Manuel le encantaba y allá en Panamá no se conseguía.

Cuando los niños estuvieron de vuelta, tío Manuel tenía en sus manos una cámara fotográfica, ésta era apenas la tercera vez que Juancito veía una, la primera vez fue en una boda, y la otra en casa de su tía Lucila, la única ocasión que había salido a la ciudad desde que tenía memoria.

Tío Manuel les pidió a todos que se acercaran para hacerles una fotografía, pero el pequeño Juan se quedó a lo lejos. Mientras, tía Selsa se fue a la casa para arreglarse un poco y ponerse perfume, siempre se ponía perfume antes de tomarse una foto. A Juancito esto no le parecía extraño, las fotografías eran para siempre, y más que imágenes, su Tía Lucila le había contado, aquella primera vez que vio una cámara, que ellas atrapaban todo lo que tenían en frente, y para él todo era todo, y la tía Lucila no mentía. La fotografía se convirtió en un gran acontecimiento.

Anel, corrió a cambiarse y buscar sus zapatos. Leticia, Selsita, Daniel, uno a uno todos sus primos, que hasta hacía poco estaban sumergidos cada uno en un quehacer, aparecieron ataviados con sus mejores galas.

—Juancito, ven para acá tienes que salir en la foto -dijo tío Manuel.

Él negó con la cabeza.

—Ven acá, muchacho, no seas cimarrón -dijo el tío con autoridad.

Tímidamente y despacito se acercó, como si lo fueran a castigar.

—Ponte ahí, que vamos a tomar la foto -dijo, cariñoso el tío Manuel.

Su rostro empezó a transfigurarse poco a poco, su boca empezó a temblar, sus ojos parpadeaban más de lo necesario. Trataba de contenerse como un hombre de cinco años, pero el sentimiento era más fuerte que él, y entre sollozos contenidos salieron un par de lágrimas.

—Hombre -dijo el tío Manuel -¿qué te pasa?

Con mucho esfuerzo, porque no quería llorar pero no podía evitarlo, dijo: -¡No traje mis zapatos!

El tío Manuel rió y dijo: -Anda muchacho anda, anda, busca tus zapatos.

Juancito tragó y sus ojos brillaron, y corrió lo más rápido posible hacia su casa, solamente miraba el camino polvoriento por el que había venido más temprano con sus padres, el tiempo parecía eterno. Quería salir en esa fotografía. "¡Una foto!, pensaba, mientras miraba el suelo y corría en busca de su único par de zapatos.

Llegó a la casa y abrió la puerta, no había llaves o cerraduras, no había ladrones o nada que robar. Empezó a buscar por todas partes, debajo de las viejas camas, en la pequeña cocina, en los baúles, pero no encontraba los zapatos. Se subió en una silla y revisó arriba de los estantes, pero los zapatos no aparecían. Conocía a su madre, seguro había escondido los zapatos para que no se los pusiera sólo para ensuciarlos.

Derrotado, se sentó en el borde del piso que rodeaba la casa de madera, sus pequeños piecitos descalzos, de hombre de ocho años, aunque tuviera cinco, colgaban, mientras lloraba amargamente. Lloró y lloró, mientras cuidaba que no viniera nadie. Cuando sintió que no podía llorar más, se lavó la cara con un poco de agua que tomó del cántaro de la cocina y volvió despacio por el viejo camino a casa de tía Selsa. Llegó con la cabeza agachada.

—No encontré los zapatos tío -dijo sin levantar la mirada.

—Ponte allí para que salgas en la foto, qué importan los zapatos -dijo tío Manuel muy sonriente, mientras lo zarandeaba, tratando de animarlo.

Allí estaban todos, frente a aquella casa de madera construida al estilo Chiriquí Land Company. Selsa, Daniel, Anel, Selsita, Leticia y Juancito, quien sólo un segundo antes que su tío presionara el obturador, sonrió. En la fotografía su cara salió resplandeciente; con la luz de la inocencia.

Nació el 1 de agosto de 1982 en la ciudad de Panamá. Realizó estudios secundarios en el Instituto Panamericano. Obtuvo el título de Licenciada en Inglés con Énfasis en Traducción en la Universidad Latina de Panamá. Es Profesora de Educación Media y Premedia, egresada de la Universida de Panamá. Cursó el Diplomado en Creación Literaria de la Universidad Tecnológica de Panamá, en 2006. Ha tomado diversos cursos de cuento, novela y poesía, así como talleres de cuento avanzado con el escritor Enrique Jaramillo Levi. Dedicó años de labor en diferentes instituciones y empresas privadas como Asistente Administrativa y de Compras Internacionales. Actualmente, se desempeña como Profesora de Inglés en los niveles de Media y Premedia de algunos centros educativos particulares. Trabaja en un proyecto de investigación a nivel personal sobre técnicas didácticas innovadoras para la enseñanza del idioma Inglés. Ha publicado cuentos en el libro **Letras cómplices,** colectivo del Diplomado en Creación Literaria 2006.

Aura

Aura sabe que es diferente. Su vida es otra desde el día en que descubrió la libertad.

Ella vive en una pequeña casa de campo que heredó de sus padres al fallecer. Está rodeada de árboles, animales y aromas singulares. Para Aura es como cualquier otra casa, pero ha encontrado la agradable sombra de un antiguo árbol que parece hablarle cuando se sienta bajo su cobijo.

Como otros días, la joven disfruta del paisaje cerca del que se ha convertido en su gran amigo, el viejo árbol y su arroyo. Pero hoy es diferente. La mañana es cálida y la brisa corre con suavidad en medio de la vegetación, aun colándose entre las hebras de su larga cabellera negra. Ella siente la tibieza de la tierra bajo sus pies desnudos y aspira el olor de las flores cercanas. Observa su rostro en el arroyo. Fija su mirada en lo profundo de sus ojos y ve con detenimiento su silueta deformándose con las ondas provocadas por alguna hoja o flor que se desprende y cae en el agua.

Sus brazos y piernas son tan livianos como las hojas de los árboles. No hay dolor. No pierde la conciencia, más bien es testigo partícipe de todo. Una gama de colores se fusiona en su piel convirtiéndose en un tierno manto multicolor. A su alrededor, las aves cantan su melodía matutina, los peces danzan en un círculo perfecto en el fondo del agua. A los lejos, algunos animales emiten misteriosos sonidos. De pronto, todo está en calma.

Aura extiende sus extremidades, y se impulsa con todas sus fuerzas hacia arriba. Aún no se acostumbra a su nueva forma. Sigue subiendo impulsada por su voluntad, ve que se acerca a la copa de los árboles y cuando no hay nada que le impida el paso, se mueve con rapidez y se deja llevar por el viento que la balancea, y la lleva de un lugar a otro como guiándola en la inmensidad.

Ha dominado los aires. No hay obstáculo que la detenga. Sin notarlo, ha llegado más lejos de lo que al inicio pretendió. Su capacidad para escuchar y ver se ha desarrollado al máximo; y parece captar detalles a su alrededor que antes le pasaban desapercibidos.

Sus colores resplandecen cuando los rayos del sol se posan sobre ella. A su lado otros gozan de esa libertad. Ellos le echan un vistazo, y sin más, siguen su rumbo.

Un día, Aura sintió que ya había recorrido gran distancia y que había pasado mucho tiempo. Se detuvo en la rama de un árbol, y mientras pensaba que había dejado todo atrás, una ráfaga de miedo e inseguridad penetró en su ser.

De pronto, algunas aves desconocidas se acercaron, le susurraban al oído lo que veían en ella. Tenían rostros deformados y el cuerpo cubierto de un espeso plumaje de color negro brillante. La rodeaban y se burlaban de su timidez, emitiendo escalofriantes chillidos en tonos altos y bajos. Era un maremágnum de sonidos que se confundían en el ambiente. Cada vez eran más y más, y le acorralaban, la aprisionaban.

Aura respiraba con dificultad y apenas podía moverse. Aquellas aves oscuras se multiplicaban y crecían tanto que Aura sentía el golpeteo de sus gigantescas alas en el rostro. Y a medida que aumentaba su temor, su voluntad se desvanecía. Sentía que se le escapaba la vida. Estaba completamente inmóvil ahora, y en esa calma forzada, casi mortal, Aura recordó a su viejo árbol y su arroyo. Los extrañó sin saber que estaba más cerca de ellos de lo que creía.

En el horizonte, una luz emergió de la nada, se hacía más brillante y cálida; sus rayos se expandieron hasta tocar las hojas del árbol donde estaba Aura, iluminándolo todo.

Su cuerpo permaneció quieto, pero sus ojos luchaban entre las oscuras aves para captar la total magnitud de aquella luminosidad. Empezó a sentir una energía, una calidez que fluía dentro de ella como el agua del arroyo, y su cuerpo fue bañado con los rayos de luz. La oscuridad desapareció entonces. Vio a su gran árbol, estaba allí esperando por ella. Aura desplegó su hermoso traje de vivos colores y aún con mayor fuerza y voluntad salió de entre los árboles con rumbo a esa claridad porque allí estaban su árbol y su arroyo.

En el camino de la luz, Aura conoció lugares rebosantes de vida. Seres parecidos a ella, un paisaje de colores, luces, formas. Todos en perfecta paz. La diversidad de la naturaleza en aquellos sitios era impresionante; por un momento todos sus pensamientos se fusionaron en uno solo, imágenes, sonidos, voces quedaron suspendidos en un instante de comprensión magnífica donde todo conformaba una sola existencia; y lo que existía más allá de sus ojos, aún estaba presente allí y en todas partes, en movimiento y en completa armonía con la vida, con ella.

En la distancia divisó la cima de una montaña verde moteada con los colores del arcoiris. Reposó sobre el llano y cerró sus ojos. Todo estaba en silencio, y la brisa tocaba con delicadeza su cuerpo.

—Aura, Aura –sonó el eco de una voz en la lejanía—, es tiempo de volver a nacer.

Abrió los ojos para descubrir que su cuerpo seguía cubierto por el hermoso manto multicolor que resplandecía aún más. Estaba bajo su antiguo árbol, y el arroyo la rodeaba. Vio la pequeña casa de campo, y con pasos apresurados cruzó el riachuelo en dirección a la dama que dormía plácidamente sentada en la mecedora del portal.

Nació en la ciudad de Chitré, Herrera (Panamá), el 10 de septiembre de 1979. Culmina estudios secundarios en el Colegio José Daniel Crespo en 1997, año en que gana el premio a mejor actriz revelación por su participación en la obra de teatro Ayara del dramaturgo panameño Miguel Moreno, en el concurso de teatro estudiantil Anita Villalaz. Es médico cirujano. Actualmente es residente de Pediatría en el Hospital del niño. **Participó del Concurso de Cuento Breve "Sergio Ramírez", por Internet, junto con escritores de diversos países, y obtuvo un cuarto lugar. El texto fue publicado en la revista electrónica "Carátula", así como en la revista panameña "Maga". Un minicuento suyo aparece en el blog "La nave de los locos", en Barcelona, España, del crítico Fernando Valls.**

Crimen perfecto

Planeé su muerte un ciento de veces. Tenía que ser un crimen perfecto.

La mujer salía de su casa siempre a las seis treinta de la mañana. Caminaba hasta el café de la esquina. La mesa frente al televisor era su favorita. Cuando ésta estaba ocupada, prefería sentarse en la barra.

Ordenaba café negro, poca azúcar. Unas tostadas. Leía la prensa jugando con un mechón de cabello. Miraba constantemente el reloj.

Salía del café a las siete de la mañana. Caminaba por la calle novena hasta llegar a la estación del metro. Abordaba el tren de las siete y quince. Siempre en el segundo vagón. El puesto contiguo a la ventana.

Se bajaba en la estación central. Caminaba con prisa. Cruzaba la calle. El reloj marcaba las ocho menos quince. Luego entraba en el edificio de oficinas. Tercer piso.

Almorzaba a la una de la tarde siempre en el restaurante popular Doña Mercedes. El menú del día.

Salía del trabajo a las cinco de la tarde. Recorría las mismas calles. En algunas ocasiones se detenía a comprar rosas o pan.

Todos los días lo mismo. Sin cambios. Exceptuando los fines de semana.

Trancaba la puerta de su casa los sábados a las seis de la mañana. Trotaba por la calle tercera hacia el sur. Doblaba en la intersección. Siempre escuchando música. Luego hacía ejercicios de estiramiento en el parque para luego trotar por la calle quinta, cruzaba por el puente elevado peatonal. En el semáforo esperaba la luz, aunque no hubiera tráfico. Cruzaba la calle y despúes de tres cuadras llegaba a su casa. El recorrido le tomaba hora y media.

Salía nuevamente a las nueve con bolsas a la lavandería. Leía un *best seller* mientras esperaba su ropa. Nunca leía revistas, solo libros merecedores de premios.

Luego regresaba a casa. En ocasiones no salía hasta la noche. Cuando un carro negro la recogía para luego ir a una discoteca local.

Los domingos iba a la iglesia. En la tarde al parque, siempre sola.

¡Qué vida tan monótona y solitaria!

Podía matarla fácilmente camino a su trabajo. Pero notarían su ausencia y eso acortaría el tiempo que tendría para deshacerme del cadáver.

El camino de regreso era más factible. Aunque a esa hora hay más movimiento en las calles, porque salen todos los trabajadores casi a la misma hora.

El mejor día era el domingo, cuando regresara de la iglesia. Pasaba sola el resto del día. Nadie notaría su ausencia hasta el lunes cuando se ausentara del trabajo. Me daba largas horas para poder divertirme antes de quitarle la vida y deshacerme de sus despojos.

Ya el día estaba listo. Lo que haría con ella saldría de modo espontáneo.

Esa semana descansé. Esperé paciente el domingo. Arreglé la cabaña a orillas del lago que me prestó un amigo. La cama, las sogas. Todo estaba impecable. El cemento que la llevaría a la profundidad de la que sería su última morada.

El domingo estacioné mi carro frente al edificio de apartamentos. Ella no salió. Esperé durante horas pero ella no aparecía. Estaba desesperado. Meses de espera, para que ella de repente cambiara una rutina de años en solo una semana.

Me llené de ira. Entré en el edificio y fui a la recepción.

-Disculpen, ¿la señorita Patricia, está en casa?

-¡Pero señor, es increíble que no sepa la noticia! Su ex esposa se suicidó el jueves en la noche.

Cabizbajo lloré su muerte. ¡¿Cómo pudo atreverse a burlarse de mí, hasta en su forma de morir?!

JAVIER ENRIQUE VILLAMONTE

Nació en Panamá el 9 de agosto de 1976. Licenciado en Humanidades con especialización en inglés. Traductor. Licenciado en Humanidades con especialización en francés. Magister en inglés como segunda lengua. Egresado del Diplomado de Creación Literaria 2006 de la UTP. Como cuentista forma parte de un libro colectivo: **Letras cómplices** (UTP, 2007). Actualmente dicta clases de inglés y español para extranjeros. Dedica parte de su tiempo libre a escribir, crear material lúdico para sus clases, hacer collages y correr. Su letra "Pasajero", en la actualidad interpretada por el grupo de rock *Aqstik*, obtuvo el tercer lugar en un concurso de composición musical auspiciado por TVN en el 2010.

Gatos pardos

Una sombra se recortaba sobre los cristales de una vieja mansión. De pronto y sin ser vista, se dirigió al tejado. Allí pasó largo rato contemplando un cielo sin estrellas poblado de neblina. Luego, y de un solo brinco, cayó sobre unos tinacos provocando un crujir de hojas secas y latas oxidadas. La sombra se incorporó, apresuró el paso y se metió por un callejón sin salida en donde un par de gatos pardos lamían sin piedad una leche derramada. El dueño del producto hurtado yacía tieso en el suelo.

La sombra se acercó a la escena. Los gatos esquivaban su presencia, cediéndole espacio. Ésta descendió sobre el cuerpo aprisionándolo en su manto.

La neblina con cada segundo se hacía menos densa. Un haz de luz tenue apenas pudo iluminar las facciones del cadáver. Tenía unos ojos negros y sus mejillas estaban llenas de arañazos. Una gota se sangre aún fresca se deslizaba por su nariz hasta llegar a su pequeña barbilla.

--Perdóname—le susurró al oído cerrándole lentamente los ojos con sus dedos trémulos y fríos.

Los gatos en una esquina ahora se acicalaban los bigotes. Estaban saciados. Uno se pasó la pata por la oreja, rascándosela. En ese preciso instante, los hilos de la aurora terminaron por absorber la sombra.

Ambos gatos contemplaban como estatuas los pasos que se alejaban de una chica envuelta en una gabardina.

Al tercer día y a la misma hora, en medio de las brumas del amanecer, un gatito, a rayas, tiritando de frío se guareció debajo de unos periódicos. Su cola, al descubierto, señalaba unas letras marchitas. Era un titular que anunciaba: Desquiciada abandona a su bebé en un callejón a su suerte.

***

Años más tarde.

Un avión de papel periódico revoloteó varias veces antes de caer sobre unos párpados que se abrieron de golpe, mostrando unos ojos cansados, un poco aturdidos. ¿Quién podría interrumpir su letargo? Lentamente leyó el titular, se metió por una alcantarilla, y encontró en aquel recorte de periódico pedazos rotos de su historia.

Allí pasó largo rato sin saber qué hacer hasta que el día se volvió noche, hasta que sus párpados se cerraron una vez más.

En lo profundo de su inconsciente creyó estar pasando de un sueño a otro siendo partícipe de paisajes confusos. Se encontraba ahora sobrevolando un callejón sobre aquel pedazo de avión, muerto de sed y de hambre. De pronto, sintió algo pegajoso que le recorría las mejillas. Su corazón se aceleraba mientras el motor se detenía, poco a poco, provocando ruidos de latas, tuercas y tornillos. Iba a caer desde lo alto. Intentaba cortar su respiración, ritual y método efectivo que aplicaba cuando se encontraba en aprietos, y despertar jadeando, sobresaltado, huyendo de sus recurrentes pesadillas. Era hora de aterrizar.

Uno, dos, tres. El chico salió de las fauces de la alcantarilla como quien atraviesa un túnel largo y oscuro.

***

Del pueblo donde venía lo apodaban "El Siete Vidas", pues se había escapado de los umbrales de la muerte en múltiples ocasiones dejando ráfagas de aire viciado en los rezos de la hermana Clara. Decían que tenía el don de comunicarse con los muertos y de premiar con los números de la lotería a los mayores con lucidez de niño, es decir, a casi nadie.

Llevaba consigo aquel recorte que le producía en su interior una sensación de inexorable tranquilidad. Era lo único que apaciguaba la espera, el encuentro. En el interior del papel, un mapa diminuto, unos dígitos y un par de garabatos difíciles de descifrar.

Aquí en el bosque nadie conocía el motivo de su fortuita visita. Todos especulaban. Todos inventaban historias.

Lo cierto es que no iba solo. Al pasar junto al lago, extrañas siluetas serpenteaban sobre el agua estrellada. César Robles iba acompañado por sus amargos recuerdos, una docena de gatos pardos. Los que eran de otro color ni siquiera se le acercaban...

El chico infundía temor. Su cabello era desaliñado, cortado a picotazos; su cara, color lápida y una nariz tan afilada que parecía haber sido tallada con un sacapuntas gigante.

Se sentó a orillas del lago a observar sus recuerdos. Luego se levantó y siguió caminando. Los gatos pardos iban a su alrededor absorbiendo su sombra.

Llegó a una ladera, miró el recorte por unos cuantos segundos y subió una colina surcada de árboles entrecruzando sus copas, moviendo sus hojas en forma peculiar. Parecían estar hechas de papel de estaño. Debe ser por la luna—me dije para mis adentros. Lo seguí guardando distancia, sobrecogido por aquellas sombras.

Al llegar a la cima, se detuvo. Observó el pequeño mapa, los números y supo hacia dónde dirigirse. Yo le alcanzaba saltando de cruz en cruz. Estiró los brazos, inhaló aire puro. De pronto, se desplomó sentándose sobre sus piernas flacas y se echó a llorar. Sus lágrimas goteaban como ácido sobre el sucio mármol. Me acerqué un poco a sus espaldas. Los gatos pardos bebían de ellas dejando entrever la inscripción: César Robles—1978. Descansa en Paz.

Y así lo comprendí todo. Mi fascinación absurda por seguirlo a todas partes, por meterme en sus sueños, aquel recorte, su nariz, sus ojos de escarabajo. Traté de no hacer ruido, pero mi respiración entrecortada me delató. Primero fueron sus ojos que se voltearon, que me siguieron, luego los de los gatos pardos y con ellos aquel grito que como un disparo salió de los labios del chico.

No había escapatoria. Estaba perdido. Debía huir. Sin embargo, muy en el fondo mis patas se aferraban a la cruz. Muy en el fondo él y yo éramos uno solo. Reflejos. ¿Cómo encontrarlos? Si me había quedado varado en este mundo. Tenía que decirle lo mucho que lo quería. Pero qué tal si pensaba que yo le estaba haciendo una mala jugada. Ya le había sucedido antes. En el transcurrir de sus contados trece años, César había estado rodeado por aquellos recónditos recuerdos; recuerdos que tomaban forma de animales y que lo seguían a todas partes.

Así divagaba cuando, en eso, sentí mi pequeño cuerpo caer sobre la hierba húmeda, sentí aquellas garras clavándose en mi pecho.

--¡No!—aquel grito volvió a resonar como un eco. Sentí mi cuerpo ligero, contemplé a la luna pintarse de hielo, el crujir de las hojas secas, los gatos pardos huyendo, devolviéndole la sombra al alma de César, que me miraba haciéndose cada vez más grande, alargando sus manos frías, tomándome, haciéndome sentir importante.

César me contempló absorto, como leyendo en mi mirada su pasado, haciéndome sentir que no fue mi culpa que mi madre me abandonara en aquel callejón a expensas del frío y los arañazos de los gatos, que no fue mi culpa que me apropiara del cuerpo de aquel gato rayado y huraño que lo observaba siempre desde lejos, el mismo que años atrás se guareció debajo de aquellos periódicos.

Amanecía. Su cara tomó otro matiz. Intuyo que me perdonó por haber compartido su vida a medias pues me besó la frente. Yo salté hasta mi tumba y lo observé desaparecer por aquella pendiente, por aquella alcantarilla de regreso a su mundo, a aquel viejo orfanato.

Nació en Caracas, Venezuela, el 17 de octubre de 1988. Comenzó sus estudios en Comunicación Social en la Universidad Católica Andrés Bello en Caracas; en 2008 se mudó junto a su familia a Panamá, donde culminó la carrera en la Universidad Santa María La Antigua. Egresada del Diplomado en Creación Literaria 2012 de la Universidad Tecnológica de Panamá. Hizo el curso de "Crónicas periodísticas en tiempos de Internet" del Centro Knight para el periodismo de las Américas de la Universidad de Austin, Texas, y continuó escribiendo en talleres avanzados de cuentos con el escritor Enrique Jaramillo Levi. Como fotógrafa amateur ha participado en talleres con Tito Herrera y José Ángel Murillo e hizo una tesis de grado sobre fotografías de contraste social en la ciudad de Panamá. Desde 2011 es colaboradora del semanario "El Venezolano de Panamá".

Dañados

Aún no me acostumbro a este lugar oscuro y a tanto polvo. Mucho menos a la soledad. ¡Y pensar que ella y yo éramos inseparables! Que estuve allí cuando inflada de orgullo le avisó a sus papás que había ganado el concurso estatal de poesía. Fui yo al que le tocó el penoso deber de decirle que su abuelito había muerto. Cómo lloró. Más de una vez fui su cómplice en aquellas salidas nocturnas cuando mentía a su madre sobre su paradero, prácticamente sabía todos sus secretos. Pero no era una relación enfermiza. Al menos no hasta que apareció él.

Al principio la cosa iba bien, ella estaba encantada. Por meses la escuché reír como nunca antes. Cada vez que hablaba con él usaba esa voz coqueta y risueña que tanto me gusta. Hasta que poco a poco, no sé por qué razón, la risa dejó de ser tan frecuente. A veces cuando la llamaba su tono se volvía seco, cortante y pesado. Solía tomarme entre sus manos y me apretaba para descargar su ira contra aquel hombre y yo, como su amigo, me dejaba. Le escribía cosas horribles y él le respondía otras peores para luego mandar una disculpa y repetir el ciclo no una, ni dos, sino cientos de veces. Incluso para mí era doloroso ese asunto. Pues era yo quien la oía aguantar el llanto o hablar con sus amigas y decirles "esta vez sí es definitivo". Puras patrañas.

Una noche, en medio de la oscuridad, cansado de verla sufrir, decidí tomar cartas en el asunto. Como ya se había hecho costumbre, iracunda, me buscó a tientas. Marcó los ocho dígitos casi con odio y, aunque todavía yo estaba medio dormido, tan pronto reconocí el número del destinatario de esa llamada, la colgué. Lo mismo pasó cuando trató de mandarle un *chat*: "mensaje no enviado", decía. Así estuvimos casi una hora.

Finalmente, cuando se rindió de tanto no llamar y de tanto no poder escribir, regresó a la cama frustrada. Hice lo mismo al día siguiente y durante un par de semanas. Borré su número de la lista de contactos, me reiniciaba solo, activaba la contestadora cuando era él quien la buscaba… En fin, no hubo ardid del que no me valiera para evitar que hablara con él.

Hasta que sucedió lo inevitable.

Me cambió por otro. Así, sin más. Como creyó que no le sirvo, compró otro celular y me dejó aquí olvidado en este cajón. Se buscó uno que sí le funciona para poder seguir con las peleas infinitas y con el noviazgo dañado que tiene.

Los recién llegados

(54 Cuentistas inéditos cuenta en Panamá: antología)

se terminó de imprimir en junio de 2013 en

LyJ Publicaciones.

El tiraje, de 700 ejemplares,

estuvo al cuidado de Enrique Jaramillo Levi.